KB253916

잡종, 새로운 문화 읽기

잡종, 새로운 문화 읽기

잡종, 새로운 문화 읽기

홍성욱 통신 에세이

창작과비평사

1998

잡종, 새로운 문화 읽기

초판 발행 / 1998년 9월 15일

지은이 / 홍성욱
펴낸이 / 김윤수
펴낸곳 / ㈜창작과비평사

등록 / 1986년 8월 5일 제10-145호
주소 / 서울 마포구 용강동 50-1 우편번호 121-070
전화 / 영업 718-0541, 0542 · 편집 718-0543, 0544
        독자사업 716-7876, 7877
팩시밀리 / 영업 713-2403 · 편집 703-3843
천리안 · 하이텔 · 나우누리 ID / Changbi
인터넷 / 홈페이지 www.changbi.co.kr
                www.changbi.com
        전자우편 changbi@changbi.com
우편대체 / 010041-31-0518274
지로번호 / 3002568

ⓒ 홍성욱 1998
ISBN 89-364-7050-7 03810
＊책값은 뒤표지에 표시되어 있습니다.

잡종, 새로운 문화 읽기

홍성욱 통신 에세이

통신공간에서 '잡종식' 글쓰기

살다보면 종종 내가 두 세상의 경계에 있구나 하고 느끼는 경우가 많다. 과학사를 전공하는 나는 자연과학과 인문, 사회과학 사이에 어정쩡하게 존재하는 내 학문분야 때문에 이를 일찌감치 느낄 수 있었다.

벌써 10여년 전, 어떤 대학에서 과학사를 가르치는 교수를 뽑을 계획을 세운 적이 있었다. 대학에선 물리학과에 이를 위한 교수를 쓸 수 있겠냐고 물어봤는데, 물리학과 교수들이 반대했다. 난감해진 대학본부에선 사학과를 접촉했는데, 사학과 교수들은 이공계 학생이 듣는 강의를 담당하는 과학사 교수를 왜 자기 과에서 뽑아야 하나, 자연대에서 뽑아야지 하면서(그리고 아마도 과학사가 무슨 역사학인가, 과학이지라고 생각했을 것이다) 반대했다. 두 과를 왔다갔다하다, 과학사 교수 공채는 결국 없던 얘기가 되었다.

이런 황당한 경우를 경험했던 나는 과학사만을 공부해선 안되겠구나 생각했다. 캐나다에 건너가 박사논문을 쓰면서 기술사를 함께 공부한 것은 나름대로 '시장성'을 높이려는 이유가 있었다. 학회지에 논문을 발표할 때도 의도적으로 기술사 학회지에 논문을 투고하곤 했다. 졸업을 하고 북미에서 직장을 찾던 시절, 기술사학자를 뽑는 자리의 두 명의 최종 후보까지 올라갔다가 고배를 마신 적이 있는데, 나중에 들은 얘기로는 심사위원들이 내가 기술사학자라기보다는 과학사학자라고 생각해서 다른 후보를 선택했다는 것이다. 지금 몸담고 있는 토론토대학에 응모했을 때는, 거꾸로의 경우를 접하고선 황당해 했다. 기술사를 하는 네가 어떤 과학사 과목을 가르칠 수 있느냐라는 질문에 답하느라고 애를 먹었던 것이다.

'잡종'에 대한 내 관심은 이렇게 내 존재조건으로부터 출발했다. 내가 과학사를 좋아했던 이유는 자연과학에서 배운 엄밀한 사유와 세상에 대한 인문학의 폭넓은 관심을 섞어볼 수 있다는 것이었다. 과학사에는 과학의 내용의 발전을 중시하는 '내적 접근법'과 사회문화적 요소를 중시하는 '외적 접근법'이라는 두 가지 상이한 방법론이 있는데, 내 동료들은 내가 이 둘을 잘 섞어서 연구를 수행한다고 나를 치켜주기도 한다. 실제로 1992년 미국과학사학회에서 주는 슈만상을 받았을 때, 수상 이유 중 하나가 내 논문이 이렇게 두 가지 상이한 방법론을 잘 조화시켰다는 것이었다. 기술사에 관심을 가지게 된 것은 지식과 생산을 함께 이해하는 새로운 틀을 스스로 발전시켜보고자 했던 동기가 컸다. 이렇게 내 관심은 한가지 관심, 방법론, 문제 등을 다른 것과 '짬뽕'해보는 것에서 출발한다.

돌이켜보면 내 삶도 무척 '잡스런' 것이었다. 나는 1961년부터 1991년까지 30년을 외국 가는 비행기도 한번 못 타보고 한국에서 그저 조선 토박이로 살았다. 그리고는 1991년 2월, 학위논문을 쓰기 위해 토론토로 갔다. 딱 2년 만 열심히 공부하고 고국으로 돌아가겠다는 생각이었는데, 어찌 하다보니 토론토대학의 교수가 되어 지금까지 외국생활을 하는 처지가 되었다.

그렇지만 내 삶의 일부는 아직도 한국에 있다. 나는 한국에 살고 계신 부모님과 형제들에게 연락을 하고, 한국 친구들과도 계속 교류를 한다. 가끔 한국 TV와 한국 영화를 보고, 젊은이들이 즐겨 듣는 한국 가요도 즐긴다. 한국에서 과학사를 하는 후배들을 '돌보는' 것도 내 큰 책무 중 하나다. 한국과의 관계가 점차 소원해진다고 느낀 1994년부터 나는 1년에 한 편씩 한국어로 한국 독자들을 위한 논문을 썼다. 아마 조국에 아무런 기여도 못한다는 괜한 자책감을 달래려고 그랬나보다.

한국에서의 나의 삶과 캐나다에서의 삶은 내 20대와 30대를 구분짓기도 한다. 나는 1980년 대학에 들어간 뒤 20대의 10년을 한국의 '80년대'를 겪으며 보냈다. 학생운동을 열심히 하지는 않았지만, 지금도 80년대는 내게 슬픔 · 분노 · 연대 · 희망 · 희생으로 남아 있다. 세상에 대한 가슴 깊숙한 곳의 분노, 사람과 진보에 대한 믿음, 그리고 이 사회를 바꿀 수 있다는 신념이 얽혀서 공존하던 시기였다.

반면 나의 30대, 나의 90년대는 백인중심 서양사회에서 소수 유색민족으로서 전혀 색다른 경험을 한 시기이다. 소수 유색인으로 서양사회에서 살아야 했던, 아니 살아남아야 했던 지난 8년은 차이 · 차별 · 관용 · 평등 · 경쟁 · 협동과 같은 새로운 화두로 내게 다가왔다.

세상을 '과학적으로' 이해하고, 역사법칙에 따라 바꿀 수 있다는 낙관적인 신념이 오히려 지적 오만으로 느껴진 시기였다.

모든 종류의 '섞는' 것에는 자신이 있었던 나이지만 지금까지 나의 80년대와 90년대는 잘 섞어지지 않았다. 무엇보다 토론토라는 곳에 고립되어 80년대 내 경험을 공유할 사람이 많지 않았다는 것이 큰 이유였다. 외국 친구들과는 내가 하는 전공 과학기술사에 대한 전문적인 얘기를 할 수는 있어도, 내가 무엇을 느끼고 어떤 생각을 하고 있는지를 이해시키는 것은 불가능에 가까웠다.

싸이버스페이스 또는 통신공간은 내게 이를 가능케 해주었다. 나는 1997년 초여름 '21세기 프런티어'라는 통신모임에 가입했고, 여기서 80년대를 살면서 나와 비슷한 경험을 한 사람들, 그 경험을 소중하게 생각하는 사람들, 이를 반추해서 우리와 우리 사회가 나아가야 할 길을 밝혀보려고 각 분야에서 애쓰는 사람들을 만날 수 있었다. 나는 이 통신공간에서 comenius(코메니우스라는 사람 이름에서 따온 ID지만 보통 코메스, 코메라고 불린다)라는 새로운 아이덴티티를 가지게 되었고, 내가 써보고 싶던 얘기들을 처음으로 자유롭게 쓸 수 있는 공간을 얻었으며, 논쟁을 통해 내 생각을 발전시킬 수 있었다. 싸이버 공간에서의 '잡종식' 글쓰기를 통해 나는 나의 80년대와 90년대를, 한국과 서양을, 과학과 문화를, 경쟁과 협동을, 우정과 사랑을 섞어보는 새로운 시도를 할 수 있었다.

이 책에 나와 있는 에세이는 대부분 통신공간 '21세기 프런티어'에 올렸던 글이다. 무엇보다 지난 1년간 나의 잡종식 글쓰기를 가능하게 해준 21세기 프런티어에, 그리고 이 자리에서 일일이 이름을 거명하지 못하지만 프런티어에서 사귄 많은 친구들에게 감사한다. 얼굴 한번 볼 수 없는 저자와 전자메일과 전화로 접촉하면서 이 책을 내는 데 정말 수고해주신 창작과비평사의 김이구 국장님과 유용민 부장님께도, 그리고 무엇보다 나를 지켜보면서 내게 꼭 필요한 얘기를 해주는 내 처와 가족에게 마음 깊숙한 곳에서 우러나는 고마움을 표한다.

1998년 8월　홍성욱

차례

머리말 | 통신공간에서 '잡종식' 글쓰기 5

제1부 싸이버스페이스의 낮과 밤
재미있고 예쁜 ID들, 실망스런 뒷모습 15
통신 논쟁은 이런 식으로 하자 19
내 논쟁의 경험담 22
통신의 재미와 '기이한' 경험들 27
인터넷, 포르노만 잘 팔린다? 31
제니캠과 사생활 훔쳐보기 34
이사를 하면서 이 생각 저 생각 37

제2부 잡종식 문화 읽기, 세상 읽기, 삶 읽기
박철수 감독과 할리우드 43
이현세 · 장정일을 위한 변호 45
표절은 학자의 가장 더러운 범죄다 50
한국에서 대학교수로 산다는 것은 54
내가 여자를 좋아하는 이유 58
어떤 과학적 관점에서 본 사랑 61
여자친구, 우정, 그리고 섹스 63
섹스에 대해 아는 것과 모르는 것 67
언어의 차이와 친구 사귐의 차이 69
아이덴티티에 대한 세 가지 다른 얘기들 72

사라져 가는 발의 운동을 위해서 79
우리 마음의 빈 곳을 건드리는 영화 82
「가타카」와 유전자의 미래 85

제3부 인간의 얼굴을 한 과학기술
전자주민카드와 '전자파놉티콘' 91
감시, 통제, 편리의 역사 94
'쏘칼의 날조'와 '과학전쟁' 98
시민을 위한, 시민에 의한 과학기술 103
냉전의 수혜자 MIT의 두 얼굴 106
여성의 과학기술 능력을 버릴 것인가 109
타이타닉과 무선전신 112
에스터 박의 불꽃같이 짧은 삶 118
과학 속의 페미니즘, 페미니즘 속의 과학 125

제4부 10년 전, 그리고 미완의 10년 후
내 월급 얘기, 그리고 토론토에서의 교수생활 133
인종차별의 경험과 포스트모더니즘 137
세븐파인에서의 멋진 주말 142
보스턴과 1993, 94년의 추억들 146
DJ의 집권은 진보의 방향인가 150
자극 153
10년 전, 그리고 미완의 10년 후 155

내가 긴장을 즐기는 이유   160

J선배, 오늘은 좀 우울했어요   166

의사라는 직업과 '신뢰'의 문제   169

제5부   싸이버스페이스의 재미있는 논쟁들

여성성과 남성성에 대해   177

매춘, 성, 국가 그리고 가족에 대해   190

여성의 거리 흡연에 대해   203

경쟁과 협동에 대해   209

마지막 글

잡종, 그 창조적 존재학   231

발문 | 양신규

부드럽고 중요한 목소리   249

제1부

싸이버스페이스의 낮과 밤

싸이버스페이스의 낮과 밤

재미있고 예쁜 ID들, 실망스런 뒷모습

프런티어와 같은 싸이버 공간에서는 ID가 이름이자 얼굴이다. 그렇지만 우리 맘대로 선택할 수 없었던 이름이나 얼굴과는 달리 ID는 맘대로 선택할 수 있고, 따라서 ID는 그 사람의 모든 것은 아닐지라도 취향과 성격, 심지어는 직업과 나이까지도 드러내는 경우가 많다. 프런티어의 게시판에 있는 ID들을 보면서 그 사람들을 읽고 있는 내 자신을 종종 발견한다.

전적으로 내 생각이지만, 이름과 성에서 영문 글자를 따서 만든 ID는 대개 그가 '심심한' 사람임을 보여준다. hgmoon(환구-문), thmoon(태현-문), skyang(신규-양), hkim(희경-김), shinhh(신현호), dshan(동숭-한), gsim(경순-임) 같은 사람들이 이런 부류에 속한다. 싸이버스페이스에서 자신의 얼굴과 이름에 대해 고민을 안하거나 무신경했다는 얘기가 이들이 심심하다는 근거이다.

또 한가지 추측할 수 있는 것은 이들이 학교에, 특히 대학에 몸담고 있거나 외국에서 공부했을 가능성이다. 90년대 초반 대학에 전자메일이 보급되면서 대학교수와 학생 들이 전자메일 주소를 가지기 시작했는데, 이때 주소는(특히 외국대학에서) 이름과 성의 조합으로 자동적으로 이루어졌다. 사람이 심심하다기보다는 처음 얻은 전자메일 주소를 프런티어의 ID로 그대로 사용한 결과일 수도 있다는 얘기다. 그렇다고 해도 이들이 참 심심한 사람일 것이라는 결론에는 변함이 없다.

흥미로운 사실은 이런 재미없는 이름조차 프런티어에선 너무나 재미있게 불려진다는 것이다. hgmoon은 무협영화에나 나올 법한 '흑문'으로, thmoon은 '뜨문'으로, skyang은 '스카이' 또는 '스카이양'으로, hkim은 '하킴'(하킴은 학자를 의미하는 아랍말일 거다)이란 식이다. 개성이 없어 보이는 ID에 이런 식으로 개성을 부여하는 것이 싸이버커뮤니티의 단면을 보여주는 것 같아 흥미롭다.

사람에 대한 정보를 주는 ID도 많이 눈에 띈다. woman님은 여성임을, rockie님은 남성임을 금방 알 수 있다. 그렇지만 이를 일반화하는 것은 무척 위험하다. 추장님은 남자가 아니고 여자니까. hyun81은 81학번임을, origin67은 67년생임을 보여주는 것이 아닐까. 더 재미있는 것은 왜 자신의 나이를 알 수 있는 ID를 사용했는가 하는 점인데, 사이비 정신분석가의 흉내를 내다가 진짜 정신분석의 고수에게 된통 당할 것 같아서 그만두련다.

정신분석의 얘기가 나와서 말인데, psychana, 싸이지기, psyart 같은 ID는 이들이 '정신'과 관련된 어떤 일을 한다는 것을 쉽게 암시하고 있다. 백욱인님의 blade는 리들리 스컷의 명작 「블레이드 러너」(Blade Runner)에서 따왔음이 분명하고, 이는 백욱인님이 이 영화의 팬이든가 아니면 컴퓨터, 미래사회, 넷(net) 같은 기술과 관련된 일을 하지 않나 추측할 수 있게 해준다.

그냥 부르기에도 정겹고 친근한 ID도 많다. 이담, 시몬, 도담, 문은, 하라스, 친친, 선공후사, 작가수첩, 심심방, 우리밀, 민들레, 푸른솔 …… 반면에 부르기 힘든 ID도 많다. 내 자신의 ID comenius(코메니우스)도 너무 길어서 불편하고, hermes21도 '헤르메스 이십일'이라면 너무 번거롭다. 나는 언제부턴가 코메, 코메스로 불리는데, 그렇다면 헤르메스님은 헤르메, 헤르, 헬멧으로 불리고 있나? 김정희님의 yhong(와이홍)은 발음이 조금 '요상한' ID고, 박태옥님의 ptpto(피티피티오)는 발음이 어려운 ID이다. 그렇지만 '피티피티오'를 몇번 발음하면 이상하리만큼 그 음이 입에 착 달라붙는 맛이 있다.

그 사연이 궁금한 ID도 많았다. 대표적인 것이 밧데리님이었다. 나는 여성회원이 자신의 ID를 밧데리로 지을 수 있다는 그 기막힌 상상력에 탄복했고, 그 사연을 듣고 싶어서 애를 태웠다. 결국 밧데리님으로부터 ID를 만든 과정과 그 ID에 얽힌 한두 가지 재미있는 에피소드를 듣고 (용산의 '충전지'님으로부터 데이트 신청을 받았다는) 배꼽을 잡고 데굴데굴 구르기도 했다.

무엇보다도 내가 좋아하는 ID는 톡톡 튀는, 신세대 감각이 살아있는 여성회원들의 ID이다. 로맨스 소설의 여주인공 이름 같은 바라카 (baraka: 불어로 '행복'을 의미한다), 그냥 듣기만 해도 정겨운 알리미, 작은별밭, 고은누리, 바람햇살, 그리고 무엇보다 프런티어를 통틀어 가장 예쁜 ID상을 줘도 될 만큼 기발하고 재미있는 우주토토. 나는 이 사람들을 한번도 만난 적이 없고 통신상에서도 잠깐 인사를 나눈 것이 전부지만 분명히 예쁘고 정다운 사람들 같다는 예감을 가지고 있다.

최근 '21세기 프런티어'에 올라온 글들을 읽으면서 내가 좋아하는 ID를 가진 회원이 다른 사람을 심하게 공격하고 비아냥거리는 글을 써놓

은 것을 보면 정말 안타깝다. 싸이버스페이스라는 동전의 앞면은 예쁜
ID로 점철되어 있지만 그 뒷면에는 인간사회가 가진 모든 추악한 면이
그대로 보이는 것 같아 슬퍼진다. 공부도 잘 안되는 우울한 토요일 오
후다.

통신 논쟁은 이런 식으로 하자

열 가지 주의사항

통신공간에서 대화와 논쟁의 프로토콜(protocol)이 문제가 되고 있다. 이성적이고 합리적인 논쟁을 하다가 이것이 감정 싸움이 되는 것은 순식간이다. 어떻게 하면 '왜곡 없는 의사소통'에 근접할 수 있을까?

다음 열 가지 얘기는 내가 우리 학과 대학원생들에게 "다른 사람의 글을 읽거나 비판할 때 이런 식으로 하라"고 가르치는 것에서 한국의 통신공간에 맞게 추려본 것이다. 논쟁의 프로토콜 제정에 조금은 보탬이 되리라 생각한다.

1. 어떤 글에 동의하지 않더라도 상대방의 글을, 그 저자의 의도를 그(녀)의 입장에서, 그(녀)의 컨텍스트에서 조망하고 이해해보려고 노력한다.

2. 그리고 이 전체적인 조망 속에서 배울 것이 없는가, 취할 것이 없는가 찬찬히 살펴본다. 언제나 "배우는 것은 비판하는 것보다 더 어렵고, 더 중요하다"는 진리를 기억한다.

3. 그래도 비판을 하겠다고 결심했으면, 비판을 시작하기 전에 자신이 동의하는 부분, 자신이 받아들인 점, 배운 점을 먼저 언급한다. 비판의 깊이가 더할수록 칭찬에 인색하지 말자.

4. 비판은 특별한 경우를 제외하고는 상대방 문장의 자구를 조목조목 뜯어보는 식이 아니라, 상대의 논의가 어디서 어떤 점이 부족했는가를 크게 짚어준다.

5. 특히 비판적인 글에선 뜬구름 잡는 얘기는 금물이다. 자신의 주장을 가장 명쾌하고 쉬운 문장으로 표현하려고 노력한다.

6. 감정적인 용어나 표현은 삼간다. '맘에 안든다' '이것도 모르나' '너는 틀렸다'는 식의 비판은 절대로 상대방으로 하여금 자신의 잘못이나 무지를 시인하게 하지 못한다는 사실을 명심해야 한다.

7. 자신의 주장의 설득력을 높이기 위해 메타포, 강조, 유추 등 다양한 수사법을 사용한다. 그렇지만 수사법에 전적으로 의존하지는 말라. 주장의 힘은 논리와 합리성, 생각의 정확함, 그 근거의 타당성에 있지 말재주에 있지 않다.

8. 상대에게 자신의 생각을 강요해선 안된다. 강요받았다고 생각할 때 사람은 반발한다.

9. 다른 사람의 글을 비판하듯이 자신의 비판도 비판적으로 쓰고, 자신의 비판에도 다시 재비판의 여지가 있음을 인정하자.

10. 이제 마지막으로 가장 중요한 것. 이렇게 합리적이고 이성적이고 참을성 있게 비판했다 하더라도 그 비판을 읽은 상대방이 '뭐 이기 이런 또라이가 다 있노'라고 생각, 인신공격을 퍼부어도 꾹 꾹 참는다. 독자는 누가 더 옳은지 금방 안다. 이걸 못 참으면 감정 싸움이 시작된다.

　1~9까지는 그래도 쉽다. 10을 지키기는 정말 힘들다. 그렇지만 낙관적으로 생각하자. 만일 모든 사람이 1~9를 지킨다면 10은 필요없을 것이다. 이것이 지켜지는 사회는, 논쟁에 있어서 왜곡 없는 의사소통에 근접한 사회이다. 이는 우리가 지향해야 할 하나의 이상향이기도 하다. 통신공간이 왜곡 없는 의사소통에 근접한다면 우리의 공론에 힘이 붙는다.

　논쟁을 두려워하지 말자. 1~10의 예의를 지키며 적극적으로 논쟁하자. 어차피 우리의 삶은 애증이 어우러진, 깨지고 다시 일어서는 '여러 판'의 승부가 아닌가!

내 논쟁의 경험담

한국 학자(사람)들이 논쟁에 소극적이고, 미국 학자(사람)들은 논쟁에 더 개방적이라는 얘기는 참이자 동시에 거짓이다. 서양 사람들이 어릴 적부터 토론과 논쟁에 더 익숙하도록 교육을 받았고, 실제로 그런 것도 사실이다. 학회에서의 질문은 무척 비판적이고 정곡을 찌르는 경우가 많다. 분명히 학회의 분위기는 한국에 비해 더 논쟁적이다. 그렇지만 학회라는 제한된 시공간에서 질의응답과 토론이 긴 논쟁으로 발전하는 경우는 많지 않다. 많은 경우 발표자는 이런 질문을 기다렸다는 듯이 가볍게 대응하고 넘어가는 것이 보통이다.

미국인의 정서가 논쟁에 대해 더 개방적이라는 말은 글쎄…… 나는 미국 학자들 사이에서도 논쟁으로 감정 상하는 일이 비일비재함을 보았다. 서평을 비판적으로 썼다가 친구가 원수가 되고 서로 말을 안하게 되는 경우는 흔히 있는 일이다. 나도 1993년 4월에 매사추세츠공과대학(MIT)에서 열린 과학사학회에서 19세기 말엽 영국의 전기공학에 대한 논문을 발표한 영국 친구에게 조금 비판적인 코멘트를 한번 했다가

이 친구와 다시 말을 하기까지 3년이 걸린 경험이 있다.

논쟁은 대형 학회보다는 워크숍과 같은 소모임에서 종종 발생한다. 워크숍은 주로 비슷한 분야를 전공하는 사람들끼리 모여서 한두 개의 발표에 대해 오래 토론을 하기 때문에 운이 좋은 경우엔 멋진 논쟁을 볼 수도 있다. 그렇지만 이런 워크숍에서도 직설적인 질문이나 자기 의견의 표현은 삼가는 것이 보통이다.

영어엔 상대방의 기분을 상하게 하지 않으면서 자신의 의견을 개진하는 방법들이 많이 있다. 예를 들어, "나도 당신의 주장에 동의한다고 할 수 있겠습니다만, 그럼에도 …"(I kind of agree with you, but …) 또는 "…에 대해서 좀더 설명해줄 수 있겠습니까?"(I am wondering if you could tell me more about …)와 같은 식으로 자신이 상대의 의견에 동의하지 않음을 완곡하게 표현한다. 문제는 나같이 영어가 외국어인 사람이나 조금 다른 토론문화에서 살다가 온 사람들은 같은 말을 단지 직설적으로 해서 엄청나게 무례한 사람으로 간주된다는 것이다. 예를 들어, "나는 … 이유로 해서 당신의 주장이 수긍이 가지 않습니다"(I don't think your argument is convincing, because …) 또는 "나는 당신이 방금 한 주장에 동의하지 않습니다. 왜냐하면 …"(I don't agree with the point that you've just made, because …)과 같은 얘기는 무척 무례하다는 인상을 주기 십상이다.

물리학사를 하는 젊은 학자 가운데 잘나가는 독일 친구가 한명 있다. 이 친구가 한 워크숍에서 이런 식으로 질문을 몇번 했는데(학자들 세계에선 미국 사람들이 가장 낫고 독일이나 영국 사람들이 미국 사람들보다 무례하며, 타의 추종을 불허할 정도로 무례한 사람들은 이스라엘 사람들이라고 통상 알려져 있다), 그날 저녁 술자리는 완전히 이 친구의 성토장이 되었던 것이 생각난다. 누가 얘를 불렀냐, 얘는 앞으로 절대로 부르지 말자, 얘가 오면 자기는 이제 빠진다는 험한 얘기까지 오갈 정도였다.

그래서 정말 멋있는 논쟁은 출판된 글을 통해 일어난다. 토마스 쿤(Thomas Kuhn)의 『과학혁명의 구조』(1962)를 놓고 쿤, 포퍼(Karl Popper), 파이어라벤트(Paul Feyerabend), 라카토슈(Imre Lakatos) 사이에 일어났던 대논쟁은 피튀는 '진검승부'였지만 아무도 다치거나 죽지 않고, 오히려 이들 모두를 20세기 대사상가의 반열에 올려놓았다. 아마 멋진 상대를 만나서 멋진 논쟁을 한번 하는 것은 학문의 내공을 쌓는 사람들의 꿈일 게다. 이런 멋진 논쟁을 읽을 때 나는 재미있는 무협지를 읽는 것처럼 다음 페이지에는 무슨 얘기가 나올까 가슴이 콩당콩당 뛰곤 한다.

최근에 나 역시 논쟁에 휘말린 경우가 있었다. 내가 정말 공들여 써서 『아이시스』(Isis)라는 좋은 학술지에 발표한, 상당한 자부심을 가지고 있던 「과학적 전기공학 만들기」(Forging Scientific Electrical Engineering)라는 19세기 전기공학의 역사와 관련된 논문이 하나 있었는데, 몇달 후에 미국 엔지니어 한명이 시비를 걸어왔다. 내 논문을 게재한 학회지의 편집인은 이 엔지니어의 반론을 싣기로 이미 결정했으니 내게 반박을 하고 싶으면 하고 싫으면 말라는 통고를 보내왔다.

나는 너무나, 정말 너무나 화가 났다. 나는 내 논문을 알고, 그 엔지니어의 반박문이 '낮은' 수준임을 알고 있는 사람으로서, 내가 꿈꾸던 멋진 논쟁은커녕 이런 종류의 저질 시비에 말려든 것이 통탄할 지경이었다. '편집인은 눈이 삐었나'라는 생각이 백번도 더 들었다. 약이 오를 대로 오른 나는 독설과 야유를 가득 담아서 반론을 휘갈겼다. 특히 마지막 문장은 내가 봐도 멋있게, 이 엔지니어의 글 중 한 문장을 뽑아 이를 패러디해서, 그가 내게 한 비판을 열 곱으로 갚아버리는 명문을 만들었다.

나는 내 반박이 얼마나 멋있고 통쾌한가를 사람들에게 보여주고 싶어서 안달이 났다. 그래서 내 글과 그 엔지니어의 글을 미국에 있는 내 옛날 지도교수에게 보냈는데, 일주일 만에 날아온 답이 걸작이었다.

'자, 이제 네가 그걸 쓰는 것으로 화를 풀었으니, 그 글은 휴지통에 던져버리고 다시 하나 써보지'라는 것이었다.

정말 망치로 얻어맞은 기분이었다. 내 글을 다시 보니, 아아 얼마나 격앙되어 있고 치졸한지! 나는 그 엔지니어의 엉터리 비판이 전세계 대부분의 과학사학자가 구독하는 학술지에 발표된다는 사실에 화가 나고 눈이 먼 나머지, 그 엉터리 반론보다 별반 나을 게 없는 글을 쓴 것이다.

정말 피식 웃음이 나왔다. 여유를 갖고 쓴 두번째 반론은 그 엔지니어의 입장도 고려하면서 위트를 섞어가며 그가 왜, 어디서 잘못을 저질렀는지를 분명하게 지적했다. 그 엔지니어의 글과 이에 대한 내 반박문이 게재되고 나서 많은 사람들에게서 내 글이 기막히게 좋았다는 얘기를 여러번 들었다(사람들은 논문은 안 읽어도 이런 논쟁은 꼭 읽는다). 나는 첫번째 글이 발표 안된 것을 지금도 다행으로 생각하며, 내가 느끼는 감정까지 정확히 짚으면서 조언을 해준 나의 선생에게 고마움을 느낀다.

얼마 전에 후배의 권유로 한국에서 프랑스 철학을 하는 철학자와 이에 비판적인 철학자 사이에 벌어진 '포스트모더니즘 논쟁'을 보았다. 둘 다 첫번째 글은 좋았는데, 반론으로 나아가면서 지금까지 어디서 무얼 하다 왔느니, 불어도 못하는 사람이니, 책도 안 읽고 읽은 척하느니, 인신공격이 난무했다. 유명한 대학의 교수님들인데 그걸 본 제자들이 '아하 논쟁이란 이런 것이구나' 배울까봐 안타까웠다.

한번 휘갈기고 버리고 다시 쓰는 지혜를 빌려보는 것도 좋겠다는 생각이 든다.

통신의 재미와 '기이한' 경험들

　이론과 실천의 괴리는 우리 삶 곳곳에 있다. 내 경우도 예외는 아니다. 예를 들어, 내가 지금 하고 있는 큰 프로젝트 중 하나는 '스펙트럼의 역사'(History of the Spectrum)인데, 나는 스펙트럼 기술의 총아라고 할 수 있는 핸드폰이나 삐삐를 한 번도 사용해본 적이 없고, 또 그럴 의사도 없다. 현대기술사를 강의하지만 앤서링 머신도 없이 오랫동안 살다가 주변의 성화에 못 이겨 얼마 전에야 장만했고, 컴퓨터와 사회에 대해 강의를 하지만, 통신공간을 접해본 것은 '21세기 프런티어'가 처음이다.

　나는 통신의 재미를 하나둘씩 발견하는 중이다. 처음에는 글을 올리고 읽는 것이 재미있었지만, 지금은 사람을 만나고 새로운 친구를 사귀는 재미도 쏠쏠하다. 예전부터 알던 친구와도 새로운 방식으로 만나고, 비록 두어 번 쪽지를 주고받았지만 오랜 친구처럼 가까워진 느낌이 드는 사람들도 있다.

　요즘 발견한 새로운 재미는 쪽지 대화이다. 한/영 전환이 불편해서

'to…'를 매번 쳐야 하는 것을 싫어하는 나는, 쪽지 대화보다 대화방을 만들어서 얘기하는 것을 선호하는데, 반대로 대화방보다 쪽지 대화를 선호하는 사람이 꽤 있다는 것이 잘 이해가 안되었다. 이 의문은 예상치 않은 방법으로 풀렸다. 쪽지 대화를 하다보면 황당한 쪽지가 날아오는 경우가 있다. 예를 들어, 내가 외국에서의 생활에 대해 얘기하는데 상대가 "그럼 내일 봐요"라는 쪽지를 보내는 경우가 그것이다. 이런 경우는 들통이 났지만, 쪽지 대화는 자기가 여러 명과 얘기하고 있음을 눈치 못 채게 하면서 동시에 두세 사람과 대화할 수 있는, '다중대화'라는 무척 재미있는 구석이 있음을 알았다.

이 경우 곧 "미안, 혼선이었어요"라는 해명이 오지만, 조금 찜찜하다. 대화를 나누던 상대방이 내 애인도 아니고 찜찜할 이유가 하나도 없는데 그래도 뭔가 마음 한구석이 이상하다. 아마 내가 학생이던 시절 미국의 학회에 가서 미국 학생이나 젊은 학자들과 얘기를 하다보면, 애네들의 입은 나와 형식적인 대화를 나누지만 눈동자는 쉬지 않고 두리번두리번, '어디 더 중요한 사람 없나' 하는 식으로 움직이던 것을 발견했을 때와 느낌이 비슷해서인지 모른다. 그래서 나는 내 찜찜한 경험 때문에 한 사람과 쪽지 대화를 시작하면, 다른 사람이 쪽지를 보내도 '조금 있다가 얘기하자' '지금은 글을 보고 있다'는 변명으로 되도록 처음 대화를 시작한 사람과의 얘기를 흐트리지 않으려고 노력한다.

그러던 중 빼도박도 못할 상황이 한번 생겼다. 프런티어에서 알게 된 한 친구와 80년대 광주에 대해 조금 심각한 얘기를 하고 있는데, 내 대학 동기가 쪽지를 보내왔다. 그 대학 동기는 거의 접속을 안하는 친구여서, "다음에 얘기하자"고 할 수 없었다. 그래서 어쩔 수 없이 둘과 동시에 쪽지 대화를 시작했는데, 첫번째 사람과의 대화는 점점 더 심각해지고, 두번째 내 친구와의 대화는 점점 더 농담 따먹기 식으로 진행되는 것이었다. 나는 혹시 '혼선'이 될까봐, 이들이 내가 지금 다른 사람이랑 서로 다른 얘기를 하고 있다는 것을 알게 될까봐 극도로 신경이 쓰이게 되었고, 이를 눈치채지 않게 하려고 내 머리는 물론, 손과 눈까지 더욱 바삐 움직여야 했다. 마치 두 가지 서로 다른 일을 수행하는 민첩한 싸이보그 같았다.

한 사람과 얘기할 때는 심각해졌다가, 또다른 사람과는 낄낄거리는 것을 번개처럼 왔다갔다 하길 한 20분. 얘기를 마치고 나는 내 자신에 대해, 통신공간에 대해 극도로 회의가 들기 시작했다. "이게 뭔가, 내가 대체 뭐하는 인간인가"라는 회의가 떠나질 않았다. 모든 것이 가식으로 보이기 시작했고, 프런티어에 올라와 있는 글의 진실성이 의심스러웠다. 며칠이 지나도 나는 이 '지저분한' 경험을 잊을 수 없었다.

이 인격 분열의 경험에서 헤어나지 못하고 있는 즈음에, 나는 또다른 이상한 경험을 하게 되었다.

프런티어의 심리상담가 우주토토님과 통신공간에서 만나 얘기를 하던중, 나는 지난 15년 가까이 반복해서 꾸어오던, 어디엔가 전화를 걸려다가 결국 실패하는 꿈에 대해 얘기를 하게 되었고 그녀는 내게 이 꿈을 풀어보자고 제의했다. 심리학자와 상담자의 꿈 해석이 온라인으로 시작된 것이다. 처음에 나는 '무슨 온라인 상담인가'라고 이를 무시하고, 하던 일을 마저 하면서 딴청을 피웠지만, "몰두해서 얘기하라"는 우주토토님의 '명령'을 결국 따르게 되었다. 꿈에 대해 얘기하고, 듣고, 단초를 잡고, 이를 풀고 하는 과정이 계속되길 몇시간. 그날 나는 내 꿈에 대한 최초로 만족할 만한 풀이를 스스로 내릴 수 있었다. 몸과 마음이 극도로 피곤해지고, 그날 저녁은 완전히 '뻗었다'고 할 만큼, 온라인

을 통한 내 경험은 실재적이었다. (나는 그후 이 꿈을 더이상 꾸지 않았
다.)

통신공간의 가식성과 진실성의 교묘한 공존을 다시 한번 생각하게
해준 최근의 '기이한' 경험들이었다.

인터넷, 포르노만 잘 팔린다?

1993~94년 인터넷이 모자이크, 넷스케이프 등의 웹브라우저를 통해 처음 일반인에게 공개됐을 때, 사람들은 매우 다양한 비유를 사용해서 이를 해석했다. 어떤 사람들은 이를 싸이버펑크들의 꿈인 '싸이버스페이스'로, 또다른 이들은 새로운 탐험의 대상인 '신(新)프런티어'로 보았다. 이것 이외에도 인터넷은 '정보고속도로'로, '전자시장(市場)'으로, '전자민주주의'로, 시장과 토론장의 혼합체였던 고대 그리스 '아고라(Agora)의 탈근대적 부활'로, '세계두뇌'(Global Brain)로, '범세계도서관'(World Wide Library)으로 사람들에게 다가왔다.

하지만 이러한 꿈들은 서서히 깨지기 시작했다. 인터넷에서 많은 사람이 한번에 얘기하는 것이 기술적으로 어렵다는 사실이 드러나면서, 전자민주주의는 정당이나 국회의원의 그저그런 홍보용 홈페이지 수준으로 떨어졌다. 싸이버스페이스는 가상현실 기술의 한계로, 정보고속도로는 인터넷 전송선의 적은 용량과 케이블 회사의 이해관계로, 전자시장은 보안상의 허점으로 인해 체증상태에 들어갔고, 범세계도서관은 전자데이터에 대한 지적 저작권이 강화되면서 물건너간 얘기가 되고 있다.

현재 인터넷을 통해 유일하게 번창하는 사업은 성인 오락물 또는 포르노그라피를 제공하는 장사다. 지난해 이써넷(Ethernet)의 개발자인 멧칼피(Bob Metcalfe)는 포르노그라피의 범람이 인터넷을 곧 파국으로 몰고갈 것이라고 예언해 화제가 될 정도였다. 그렇지만 돌이켜보면 모든 미디어의 초기 발전이 포르노그라피와 무관하지 않음을 알 수 있다. 인쇄기가 발명되자 음란서적이 쏟아져나왔고, 사진기가 나오기 무섭게 음화(淫畵)가 등장했으며, 영사기와 전화가 나오자마자 성인영화와 폰섹스가 나왔으며, 초기 비디오시장의 70%가 성인비디오였다는 사실은 새로운 미디어의 등장과 포르노그라피의 범람이 불가분의 관계에 있음을 잘 보여준다. 인터넷의 경우 주된 이용자가 미성년자이고 이들을 보호할 장치가 없다는 이유로 인터넷을 통한 음란물 유통을 불법화하는 '통신예절법'(Communication Decency Act)이 미국 국회에 의해 제정되었다. 이 법안이 헌법상의 표현 자유에 위배되는지를 놓고 많은 논쟁이 있었는데, 얼마전 대법원에서 표현 · 언론 · 출판의 자유에 위배된다는 위헌 판결을 받아서 무효가 되었다.

반면 최근에는 인터넷을 통해 사업을 하고자 하는 사람들에 의해 인터넷 포르노그라피로부터 배울 교훈도 많다는 주장이 제기되었다. 인터넷의 발전 이후 성인물 제공자들은 이용자에게 친근한 쌍방향 싸이트를 개발해 제공해왔으며, 이를 끊임없이 업데이트시켰다. 몇몇 경우엔 원거리회의 기술개발에 주역을 담당하기도 했다. 실제로 엄청난 수익을 올리고 있는 '가상의 꿈'(Virtual Dream) 회사가 1 : 1 스트립쇼를 위해 개발한 기술을 조금 더 개량하면 교육이나 의학에서 유용하게 쓰일 수 있다는 전망이다.

포르노그라피는 미디어의 사용자가 다양해지고 문화도 다양하게 형성되면서 주변으로 밀려나는 것이 역사적인 과정이었다. 인터넷의 경우 '싸이버 경찰'과 같은 다양한 여과(filtering) 프로그램이 미성년자의 성인물에 대한 접근을 제한하기 위해 도입되었다. 페미니스트들은 포르노그라피에 대해 비판적인 여성들이 네티즌으로 인터넷에 적극 참여하는 것이 포르노그라피를 무력화시키는 데 도움이 될 것이라고 강조한다. 이런 기술적·문화적 해결책은 검열이 아닌 참여와 대체 문화의 형성을 기반으로 하고 있다. 통신예절법을 통한 검열과 처벌이 가장 빠르고 효과적인 방법일지는 몰라도, 이는 검열자에게 부당한 권력을 부여하는 결과를 낳고 이런 권력이 새로운 미디어에 대한 또다른 종류의 독점을 잉태할 것이라는 우려는 역사적으로 그 근거가 뚜렷한 것이다.

제니캠과 사생활 훔쳐보기

미국에서 세번째로 인기있는 웹싸이트로 하루 50만명의 방문객을 맞는 곳이 22세 여성의 홈페이지라고 한다면, 여러분은 '아, 포르노그라피 싸이트겠구나' 생각할 것이다. 천만에. 요즘 웬만한 포르노그라피 싸이트는 하루 5천명을 끌기도 힘들다. 비슷비슷한 포르노 싸이트가 무척 늘어났고, 사람들도 비슷한 사진들을 보는 데 물렸기 때문이다.

제니퍼(Jennifer)라는 22세의 웹디자이너로 일하는 평범한 여성이 운영하는 '제니캠'(JenniCam)이라는 싸이트는 그녀의 일상생활을 2분마다 사진으로 찍어서 보여주는 곳이다. 제니캠에 올라오는 사진들은 그녀의 '일상'——아침에 일어나서 옷 입고, 밥 먹고, 커피 마시고, 집에 있는 컴퓨터에서 일하고, 친구들과 얘기하고, 저녁 먹고, (가끔) 섹스하고, 자고 하는 것——을 연출 없이 보여준다. 사람들은 이 젊은 여자의 일상을 엿보는 것이 포르노를 보는 것보다 더 재미있나 보다.

제니퍼는 최근 라디오 방송 PBS와의 인터뷰에서, 처음에는 카메라가 설치되어 있지 않은 화장실이나 부엌에서 옷을 갈아입었는데, 몇주일

그러다가 '빨리 갈아입으면 2분마다 찍히는 사진에 옷 갈아입는 순간이 안 찍힐 수도 있겠다' 생각하고 방에서 재빨리 갈아입는 쪽을 택했다고 한다. 그러다 아예 카메라를 의식하지 않게 되었다는 것이다. 그녀와 달리 그녀의 남자친구는 지금도 사진 찍히는 와중에 사랑을 나누는 것이 너무 어색하다고 한다.

옷 갈아입는 장면이나 섹스신을 노리고 이 싸이트를 방문하면 금방 실망한다. 실제로 그녀의 모습이 보이는 경우도 많지 않다. 그녀가 사진에 찍힐 때도 자거나, 일하거나, 고양이와 놀거나 하는 것이 대부분이다.

왜 프라이버시를 이런 식으로 파느냐라는 질문에, 인터넷을 통해 다른 사람이 자기 일상을 들여다보는 것이 프라이버시를 침해당하는 것이라고 생각하지 않기 때문이라고 한다. 사람들이 자기를 보는 것이 자기에겐 아무런 영향도 미치지 못하고, 수많은 사람들이 인터넷을 통해 자신의 일상을 들여다봐도 자신은 항상 '나홀로 방에' 있다는 것이다. 다른 사람의 사생활을 엿보는 것이 우리 일상에 건강한 욕구라고 생각하는 그녀의 철학이 이 일을 시작하게 한 것인지는 잘 모르겠지만, 노출에 덤덤한 것은 분명한 것 같다.

한두 해 전에 이승희가 한국에 왔을 때, 한 기자가 인터넷에 누드사진을 올려놓고 인기를 끄는 것이 여성의 지위를 저하시키는 행위가 아니냐고 물어본 적이 있다. 그때 이승희의 대답이 재미있었는데, 그녀는 "남자들이 자기 사진을 클릭할 때마다 자기가 '파워'를 가지는 것이지 왜 그것이 여성의 지위를 낮추는 것이냐"고 기자에게 되물었다. 이승희가 파워를 얼마나 획득했는지는 모르겠지만, 자본주의 사회에서 파워와 밀접히 관련된 돈을 수억 쓸어간 것을 보면, 그녀의 얘기가 헛소리만은 아닌 것 같다.

　한 여자는 훔쳐보기로, 다른 여자는 노출로 인기를 얻었다. 모두 인터넷을 매체로 했다. 한 여자는 다른 사람이 보고 있는 것이 자기에게 어떤 변화도 주지 않는다고 하고, 다른 여자는 자기 사진을 클릭해줄 때마다 자기에게 파워를 얹어주는 것이라고 한다. 한 여자는 일상에서의 누드와 섹슈얼리티를 부끄러워하지 않고, 누드와 섹슈얼리티를 연출하는 여자는 일상에서 아주 가벼운 누드도 허용하지 않는다. 재미있는 대조를 이룬다.

　제니캠을 찾아가고 싶으면 http://www.jennicam.org 하면 된다. jenni 대신 jenny를 치면 재미없는 포르노 싸이트에 떨어진다. 바뀌는 사진을 보고 싶으면 '손님'(guest)에서 '다시'(reload) 버튼을 누르면 된다. 내가 해보니 라디오 방송의 인터뷰와는 달리 20분마다 사진이 바뀌어서 조금 실망했다.

　아이디어 하나로 먹고사는 세상이다.

이사를 하면서 이 생각 저 생각

　토론토에서 차로 11시간을 달려 보스턴으로 이사를 하면서 내 처와 이런저런 얘기를 나누었다. 다음은 그 얘기의 한토막이다.

　인터넷이 널리 보급되면서 생긴 여러가지 현상을 지칭하는 말로 '넷 효과'(net effects)라는 말이 있다. 무엇이 '넷 효과'인지에 대해선 설왕설래가 있지만, 이전의 기술로는 불가능할 정도로 시공간을 압축한다는 것이 그 중요한 측면이라는 데 대해선 이견이 없다. 공간의 지구화(planetarization of space), 시간의 현재화(presentification of time)로 요약되는 현상이다. 한국에 있는 사람들과 통신을 통해 만나다 보면, 바로 옆에서 서로를 '읽는' 것 같은 착각이 들기도 하고, 어떤 때는 열세시간이라는 시차마저 깜박하는 경우가 종종 있다.

　이러한 시공간의 압축은 자연과학의 영역에서 가장 잘 드러난다. 최근 첨단 현미경, 망원경, 가속기의 탐지기 같은 기기들은 사람이 직접 렌즈에 눈을 대고 들여다보며 관찰하는 단계를 벗어나서, 컴퓨터로 처리된 영상을 모니터를 통해서 보고 이 기기 자체를 컴퓨터를 통해 조작하곤 한다. 즉 사람과 기기 사이에 복잡한 컴퓨터가 존재하며, 이 컴퓨터가 인터넷을 통해 다른 컴퓨터에 연결되어 있다면 인터넷을 통한 원거리 관찰과 통제가 가능하다는 얘기다.

쉽게 설명해서 미국에 있는 최첨단 망원경을 인도에 있는 연구팀이 조작하면서 천체를 관측할 수 있고, 독일에 있는 세계에 몇대밖에 없는 현미경을 한국에 있는 과학자가 들여다볼 수도 있다는 것이다. 인터넷을 통한 협동연구로 공간적인 한계마저 극복할 수 있는 것이다. 이래서 인터넷으로 연결된 실험실을 보통의 실험실에서 한 단계 진화한 협동실험실(collaboratory)이라고 재미있게 표현하기도 한다.

인터넷과 전자메일을 통한 학자들의 협동과 공동연구는 과거에는 상상할 수 없었을 정도로 발전했다. 그렇지만 인터넷을 통한 협동연구의 맹점도 존재한다. 학자들은 멀리 떨어져 있으면서, 자신과 비슷한 분야를 연구하는 학자들과의 커뮤니케이션을 선호하고, 오히려 자기 주변의 가까운 사람들과의 접촉은 사소하게 여긴다는 것이 그 하나이다. 즉 매일 얼굴을 보는 같은 학과 동료와의 대화나 접촉은 점점 더 사소하고 의미없는 것이 되어가는 반면, 몇번 만난 적도 없는 외국 학자와의 전자메일을 통한 교류는 더 늘어남으로써, 학과와 같은 전통적인 공동체는 파편화된다는 것이 인터넷 예찬론에 대한 비판의 골자이다.

지금 제목과 상관 없는 딴 얘기 하는 게 아니냐구? 아니다. 네트워킹의 상반된 두 효과는 내 처 영란이가 이사하면서 들려준 최근 자신의 경험과 관련이 있어서이다.

"형, 보스턴 가면 인터넷을 당분간 못 쓸 텐데 프런티어에 접속해서 글쓰거나 '싸이버 애인'이랑 노닥거리는 것 못해서 어떻게 해?"

"내가 무슨 싸이버 애인은 (아니 이걸 어떻게 알았지!)…… 그리고 언제 노닥거리기만 했니? 지난 한달간은 몇가지 이유 땜에 나름대로 시간을 좀 쏟았지. 새 생활을 시작하는 지금 그 일들이 마무리되었으니 나도 좀 쉬어야지."

"그래, 사실 지난 한달 동안 형이랑 얘기한 적이 거의 없었다는 거 알아? 형이 통신에 빠져 있는 동안 나는 형이 참 멀게만 느껴졌어."

"그래? 그래도 내가 글을 쓰면 맨처음 독자는 항상 영란이잖아."

"그렇지만 그 글들은 내가 개입 못하는 형의 세상에 있는 것들이고 나는 그냥 수동적인 독자잖아."

"그러고 보니 네가 지금 한 얘기가 인터넷과 과학에 대한 최근의 논의와 일맥상통하는 점이 있구나. 그 얘기는 말이야……"

"내 얘기를 귀담아 듣는 건지, 자기 공부할 생각만 하는 건지……"

통신공간과 같은 온라인 커뮤니티는 한국에서 만날 수 없는 친구들과의 만남을 주선하기도 하고, 새로운 친구를 사귀게도 하지만, 내 주변의 소중한 사람들이나 내가 주위에서 만들 수 있는 사람들과의 관계를 소홀히 하는 결과를 낳기도 하는구나 생각되었다. 그러고 보니 꼭 이 때문만은 아니었겠지만, 토론토에서 친하게 지내던 친구 몇몇과는 커피라도 함께하지 못하고 이렇게 이사를 하는구나 후회도 되었다. 보스턴 가면 엽서라도 한장씩 띄워야겠다고 다짐하면서 정든 토론토에서 멀어져갔다.

제2부

잡종식 문화 읽기, 세상 읽기, 삶 읽기

박철수 감독과 할리우드

최근 클라라 로(Clara Law)가 감독한 「부생(浮生)」(Floating Life)이란
영화를 보았다. 홍콩의 중국 반환을 앞두고 중국 본토에서 홍콩으로 온
한 가족이 홍콩에서 호주로 다시 이민을 가면서 겪는 중국과 서구의 문
화적인 충돌, 가족 간의 갈등을 재미있는, 때로는 조금 과장된, 그렇지
만 심각한 터치로 그리고 있다. 클라라 로는 마카오 출생으로 홍콩에서
자라고 영국에서 공부했으며 지금은 호주에서 영화를 만들고 있다. 그
녀 자신이 세계를 떠돌아 다니는 삶을 살았고, 그녀의 가족은 지금도
홍콩, 캐나다, 호주에 흩어져 있다.

이 영화 이외에도 우리는 지난 몇년간 '중국인' '중국가족'을 다룬
많은 영화를 보았다. 「패왕별희」 「음식남녀」 「결혼 피로연」…… 하다못
해 한국인 2세인 쌘드라 오(Sandra Oh)가 주연해서 화제를 모은 「더블
해피니스」라는 영화조차 중국인 가정을 배경으로 하고 있다. 「결혼 피
로연」과 「음식남녀」를 감독한 리 안(李安)은 이 두 영화에서 대만과 서
구의 문화적 충돌을 잘 그려냈는데 그 자신이 대만인이면서 뉴욕 바닥

에서 영화를 만들기 위해 10년 가까이 무명으로 고생했음을 기억할 필요가 있다.

서양인의 입장에서 보면 중국인이나 한국인이나 일본인 사이에 큰 차이를 못 느낀다. 생긴 것이 비슷하고 서로 인접해 살고 있어서 문화나 민족성도 비슷하다고 생각하는 것이다. 한국 음식이 일본이나 중국 음식과 다르다는 얘기를 하면 놀라는 서양 사람이 많다. 마치 우리에게 미국인이나 캐나다인이나 영국인이 백인이기만 하면 다 비슷비슷하게 보이듯이. 이 고정적인 이미지를 깰 수 있는 것이 문화를 적극적으로 홍보하는 영화와 같은 매체의 힘이다.

미국이나 유럽에서 한국 사람으로서 영화를 만들고, 그것도 한국적인 것을 살려가면서 자신이 만들고 싶은 영화를 만드는 것은 정말로 어려운 일일 것이다. 미국에서 공부했다는 젊은 감독들도 충무로에서 영화를 만들기 위해 귀국하는 것을 볼 수 있다. 미국에서 공부했건 한국 토박이건, 충무로에서 영화를 만드는 것이 더 편할 수 있다. 서구를 한국에 소개하는 것이 한국을 서구에 잘 소개하는 것보다 쉽기 때문이다.

할리우드에서 박철수 감독에게 스카웃 제의를 했다는 말을 들었다. 본인은 "한국의 여건이 되는데 왜 외국에서 영화를 만드는가"라는 식으로 이를 일축했다고 한다. 박철수 감독의 「어미」부터 최근 일련의 문제작까지 그의 섬세함을 알고 있는 관객으로서는 조금 안타깝다. 그라면 우리의 토속성과 국제감각을 결합시키면서 한국인의 삶과 한국적인 것을 왜곡하지 않고 세계 영화팬들의 입맛에 맞게 그려낼 수 있다고 생각했기 때문이다. 이런 일은, 어렵지만 한국 사람 중 누군가가 해야 하며, 이런 작업이 축적될 때 우리는 수입된 할리우드 영화에서 왜곡된 한국인의 이미지를 조금은 덜 볼 수도 있을 것이다.

이현세 · 장정일을 위한 변호

몽둥이로 사람을 패는 것은 폭력이다. 이는 형사처벌을 받아야 한다. 그렇지만 백인 경찰들이 한 흑인을 몽둥이로 두들겨패는 것을 몰래 촬영한 비디오를 TV에서 방영하는 것을 동일한 종류의 폭력이라고 생각하는 사람은 아무도 없다. 강간은 여성에 대한 폭력이고 무거운 형사처벌을 받아 마땅한 범죄이다. 그렇지만 소설가가 강간 장면과 강간의 후유증에 시달리는 한 여인의 심리를 자세히 묘사하는 것은 소설이지 강간이 아니다. 이 자세한 묘사가 꼭 필요한가에 대한 논란이 있을 수는 있지만, 이는 소설가가 판단할 몫이자 독자가 비판할 대상이지 여론재판이나 법정의 문제는 아니다.

나는 장정일의 『내게 거짓말을 해봐』를 읽지 못했다. 한국에 있었다면 어떻게 해서라도 구해 보았을 텐데, 토론토에선 구할 수 없었다. 혹시 누가 인터넷에 조금이라도 띄워놨나 찾아봤지만 허사였다. 그렇지만 나는 그의 『아담이 눈뜰 때』 『너에게 나를 보낸다』를 보았고, 시시한 수필집 『웬 오렌지』라는 책도 읽었다. 나는 『너에게 나를 보낸다』를 참

유쾌하고 가볍게 읽었는데 '글쓰기'와 '섹스'라는 두 가지 소재를 '과거가 현재에 얼마만큼이나 중요한가'라는 질문과 결합시킨, 풍부한 상상력으로 가득찬 소설이었다. 물론 놀랄 만큼 직설적인 언어, 성행위의 묘사와 상상 등은 충격적이었지만 나는 이것을 한국사회가 조금 더 개방되어가는 좋은 징후로 해석했다. 들은 바로는 『내게 거짓말을 해봐』에서 주인공이 똥을 먹는 부분이 문제가 되었다고 하는데 그것이 왜 문제인가에 대한 답은 들은 바 없다.

존 워터스(John Waters) 감독의 「핑크 플라밍고」(Pink Flamingos, 1972)라는 영화가 있다. 이 영화에선 엄마가 상심한 아들을 달래주기 위해 오럴 섹스를 해주는 장면이 있다. 개똥을 집어먹는 영화의 마지막 장면은 미국 영화사상 가장 지저분한 장면으로 종종 인용된다. 얼마 전에 토론토에서 이 영화를 상영했는데 영화관은 사람들로 미어터졌고, 사람들은 낄낄거리고 박장대소를 하면서 이를 관람했다. 사람들은 이 영화를 60년대 말, 70년대 초의 미국 문화와 사회에 대한 지독한 풍자로 즐기는 것이지, 그 이상도 이하도 아닌 것이다.

이런 '저질' 영화와 소설이 사회에 미치는 악영향을 걱정하는 사람들이 있다. 나는 이런 걱정에는 공감한다. 그렇지만 내가 참을 수 없는 것은 대부분의 이런 걱정이 빈약한 증거에 근거해서 검열과 단죄로 줄달음친다는 사실이다. 20세기 들어 미국사회의 범죄 증가와 폭력영화 사이의 현상적인 연관을 보이기는 아주 쉬운데, 그 이유는 둘 다 증가 추세에 있기 때문이다. 그렇지만 폭력영화가 범죄 증가의 원인인가 하는 문제로 가면 이야기가 무척 복잡해진다. 폭력영화는 폭력이 만연한 미국사회의 하나의 증후에 가깝기 때문이다.

물론 갱영화를 보고 이들을 동경하면서 흉내를 내는 청소년들에 의해 저질러진 범죄가 있다. 폭력영화의 해악을 외치는 사람들은 이런 케이스를 대서특필하지만, 대부분의 폭력영화는 폭력에 노출된, 힘없는 보통 사람들이 카타르시스 해소를 위해 즐겨 본다는 사실을 잊어서는 안된다. 미국의 범죄와 폭력은, 2차대전을 전후해서 공장의 일자리를 찾아 대거 도시로 몰려온 남부의 흑인들이 전통적인 싼 임금의 육체 노동자가 서서히 사라지는 미국 산업구조의 변화 속에서 취직은커녕 도심빈민가의 실업자로 남으면서, 이들과 이들의 자식들이 가장 풍요한 나라에서 아무런 희망이 없는 집단으로 남게 된 복잡한 사회 변화에 그 근본적인 원인이 있다. 바로 이러한 이유 때문에 폭력영화를 금지하고 가위질한다고 해서 범죄가 줄지는 않는다. 이들이 범죄와 폭력을 배우는 곳은 가정, 거리 그리고 무엇보다 흑인과 유색인종에 대한 차별이 공공연하게 존재하는 미국사회이지 영화관이 아니기 때문이다.

비슷한 방법으로 폭력만화와 청소년 범죄 증가 사이의 연관을 보이기는 아주 쉽다. 둘 다 증가 추세에 있고, 만화를 보고 주인공을 동경해서 '일진회'를 만들고 그대로 따라 했다는 철없는 아이들의 고백이 있기 때문이다. 이런 몇몇 학생들의 고백은, 내가 우려했듯이 곧바로 20여년간 한국 만화계를 이끌어온 이현세를 구속하겠다는 법원의 강경선언으로 이어졌다.

이현세의 문제가 된 작품 『천국의 신화』를 보지는 못했지만 그의 『공포의 외인구단』 『국경의 갈가마귀』 『아바돈』 『블루엔젤』 『아마게돈』 등을 보고 그 감동을 아직도 간직하고 있는 나는 논리나 설득을 떠나서 터져나오는 분노를 참을 수 없다. 그의 만화는 수많은 어린이, 청소년, 어른 들의 사랑을 받았고 이들의 상상력의 많은 부분을 형성했다. 우리들은 그의 만화를 보면서 웃고 울고 분노하고 감동했으며, 마지막 장을 닫으면서 박수를 보냈다. 나는 일개 검사가 '하드코어 포르노' 운운하면서 이런 '위대한' 만화가를 법정에 세울 수 있다는 현실에 아찔한 현기증을 느낀다.

나는 청소년 문제 전문가도 아니고 그런 척할 의양도 없다. 단지 내 경험에 비추어 청소년들이 폭력을 배우는 곳이 만화가게가 아님을 얘기하고 싶을 뿐이다. "사내 새끼가 코피가 터지더라도 끝까지 싸워야지" "애들은 싸우면서 큰다"라는 남성폭력을 정당화하는 담론을 어릴 적부터 듣고 자라는 아이들, 서울대학을 들어가기 위해 초등학교부터 과외와 학원을 다닐 정도로 경쟁이 판치는 사회, 산업화와 조국안보를 위해 만들어진 강인한 남성상의 보편화, "맞을 짓을 했으니 맞지"라며 눈퉁이가 퍼렇게 된 부인을 윽박지르는 남편을 너무도 자연스럽게 그리는 TV의 코미디 프로그램들, 학생을 개 패듯 패고는 "다 너희 잘되라고 그러는 거야"라며 씩 웃고 지나가는 학교 선생들…… 나는 이런 것들이 일본 만화보다 더 폭력적이라고 본다. 이런 사회적이고 구조적인 문제를 해결하는 것은 어렵고, 만화를 단속하고 '만화쟁이'를 구속하는 것은 쉽다. 언론과 법원은 쉬운 길을 택한 것이다.

몇달 전에 「키스트」(Kissed)라는 캐나다 영화를 보았다. 어릴 적부터 죽은 짐승의 시체를 무서워하지 않은 한 소녀가 성인이 되어 죽은 남성의 시체와 섹스를 하는, 나름대로의 사랑법을 발전시킨다는 영화다. 영화 속에서 이 여인의 남자친구는 자신이 살아 있는 상태로는 이 여자와 완전한 사랑을 향유할 수 없음을 깨닫고, 결국 벌거벗은 채로 목을 매고, 이를 발견한 주인공은 죽은 남자친구의 시체와 사랑을 나누는 장면으로 영화는 끝을 맺는다. 삶과 죽음의 경계라는 것이 이토록 얄팍한 것일 수도 있구나 하는 느낌을 진하게 들게 한 좋은 영화였고, 비평가와 관객으로부터 좋은 평을 받았다.

　이런 영화를 만들고 볼 수 있게 해야 국민의 감성이, 상상력이 풍부해진다. 21세기는 상상력의 세기이다. 땅덩어리가 작고 자원이 부족한 우리가 국제경쟁에서 살아남는 길은 끈질긴 이성과 더불어 비약하는 상상력의 개발에 있다고 해도 과언이 아니다. 과학에서, 철학에서 창조적인 작업의 근원에 무엇이 있는가 생각해보라. 멀티미디어 산업의 근원이 무엇인가 생각해보라. 소설, 노래, 영화, 만화를 단죄하는 행위는 시민의 상상력을 억압하는 것이고, 이는 국가와 사회라는 이름으로 시민에게 자행되는 가장 심각한 폭력의 하나인 것이다.

표절은 학자의 가장 더러운 범죄다

요즘 대학교수의 표절 시비가 언론에 종종 보도되고 있다. 여기서는 왜 이런 일이 자주 생기는가에 대한 나의 의견과 이를 방지하는 방법에 대한 나름대로의 생각을 말해보려 한다. 특히 유학을 와서 인문학이나 사회과학을 공부하는 많은 한국 학생들이 정신차리고 주의해야 하는 점이 바로 이 표절의 문제임을 얘기하고 싶다.

가장 먼저 생각해야 할 것은 한국과 서구의 교육 차이이다. 서구의 많은 대학은 표절에 대한 코드가 굉장히 엄격하다. 우리 과에도 학부학생들을 위한 한쪽짜리 '표절이란…' 문서가 있고, 교수는 학생들에게 리포트를 써오라고 과제를 내면서 이 문서를 나누어주고 설명해주도록 요청받는다. 나는 "따옴표나 인용문단 표시 없이 어떤 구절이나 문장을 옮기거나, 참고문헌을 밝히지 않고 개념이나 주장을 사용하면 표절"이라고 하면서, 따옴표로 인용된 부분은 반드시 적절한 위치의 주(註)에서 그 출처를 밝혀야 함을 강조한다. 언제 어떻게 인용하고 따옴표를 쓰는지 길게 설명해주고, 토론시간에 조교가 이를 반복해서 주지시킨

다. 학생들은 다른 수업에서도 표절에 대한 얘기를 계속 듣게 되고, 이
렇게 4년을 마치고 대학원에 오는 학생에게는 보통 표절에 대한 얘기
를 할 필요가 없어진다. 우리 과에도 대학원 학생을 위한 '표절이란…'
문서는 없으며, 나도 대학원 세미나 시간에 표절 얘기는 언급 안한다.

　대형 강의, 책 없는 도서관, 조교의 태부족, 교수의 잡일이라는 열악
한 상황에서 대학을 다닌 한국 학생들은 졸업할 때가 되어도 여기저기
서 '베끼고' '따와서' 리포트를 내고 성적을 받은 경험밖에 없는 경우
가 많다. 이런 학생들이 유학을 와서 갑자기 대학원에 들어가고, 기말
보고서를 서너 개씩 써내기 시작하면 정신이 없어진다. 표절에 대해 자
세히 얘기해주는 사람도 없고, 따라서 실제로 무엇이 표절로 간주되는
지 모르는 경우가 태반이다. 소수지만 자기가 읽은 책과 논문에서 이
문장 저 문장 따오고, 좋다고 생각되는 주장들을 엮어서 학기말 페이퍼
를 만드는 일이 너무도 자연스럽게 시작된다. 운이 좋으면 안 걸리고,
재수가 없으면 다른 문장이나 주장에 비해 너무 튀는 몇몇 부분을 교수
가 알아차리게 되는데, 이러면 걸린다. 일단 걸리면 운이 아주 좋은 경
우 찍히고, 그렇지 않으면 '잘린다.' 자신도 모르는 사이에 러시안 룰
렛을 돌리는 셈이다.

　언어의 차이는 두번째로 생각할 부분이다. 갓 유학온 학생이 영어로
문장을 만드는 일은 죽기보다 힘들다. 자연과학 분야는 데이터가 좋거
나 시험만 잘 보면 교수의 총애를 받을 수 있는데, 인문학이나 사회과
학에선 모국어로 하라 해도 어려운 복잡한 주장을 영어로 하려니 죽을
노릇이다. 자기가 봐도 짜증나는 보고서를 학점을 받기 위해 제출한다
고 생각하면 아찔하다. 바로 이때 표절의 유혹은 너무나 달콤하다. 읽
는 논문이나 책은 대부분 영어책이고, 표현하기 힘든 구절을 이런 책이

나 논문에서 너무나 손쉽게 얻을 수 있다. 이 유혹에 넘어가는 것은 러시안 룰렛에 총알을 하나 더 넣는 격이다.

마지막은 지적인 독창성에 대한 인식이다. 이미 출판된 지식은 전인류의 공동 자산인데 이를 이용할 때 그 출처를 밝히지 않는 것이 왜 문제인가? 이것은 새로운 지식(이론, 주장, 해석)을 만드는 데에 높은 가치를 두는 것을 사람들이 공유했기 때문이다. 비판을 위해서건 동의를 나타내기 위해서건, 다른 사람들의 업적을 정확하게 인용하는 것은 그 사람들에 대한, 그 주장에 대한 일종의 인정을 표시하는 것과 동시에, 자신의 글에 이전의 사람들이 알지 못했던 새로운 지식이 담겨 있음을 보이기 위한 초석이다.

기존의 주장을 딛고 새 주장을 내기 위해선 기존의 주장에 대한 정확한 인식과 이를 토대로 다른 사람들이 보지 못한 '그 무엇'에 대한 통찰이 필요하다. 누가 어디서 무슨 말을 했고, 무슨 개념을 어떤 의미로 사용했고, 이는 또다른 사람의 비슷한 얘기와 무엇이 다르고, 내 얘기는 이 모든 얘기와 무엇이 다르고 왜 더 가치가 있는가를 보이는 까다롭고 지루한 작업은 창조적인 학문의 전부는 아니어도 아주 중요한 일부이다. 남이 한 얘기를 마치 자기 얘기처럼 하는 표절은 이런 학문의 기본적인 과정을 의미없는 것으로 만들고 파괴한다. 그렇기 때문에 표절은 학자의 가장 더러운 범죄로 간주된다.

나 같은 '번데기 학자'(이 말은 강석진의 『축구공 위의 수학자』에서 빌려옴)가 표절을 방지하는 방법에 대해 이러저러 충고한다면 어불성설일 것이다. 그렇지만 유학생들에게 실제적으로 도움이 되는 방법은, 영어로 페이퍼를 쓸 때 모든 문장을 처음부터 끝까지 자기가 만들어 쓰는 것이다. 글쓰기를 시작하기 전에 많이 읽고, 노트하고, 생각하고, 구조를 잡고, 논리의 흐름을 생각해야 함은 물론이다. 처음부터 끝까지 모든 문장을 자기 힘으로 만드는 방법이 처음에는 조금 느려도 영어 작문 실력을 가장 빨리 늘릴 수 있는 길이기도 하다. 인용과 주는 초고를 쓸 때 표시해두고 나중에 고치면서 자세히 보충한다.

그렇지만 더 중요하고 근본적인 문제는 새롭고 창조적인 지식을 만들어내는 과정에 대한 이해와 이에 대한 헌신에 있다. '서태지와 아이들'의 이주노는 "태지가 노래를 만드는 모습을 보면 그를 존경하지 않을 수 없다"고 얘기한 적이 있다. 서태지의 곡과 가사를 들으면 그가 한 소절을 작곡하기 위해 밤을 새우고 결국은 계속 새로운 것을 만들어야 한다는 중압감에 견디다 못해 팀을 해체했다는 얘기가 수긍이 간다. 새로움에 대한 이런 집착과 헌신이 있을 때 표절이 발붙일 자리는 없다. 그래서 그의 노래는 좋았고, 또 새로웠다. 학문을 업으로 하는 사람들이 적어도 서태지만큼은 새로운 무엇을 만들어내기 위해 애쓰고 노력해야 한다고 얘기한다면 이는 학문하는 사람을 모욕하는 것일 게다. 아니 서태지를 모욕하는 것일까?

한국에서 대학교수로 산다는 것은

　나는 한국에서 교수를 안 해봤기 때문에 「한국에서 대학교수로 산다는 것은?」이란 knc00님의 글에 대해 이렇다저렇다 반론을 게재할 입장이 못됨을 알고 있다. 그렇지만 나도 한국에서 박사과정을 다니면서 서울과 지방에 있는 대학에서 3년 넘게 강사 노릇을 한 경험이 있고, 대학원에 들어가 몇년 동안 주변의 교수들을 '관찰'한 적이 있으며, 또 지금은 어쩌다 보니 외국대학에 자리를 잡아서 주로 백인 학생들을 가르치는 처지가 된, 나름대로 독특한 경험을 가지고 있기 때문에, 그래도 이 문제에 대해 조금 얘기를 하는 것은 허용되리라고 생각한다.

　가장 먼저 얘기할 수 있는 것은 한국의 교수들이 굉장히 바쁘다는 것이다. 외국에서 안식년이나 연구휴가를 보내고 있는 한국 교수들과 만나서 이런저런 얘기를 하다 보면, 그들 자신도 한국에서 왜 그렇게 바빴는지 이해를 못할 정도라는 것이다. 교수 부인들의 얘기를 들어보면, 대개 저녁을 집에 와서 먹는 것이 일주일에 많아야 이틀이나 삼일 정도 된단다. 나머지는 모두 약속으로 꽉 차 있다.

그런데 이렇게 바쁜 이유가 연구하고 학생들 만나느라 바쁜 것이 아닌 데에 문제가 있다. 오히려 정반대이다. 다른 일로 너무 정신없이 바쁘기 때문에, '면담 시간'도 잘 지키지 못한다. 원래 교수-학생의 위계가 한국보다 적은 서양에서도 학생들은 교수를 찾아가서 얘기하는 것을 꺼린다. 그래서 교수는 찾아오면 자기를 언제나 만날 수 있는 면담 시간을 일주일에 두 시간 가지도록 되어 있고, 그 시간 동안 교수가 얼마나 학생을 성실하게 만나주는가를 학생에 의한 교수 평가에 반영시킨다. 나도 학생들에게 면담 시간에 찾아올 것을 거의 '애걸'하다시피 한다.

한국의 어떤 교수가 이렇게 정신없이 바쁜 문화를 두고 '모두를 끊임없이 바쁘게 함으로써 정신없이 살게 하는 식민지적 문화'라고 정의한 적이 있다. 그 교수는 결혼식, 생일, 명절, 이런 것들 챙기고 찾아먹는 시간 아껴서 공부하고 글 쓴다는 것이다. 화장하는 시간도 아까워서 맨 얼굴로 다닌단다. 공감한다. 최근에 나온 그녀의 책들이 내게 참으로 많은 감동을 주었는데, 그 이유가 이 정도로 철저한 자기 관리에 있었구나 생각되었다. 외국에서 아주 잘 나간다는 소위 '대가'라는 학자들을 옆에서 봐도 저녁 때 약속이 꽉 차 있거나 사람 만나는 것 때문에 바쁘거나 하지 않다. 좋은 학자는 자기 시간을 무척 아끼고 시간 관리에 엄격한 사람들이다. 사실 학자의 본분이 연구와 강의라면, 항상 새로운 것을 향한 열정이 그들 삶의 중심이라면, 저녁시간에 식사 약속이나 술 약속이 줄줄이 있을 필요가 무엇이 있겠는가.

한국은 다르다. 왜 다른가 하면, 학과나 대학의 중요한 일이 공식회의보다는 일과 후에 저녁을 먹으면서 술자리에서 논의되고 결정되는 일이 많기 때문이다. 이런 자리에 빠지면 중요한 얘기를 놓치기도 하고, 중요한 결정에서 소외되기도 한다. 대부분 학과에서 여자교수를 싫어하는 이유 중 하나는, 밤으로까지 연장된 술자리 등의 '사회생활'을 함께하기 힘들기 때문이다. 이게 어찌 대학만의 문제겠는가. 무슨 일을 되게 하려면, 유능한 사람이란 소리를 들으려면 주변 사람들과 그 아버지의 고향은 물론, 출신 중·고등학교, 그들의 친구관계를 꿰고 있어야 하는 것이 한국의 현실 아닌가.

아마 한국의 대학교수의 책무 중 하나는 이런 '식민지 문화'를 청산하는 데 한몫을 담당하는 것일 게다. 대학을 졸업할 때쯤 되면 스스로 생각할 줄 아는, 자기 분야에서 창조적으로 사고할 줄 아는 학생을 더 많이 배출하는 것이 그들이 지금 해야 할 일 중 하나라고 생각한다. 관료가 정부에 대해 더 많이 알고, 전문 기자들이 자기 분야에 대해 더 많이 생각하며 또 지식도 축적하고, 기업에 있는 사람이 기업에 대해 더 많은 권위를 가지고, 그래서 사람들이 '교수'들의 뜬구름 잡는 얘기에 덜 관심을 두게 되고, 궁극적으로는 대학교수에게 '잡글' 쓰라는 청탁이 줄어드는 사회를 만드는 것이 지금 대학교수들이 해야 할 일일 것이다.

그러면 교수들은 연구와 좋은 강의에 몰두할 수 있게 된다. 좋은 연구를 하다보면, 이를 국내의 학자만이 아니라 전세계 학자를 대상으로 더 많은 사람에게 읽히고 싶은 충동을 받게 될지도 모르고, 그러다보면 '수준 높은' 학술지에 논문을 기고할 충동을 느낄 수도 있다. 경쟁이 생겨나고 좋은 연구를 하는 학자들이 대접받고 그들이 학교에서 힘을 가지게 되는 풍토가 만들어질 수 있다.

이 모든 과정은, 새롭고 독창적인 지식에 대한 정열이 교수의 삶에서 중심적인 위치를 차지할 때나 가능한 일이다. 이렇게 되기 위해서는 교

수들 자신이 '모두를 끊임없이 바쁘게 함으로써 정신없이 살게 하는 식
민지적 문화'에서 해방될 필요가 있다. 여기에서 해방되는 방법은 신문
에 글을 써서 대중을 계몽하는 것이 아니라, 생각할 줄 아는 학생을 배
출해서 이들이 사회의 주요 인력으로 일하게 하는 것일 게다.

내가 여자를 좋아하는 이유

가끔 듣는 얘기로 '남자는 나이가 들면서 멋있어지는 데 반해, 여자는 그 반대'라는 얘기가 있다. 젊었을 때 '저 남자는 저렇게 못나서 누구랑 결혼해서 사나' 했던 사람도 40, 50대가 돼서 보면 중후한 중년의 멋을 풍기는 경우가 있는 반면, 젊었을 때 참 멋있다 싶던 여자도 그 나이에 만나면 '왜 저렇게 늙기만 했을까'라고 생각된다는 것이다. 며칠 전 이런 얘길 하다가, 내가 아는 선생님은 "그래, 그레고리 펙은 죽을 때까지도 멋있었어"라고 받았고, 내 처는 "'중년 남자의 멋'은 돈과 권력이 배후에 있음으로써 우러나는 멋이고, 중년 여자가 멋없게 생각되는 이유는 여성의 멋을 젊은 여성의 외모에서만 찾는 사회의 태도에서 비롯된 것이 아닐까"라는 나름대로의 페미니스트적 분석을 곁들였다.

그런데 나는 이 대화가 몹시 낯설게 느껴졌다. 생각해보니 대화의 전제, 즉 중년 남자는 멋있고 여자는 그렇지 못하다는 것에 동의하지 못한 것 같다. 나는 특히 한국 중년 남자의 뻔들거림, 능글능글함, 과장과 가식이 섞인 듯한 목소리, 이런 것들이 싫다. 아니 싫은 정도를 떠나서 어떤 때는 역겹다. 나는 그들이, 그들의 옷차림이 뿜어대는 돈 냄새, 권력 냄새가 싫고, 그러지 못할 때는 그런 척하려는 태도가 싫고, 이를 유지하기 위해 동원하는 온갖 종류의 권위가 싫다. 내게 중년 남자가 멋있다는 말처럼 이해가 안 되는 것도 없다.

동시에, 여자가 나이 들면 멋없어진다는 얘기에도 공감할 수 없다. 이번에 한국에 가서 40대 중반의 여자 선배들과 내 또래의 여자 친구들을 만났다. 10년 전에 비해서 늙었지만, 강산도 변한다는 세월의 흔적과 직장·가정을 동시에 꾸리는 생활의 고달픔이 얼굴과 목소리에 배어났지만, 아직도 다들 멋있었다. "성욱이 너 만나려고 허리를 커버하는 옷 골라 입고 나왔다"고 농을 하는 내 친구는, 신혼의 20대에서 40을 바라보는 독신모로 변해 있었지만 여전히 멋졌고, 아마 10년 뒤에 다시 만나도 멋있을 게다.

내가 과민한 탓인지 나는 남자 후배들에 대해 불만이 많다. 그것은 30대에 접어들면서 멋이 없어진다는 점이다. 박사과정을 다니고 학위를 하면서 어깨에 힘이 들어간 애들은 정말 후배라고 부르고 싶지도 않다. 아마 어디 대학교수라도 되면 점입가경일 거다. 이런 이상한 권위는 그들이 꿈이나 자신과 사회의 미래에 대한 소박한 비전을 잃어간다는 사실과 결합되어 있다. 답답할 정도로 자신의 세상에 울타리를 치고 있다. 반면에 학교에 있는 여자 후배들은, 물론 내 주관적인 판단이지만, 이런 점에서 남자애들보다 훨씬 나았다. 멋으로 따진다면 훨씬 더 멋있다.

내가 여자를 좋아하는 이유는 그들에게서 '억눌린 자의 냄새'가 나기 때문인 것 같다. 페미니스트건 아니건, 직업여성이건 가정주부건 내가 아는 여자들은 다 어두운 구석을 가지고 있다. 차별당하면서 컸던 기

억, 성희롱에 대한 불쾌한 기억들, 남성의 물리적·언어적 폭력에 괴로
워했던 경험들, 직장에서의 차별, 아니 직장을 얻기까지 겪었던 차별,
가족관계에서의 불평등, 육아와 가사노동의 지겨움…… 이런 차별과
불평등을 없애기 위해 노력하는 여성에겐 존경과 기대를, 이에 그저 무
력하기만 한 여성에겐 연민과 동정을, 어떤 특별한 조건 때문에 이런
슬픈 경험 없이 살아가는 여성에겐 그 순수한 이상을 잃지 않기를 바라
는 애정어린 시선을 보낸다.

 멋진 여자들이 어찌 내 친구, 후배뿐이랴. 건장한 남자 사이에서 거
친 랩을 토해내는 그룹 업타운의 윤미례는 내가 제일 좋아하는 대중가
수다. 섹스와 낙태의 자유, 중년 여성의 몸의 아름다움을 외치며 딸이
있다면 피임법과 강인한 의지를 동시에 가르치고 싶다는 전여옥도 멋
진 여자다. 이번에 책을 사서 읽은 조혜정 교수도 빼놓을 수 없다. 독서
와 글쓰기 때문에 제자의 결혼식도 안 가는 이기적인 사람. 그렇지만
진정으로 이기적인 지식인은 자신의 주변이 다 좋아져야 자신도 행복
해진다고 설파하는 사람. 나도 모르는 사이에 그녀의 팬이 되었다.

어떤 과학적 관점에서 본 사랑

'사랑이라 불리는 기묘한 것'에 대해 최근 재미있는 기사를 하나 보았다. 그것은 럿거스대학의 인류학자 헬렌 피셔(Helen Fisher)의 가설에 대한 것이다. 피셔는 인간의 사랑을 셋으로 나눈다. 욕정(infatuation 또는 sex drive), 애정(attraction), 그리고 정(attachment). 그녀는 이 세 감정은 인간두뇌의 서로 다른 회로(circuit)에 해당하며, 각각 조금 관련이 있지만, 전반적으로 보았을 때 독자적으로 진화해왔고 지금도 독립적이라고 주장한다.

욕정은 남성이 여성에게, 여성이 남성에게 느끼는 가장 동물적인 섹스 욕구이다. 이는 진화론적으로 볼 때 인간이 스스로의 종을 보존해온 가장 강력한 도구이다. 애정을 느끼지 않아도 욕정을 해소하기 위해 섹스할 수 있는 동물적인 근거가 여기에 있다. 이는 이른바 종족보존의 본능이다.

그런데 욕정이 사랑의 전부는 아니다. 사람은 어떤 이성에 대해 다른 이성보다 더 많은 끌림을 경험하곤 하는데, 이렇게 이성에 대한 '선호'

를 결정하는 것이 바로 애정이다. 흥미있는 것은 애정에 개인적인 차가 있지만, 전체적으로 보면 어떤 유형이 있다는 것이다. (정부미가 차인 표보다 잘 생겼다고 느끼는 여자는 한명도 없을 것이다.)

마지막으로, 정이란 진화론적으로 볼 때 인간이 자식을 키우기 위해 함께 사는 행위의 배경을 말한다. 이는 인간만이 아니라 일부일처를 어느 정도 유지하는 동물의 세계에게서도 나타나는 특성이다. 그렇지만 생물학적으로 정이 절대적인 것은 아니다. 전세계를 통틀어 결혼 4년 차에 이혼율이 가장 높다고 하는데, 이는 사람의 정이 아이를 낳고 이 아이가 갓난애 시절을 넘기는 시기까지 작동하고 이후 급속히 식음을 보여주고 있다.

욕정, 애정, 그리고 정이 서로 독립적인 두뇌회로에 해당하기 때문에 (이는 각각 다른 호르몬에 의해 좌우될 수 있다고 한다), 인간에게선 이상한 유형의 행동이 자주 나타난다. 사랑하는 애인과 길을 걷다가 예쁜 여자가 지나가면 눈이 따라 돌아간다든지, 배우자를 진정으로 사랑하면서도 다른 이성과 섹스를 즐긴다든지 하는 것이다. 연애, 결혼, 혼외정사, 이혼의 인간사는 이 세 가지 감정이 교차하면서 일어난다.

사랑을 이런 식으로 해부해서 우리가 얻는 이익이 있을까? 글쎄, 미국에서 살인의 25%가 연인, 배우자, 이전 배우자, 섹스 파트너에게 행해진다고 한다. 실연을 당했을 때 죽고 싶거나 상대를 죽이고 싶은 충동을 느낀 비율도 상당히 높고, 여성의 50% 이상이 헤어진 애인으로부터 추근거림을 당한 경험이 있다고 할 정도다. 이렇게 보면 사랑이라는 것이 꼭 달콤한 것만은 아니다.

사랑이라 불리는 어떤 것을 탐구하고 이를 이해하고 통제하는 것. 인간이 오랑우탄과 다른 점이 있다면, 이런 끊임없는 호기심이 아닐까.

여자친구, 우정 그리고 섹스

미국에 잠깐이라도 살아본 사람은 NBC에서 매주 목요일 저녁 9시에
방영하는 씨트콤 「싸인펠드」(Seinfeld)를 알 것이다. 제작과 주연을 맡
고 있는 제리 싸인펠드(Jerry Seinfeld)가 얼마전 이번 시즌을 마지막으
로 이를 종영하겠다고 발표해서 수천만 미국 시민을 비탄에 잠기게 한
바로 그 프로다. 같은 날 10시에 방영하는 의사들의 얘기를 그린 병원
드라마 「ER」(응급실)을 제치고 현재 미국 시청률 1위를 고수하는 인기
프로다.

NBC는 회장이 직접 나서서 싸인펠드에게 딱 1년 만 더 하자고 간청
하면서, 30분짜리 한 회를 만드는 데 그에게 500만불씩 주겠다고(지금
도 한 회 만드는 데 싸인펠드는 100만불씩, 다른 주연들은 60만불씩 받
는다. 500만불이면 원화로는 70억쯤 된다) 제의했지만, "정상에 있을
때 은퇴하겠다"는 그의 의지를 돌리는 데는 실패했다. 1998년 5월 14
일 수많은 팬들의 아쉬움 속에 마지막 회를 방영하고 이 프로는 지난 9
년간의 시리즈를 종영했다.

나도 이 프로의 애청자인데, 아마 지금까지 방영한 백여 개의 에피소드를 하나도 빼놓지 않고 보았을 것이다. 뿐만 아니라 많은 에피소드를 적어도 두세 번, '숩-나치'(soup Nazi)와 같은 고전은 아마 너덧 번은 족히 본 것 같다. 그래도 볼 때마다 재미있는 것이 이 프로의 묘미다.

이 프로에는 네 명의 주인공이 등장한다. 뉴욕의 클럽에서 스탠딩 코미디언(standing comedian)으로 일하는 제리 싸인펠드와 그의 고교동창이자 조금은 치사하고 인색한 조지 코스탄자, 제리의 아파트 앞집에 사는 엉뚱한 친구인 크레이머, 그리고 제리의 옛 애인이었지만 이젠 그냥 친한 친구 사이로 지내는 일레인 베니스가 바로 그들이다. 넷 다 싱글이고, 이기적인 깍쟁이 뉴요커이며, 연애, 프리섹스, 테이크아웃 중국음식(Chinese take-out: 사가지고 가거나 배달해주는 중국식당의 음식), 영화, 커피숍에서 '죽때리기'(hanging out), 그리고 일상적인 외식(dining out)을 즐긴다.

1989년부터 방영된 「싸인펠드」의 에피소드들은 이제 90년대 북미 대중문화의 중요한 부분을 형성했다고 보아도 과언이 아니다. 자신이 지금 사귀는 여자친구를 '사랑'하는지 잘 모르겠다고 고민하는 조지에게, 여자친구가 집에 올 때 화장실 변기를 청소하면 그녀를 사랑하는 것이라고 단언하는 제리는, '사랑＝화장실 변기 청소'라는 웃지 못할 사랑의 공식을 만들었다.

또다른 에피소드에선 제리가 우연히 사귀게 된 여자친구의 이름을 물어보지 못한 것을 후회하다가, 그녀의 이름이 여자 신체의 한 부분과 발음이 비슷하다는 것을 알게 되고 이로부터 이름을 추측하는 애기가 있다. 여기서 제리는 머리를 굴리다가, 그녀를 '멀바'(Mulva)?라고 부르는 코믹한 장면이 있는데, 캐나다에선 한 남자가 직장에서 이 멀바

에피소드를 흉내내다가 여성 부하에게 성추행으로 고소당해서 해고된 애기가 가십거리가 되기도 했다. '자위'(masturbation)에 대한 고전적인 에피소드에서 나오는 "I'm still master of my domain"("아직 자위를 하지 않았다"는 표현으로 이들이 쓰던 말이었다)는 사전에 올라갈 정도로 널리 알려진 말이 되었다.

영화 「해리가 샐리를 만났을 때」를 보면 샐리가 오르가즘을 가장하는 부분이 있는데, 「싸인펠드」에도 그런 에피소드가 있다. 친구들이 모여 커피를 마시는 자리에서 일레인이 자기도 섹스할 때 종종 가장(fake)한다고 하자, 제리는 "예전에 나랑 섹스할 때는 물론 가장이 아니었겠지?"라고 묻는다. 제리의 말이 떨어지자마자, 일레인은 그것도 모두 "FAKE, FAKE, FAKE!"였다고 웃으며 대답했는데, 이는 제리의 자존심에 깊은 상처를 입힌다.

결국 제리는 자기가 솜씨를 보일 수 있는 기회를 딱 한번만 더 달라고 일레인에게 요청하는데(처음에는 "제발 30분만"이라고 간청하다가 나중엔 "그럼 15분만"이라고 애걸한다), 일레인은 섹스가 둘 사이의 우정을 망칠 것이라고 계속 거절한다. 둘은 이 문제를 놓고 티격태격 싸우다가 결국 점차 소원한 관계가 된다. 즉 어느 순간부터 섹스를 하지 않는 것이 친구로서의 둘의 우정을 망치는 이상한 상황이 연출되는 것이다.

결국은 둘의 우정에 금이 가는 것을 보다 못한 일레인이 "그래, 가자! 우정을 위해서 한번 더 기회를 주지"라고 외치며 외투를 벗어던지고 제리의 침실로 뛰어들어가고, 그녀의 뒤를 제리가 의기양양하게 따라 들어간다. 그렇지만 곧이어 카메라는 기가 막히다는 듯 허탈한 표정을 짓고 침대에 누워 있는 일레인과 그 옆에서 땀을 뻘뻘 흘리면서 뭔가 열심히 변명하는 제리의 모습을 보여준다.

　섹시한 여자친구와 계속 '친구'로서 우정을 간직할 수 있을까? 남자
는 섹시한 여자에겐 욕정을 느끼기 때문에 이런 여자와는 친구가 될 수
없나? 글쎄, 멋진 여자에게 (여자라면 멋진 남자에게) 매력을 느끼지
않는다면 거짓말일 게다. 그렇지만 진정으로 가까운 이성 친구 사이라
면 "야, 나 너랑 섹스하고 싶다"고 했을 때, 이 얘기를 놓고 깔깔 웃을
수 있지 않을까? 섹스를 하지 않더라도 이 정도 사이라면 괜찮은 친구
사이가 아닐까? 바로 이런 미묘한 (아슬아슬한?) 측면이 있기에, 이성
친구를 사귀는 것이 동성 친구를 사귀는 것과 또다른 재미가 있는 게
아닐까?

섹스에 대해 아는 것과 모르는 것

동성애(homosexuality)와 양성애(bisexuality)는 아득한 고대부터 있었지만, 이런 범주로 사람의 섹슈얼리티를 구분짓기 시작한 것(human kind라고 불리는 것)은 20세기 들어서의 일이다. 그래서 학자들 사이에는 이를 두고 동성애의 재발견, 더 나아가서 동성애의 발명, 또는 사회적 구성이라는 얘기를 하기도 한다.

동성애가 유전이라는 주장도 일부 과학자들 사이에서 설득력을 얻고 있는데, 이에 반대하는 사람도 많다. 유전적으로 100% 동일하다고 간주되는 일란성 쌍둥이 중에, 한명은 동성애자고 한명은 이성애자인 경우가 종종 있는 것도 이를 부정하는 근거가 된다. 무엇보다 스스로 힙(hip)하다고 생각하는 서양의 젊은이들 가운데, 동성연애는 젊었을 때 한번 거치는 통과의례로 생각하고 이를 겪어보는 애들도 많다.

각설하고, 나는 20세기에 들어 동성애자가 왜 눈에 띄게 늘어났는지에(이게 맞다면) 대한 한가지 엉터리 '가설'을 가지고 있다. 그것은 여성의 성적 만족이 남성의 피스톤운동에 의한 질의 자극에서보다는 (아니 이것에 의해서가 아니라) 클리토리스의 자극에서 온다는 사실을 여성 스스로가 발견한 것이다. 이는 소위 60년대 '성의 혁명'에서 핵심적인 내용을 차지하는 것으로서, 남녀 모두에게 놀랄 만한 사실이었다.

이 발견의 함의는 남성 없이 여성들끼리도 아주 만족스러운 섹스를 즐길 수 있다는 데에 있다. 내 가설은 이를 발견하고 인식한 것이 레즈비언이즘을 증가시킨 한가지 요소라는 것이다. (얼마 전에 캐나다에서 본 성인을 위한 성교육 TV프로에서, 여성의 성기 윤곽을 칠판에 크게 그려놓고 그곳에 초대된 남성들에게 클리토리스의 위치를 찍어보라고 했는데, 정답에 근접한 사람이 별로 없었다.)

남성의 경우 몸 중에서 가장 성적으로 민감한 곳이 페니스라는 것은 상식이다. 그런데 최근에 이를 뒤집는 이론이 나왔는데, 남성의 항문 속에 여성의 'G 스폿(spot)'과 비슷한 기능을 하는 곳이 있다는 것이다. (여성의 G 스폿은 아직도 성을 연구하는 사람들 사이에서 이것이 신화다 아니다를 놓고 논쟁의 대상이 되고 있는데, 흔히 그곳이 자극되면 '여성사정'이 일어난다고 얘기되는 곳이다.) 그곳을 자극받았을 때 남성은 비할 데 없는 쾌감을 느낀다는 것이 이 새로운 주장의 골자다. 내 두번째 가설은 이러한 새로운 쾌감의 발견이 남성들 사이의 동성연애를 증가시킨 하나의 이유가 될 수 있을지 모른다는 것이다.

섹스. 히죽거리기 전에, 아직도 너무 모른다는 생각이 든다.

언어의 차이와 친구 사귐의 차이

어제 토론토에 있는 마기(Margie)라는 친구에게 전자메일을 보냈다. 내가 조만간 주최하는 작은 학회에 토론자로 초청하기 위해서였다. 조금은 사무적인 편지를 쓰면서 그녀 생각을 하고 빙그레 웃었다. 우리는 만난 지 3년밖에 안되는 친구지만, 심심할 때 전화해서 "오늘 저녁에 맥주 한잔 할려" 하고 서로에게 물어볼 수 있는 유일한 친구이다. 메일을 쓰면서 오늘 같은 날 오후에 그녀와 맥주 한잔 하면 좋겠다는 생각이 절로 났다. 작년 초엽엔가 둘이 해롱해롱하면서 새벽녘 만취할 때까지 마시던 생각을 하며 후후 웃었다.

한 시간이나 지났을까, '삐' 소리와 함께 내 유도라가 열렸다. 그녀가 답장을 했는데, 그렇잖아도 오후 내내 '오늘 성욱이와 맥주 한잔하면 좋겠다'는 생각을 하고 있었단다. "네가 없는 토론토는 전 같지가 않다"라는 기분좋은 사족이 달려 있었다. 나도 속으로 낄낄 웃으면서 답장을 했다. "나도 같은 생각을 하고 있었는데…"라고.

그녀는 어느 대학원생이 자기에게 데이트 신청을 했다는, 시시콜콜

한 사생활까지 내게 주절주절 얘기하지만, 나이만은 절대로 얘기하지 않는다. 70년대 중반에 학부를 다녔다는 말에서 나보다 대여섯살 많을 것이라는 짐작만 하고 있다. 한번은 술을 마시다가 "너 몇살이니?"라고 물었더니 "아직 30대야"라고 해서(30대가 아니라는 것을 내가 분명히 알고 있는데!) 깔깔 웃은 적이 있다. 나이가 이렇게 차이나도 마기와 친구로 지내는 데 아무런 문제가 없다. 그러고 보니 토론토에 있는 캐나다 친구들은 나이가 들쭉날쭉하다. 나보다 어린 애도 있는데, 많은 경우 걔들 나이를 잘 모른다.

한국 친구들을 생각해본다. 나는 동갑, 또는 나와 학번이 같은 80학번을 좋아한다. 생각해보니 예전에 청년과학기술자협의회에서도 80학번 끼리 아주 가까웠다. 한국에서 석사, 박사과정을 다니면서도 동기와 제일 친했다. 프런티어와 같은 통신공간에서조차 나는 80학번을 제일 선호한다. 70년대 학번은 선배 대접을 해야 하고, 81학번 이후는 왠지 아직도 어린 후배 같다. 나이가 40이 가까워져도, 81학번 후배를 만나면 아직도 마구 반말이고, 그들에겐 아직 '성욱이 형'이다. 친구가 적은 대신에 선후배가 많다. 그런데 이것이 더 풍성한 인간관계라는 생각은 안 든다.

프런티어에서 '언어'에 대한 월례포럼을 준비중이라는 소식을 접하고 이런 생각을 해보았다. 나는 지난 몇년간 주로 영어로 말을 하고 논문을 쓰면서, 한국말이 영어에 비해 덜 논리적이거나 덜 분석적이라고 생각한 적은 없다. 한글 논문이 모호하고 어떤 때 턱없이 어려운 이유는 대부분 학자들이 잘 모르고 쓰는 얘기가 많거나 문장을 다듬지 않아서이다.

그렇지만 나는 한글의 존대말/반말이 인간관계를 미리 이렇다저렇다

규정하지 않나 싶다. 사람은 자꾸 원자화되고 '자유롭게 태어난 개인'
(born-free individual)의 중요성이 계속 부상되는 이 시기에, 우리의 말
이 이젠 족쇄가 아닌가 싶다. 나는 반말을 하고 상대는 내게 존대말을
쓴다면, 이는 어떤 경우에도 평등한 인간관계일 수 없다. 위계는 군대
에서나 어울리지 창조적인 시민사회의 바람직한 특성이 아니다. 친구
처럼 지내고 싶은 후배들이 많은데, 내가 친구가 되고 싶다고 해서 그
렇게 되는 게 아니라는 것이 조금은 안타깝다.

아이덴티티에 대한 세 가지 다른 얘기들

80년대 논객으로 이름을 날리던 이진경씨가 쓴 서양철학사에 대한 책 광고 '카피'에 굴뚝청소부 얘기가 나온다. 두 굴뚝청소부가 굴뚝을 청소하고 나왔는데, 한 명의 얼굴엔 검댕이 많이 묻었고 다른 한 명은 맨얼굴 그대로였다. 여기서 세수를 하는 쪽은 누구인가?

검댕을 묻히지 않은 청소부가 세수를 한다가 답이다. 왜냐하면 상대를 보고, '아 나도 저렇게 뭘 많이 묻혔겠구나' 생각하기 때문이다. 반면, 얼굴에 검댕을 잔뜩 묻힌 사람은 깨끗한 사람을 보고, '아 나도 얼굴이 깨끗하겠구나' 생각한다는 얘기다. 진리의 회피성(evasiveness)을 보여주는 예다. 사실 여기까진 초등학생도 다 아는 스토리다.

그런데 이 얘기는 거짓말이다. 왜냐하면, 손으로 만져서 손에 검댕이 묻나 그렇지 않나를 보면 금방 알기 때문이다. 더 빨리 알 수 있는 길은 거울을 들여다보는 것이다. 굴뚝청소부라면 거울은 없더라도 무슨 양철 그릇 하나쯤은 가지고 있기 십상이고, 그러면 그걸 들여다보면 된다. 이런 것이 아무것도 없다고 가정해도, 상대방의 눈동자를 잘 이용하면 이에 자신의 얼굴을 투영해서 볼 수도 있다. 위의 굴뚝청소부의 예는 인간이 세상에 대해 개입을 하지 않는다고 전제한 상태에서만 옳다.

그렇지만 얼굴에 검댕이 묻고 안 묻고의 문제가 아니라, '내가 누구인가'라는 문제로 넘어가면 얘기가 훨씬 복잡해진다. '내가 누구인가'를 들여다보는 거울은, 얼굴을 들여다보는 거울과는 달리 만들고 소지하기가 훨씬 복잡하고 어렵기 때문이다. 어떤 경우엔 다른 사람에게서 나를 발견하는 방법밖에는 자신을 이해하는 방법이 없을 때도 있다. 나와 타인의 이미지의 상호투영, 이의 도착(倒錯)과 같은 소위 아이덴티티와 관련된 많은 문제가 여기서 시작된다.

백인사회에 동양인으로 사는 나는 '내가 누구인가'라는 아이덴티티의 문제에 관심이 많다. 아이덴티티 폴리틱스의 기초는 공통점과 차이점을 이용하는 것이다. 나는 이곳에 사는 다른 한국 사람과 같은 조센징으로서 공통점이 많다. 나는 여기서 그들과 함께 '우리'다. 이 '우리'와 대적하는 것은 또다른 '그들'이다. 이 '그들'은 백인들, 인도인들, 중국인들, 흑인들을 포함한다. 피부색은 여기서 '내가 누구인가'를 결정하는 첫번째 기준이다.

'우리'와 '그들'의 관계와 관련해서 세 가지 재미있는 이야기를 접할 기회가 있었다. 가물가물한 기억에 근거해서 얘기를 해볼까 한다.

첫번째 얘기는 18세기에 하와이를 탐험했던 쿡(Cook) 선장이 하와이 원주민에게 잡혀 먹었다는 얘기다. 쿡 선장은 하와이를 처음 탐험했을 때 '신'으로 추앙받았는데, 다음 탐사에선 '저 희멀건 백인이 신인가 아닌가 시험해보자'고 생각한 원주민들이 칼로 난도질을 해서(신이라면 죽을 리가 없다고 생각했다는 얘기다) 죽이고 살을 져며내서 먹었다는 것이다. 선장을 찾는 선원에게 선장의 남은 고기를 보여주면서 선장은 신이 되었다고 설명했다는 얘기도 있다.

'죽이려고 의도한 게 아니라 신인가 아닌가 시험한 것이었다'는 원주민의 얘기를 놓고, '원주민이 쿡 선장을 죽이고 일부러 지어낸 얘기다' '그게 아니라 원주민의 의도는 순수했다'는 등 학자들 사이에서 갑론을박이 많았다. 그렇지만 분명한 것은 하와이 원주민만이 아니라, 수많은 미개한 원주민들이 인육을 먹는다는 유럽 탐험대의 보고는 선장의 '학살'을, 그리고 이후 미개한 지역에 대한 점령과 침략을 정당화하는 데 사용되었다.

이 사건에 대한 오베이쎄커(G. Obeyseker)의 최근 연구는 기존의 시각과는 전혀 다른 시각에서 이 문제에 접근해서 흥미롭다. 간단히 말해서, 인육을 먹은 사람들은 원주민이 아니라 유럽의 선원들이었다는 것이다. 물론 이 말은 유럽의 선원이 식인종이라는 얘기가 아니라, 항해를 하다가 배가 파손되어 무인도에 조난되거나 망망대해에서 방향을 잃고 식량이 떨어졌을 때, 선원들 사이에선 인육을 먹는 경우가 일반적으로 있다고 한다. 먼저 죽은 사람의 고기를 먹는 경우가 대부분이지만, 고기를 먹기 위해 사람을 죽이는 경우도 있다고 보고되었다.

이는 나중에 구조된 선원들에 의해 증언되었다. 인육을 먹은 사람들은 재판에 회부되기도 했지만 이 재판은 대부분 공개되지 않았고 또 이들에게 중형이 부과되지도 않았다. 사람들 사이에선 소문만 무성했지만, 이는 선원들 사이에선 공공연한 비밀이었다. 다시 말해 유럽 선원들은 자기들이 인육을 먹게 될지도 모른다는, 그런 '야만적인' 상황을 겪을 수도 있다는 공포에 괴로워하고 있었던 것이다.

자신들의 이런 사실, 소문, 두려움은 '타자'(the Other)에게 투영되었다. 선원들은 알 수 없는 고기를 항아리에 담아놓고 먹는 원주민들을 식인종으로 묘사했고, 쿡 선장을 죽이고 무슨 고깃덩어리를 들고 나와서 선장이 '신이 되었다'고 얘기한 하와이 원주민이 그를 도륙해서 먹은 것으로 묘사했다. 이들의 보고는 자신들이 잠재적으로 가진 카니발리즘을 가리고 동시에 유럽이 남미, 남태평양, 하와이를 정복하고 지배하는 것을 정당화했다. 이미지와 아이덴티티는 이렇게 '전도(顚倒)'되었다.

두번째 얘기로 넘어가자. 데이비드 크로넨버그(David Cronenberg) 감독의 「엠 버터플라이」(M. Butterfly)라는 영화 얘기다. 두 가지 유형의 아이덴티티의 전도가 나온다. 동양과 서양, 그리고 남성과 여성.

중국이 공산화된 이후, 미국에선 중국 공산주의를 이기기 위해서는 자신들과는 전혀 다른 중국 '사람'을 이해하는 것이 근본적으로 중요하다는 인식이 대두된다. 1950년대 이후 정치학이나 사회학 외에 인류학 연구가 대거 지원된 데도 다 이런 이유가 있었다. 이 영화에선 베트남 사람들이 미국의 개입에 대해 어떻게 반응할 것인가를 알아내는 것이 플롯 중 하나이다.

이에 대한 정보는 결국 '사람'을 이해함으로써 유추하게 된다. 프랑스 대사관에 종사하는 르네 갈리마르라는 남자가 푸치니의 오페라 「나비 부인」(Madame Butterfly)에서 나비 부인 역을 맡은 중국 여가수 송 리링에게 반한 뒤 그녀에게 접근, 그녀를 '정복'하고 이를 통해 발견한 그녀의 순종성으로부터 (여기서 그녀는 '마담 버터플라이'가 된다) 무력을 앞세운 미국의 개입에 베트남 사람들의 저항이 크지 않을 것이라는 잘못된 정보를 유추, 이를 정보기관에 제공한다. 그렇지만 같은 시

간에 그녀는 갈리마르로부터 미국 군대의 이동에 대한 올바른 정보를
얻어내서 중국 당국에 제공한다. 둘은 깊이 사랑하지만, 서로의 아이덴
티티를 통해서 상대의 사회를 보고, 이렇게 얻어진 결과를 자신들의 사
회에 제공한다.

한 사람은 잘못된 정보를 얻고 다른 사람은 안 그랬던 이유는, 둘 사
이의 관계의 비대칭성에 있다. 영화의 말미에 이 비대칭의 근원이 드러
난다. 중국인 '그녀'는 사실 '그'였음이 밝혀지고, 버터플라이는 '마담'
이 아니라 '무슈'였음이 드러난다. 중국인 '그'는 스파이 활동이 드러나
서 남성 정장을 입고 법정에 서고, 이 깨어진 관계의 역전은 지금까지
남성의 역할을 잘 수행한 프랑스인 '그'가 다시 '그녀'가 됨으로써, 순
종적인 동양 여인의 아이덴티티인 마담 버터플라이를 자신에게 투영해
서 스스로 '마담 버터플라이'가 되고 이 상태로 죽음을 택함으로써 다
시 삐끄덕 제자리로 돌아온다.

마지막 얘기는 노버트 위너(Norbert Wiener)라는 수학자의 싸이버네
틱 세계관에 대한 것이다. 그의 싸이버네틱 세계관의 골자는 인간과 피
드백 메커니즘을 가진 복잡한 기계 사이에 큰 차이가 없다는 것이다.
즉 인간, 기계, 사회시스템 모두 피드백 메커니즘으로 설명될 수 있다
는 것이다. 이 피드백 메커니즘의 본질은 통제이며, 이 통제는 정보의
전달을 통해 일어난다. 위너의 이런 생각은 1950~60년대 미국과 소련
의 생물학자, 사회과학자, 과학자 들에게 큰 영향을 미쳤다.

위너는 학자였던 그의 아버지에 의해 '만들어진' 인물이었다. 어릴
때부터 집에서 언어·수학·과학·철학을 교육받아 14세에 대학에 들
어가고, 18세에 하버드대에서 박사학위를 받고, 다른 학생들이 대학에
들어갈 20세에는 수학, 철학 논문을 발표하기 시작했다. 인간과 기계를

같은 메커니즘으로 보아야 한다는 급진적인 인식에 도달하게 된 것은 그가 2차대전중 대공화기(對空火器)를 개발하는 연구를 수행하면서였다.

효과적인 대공화기를 개발하기 위해서 가장 중요했던 것은 적기(독일군) 조종사의 마음을 읽는 것이었다. 직선으로 날아가다 언제 각도를 트는가, 왜 180도 회전을 하는가 등을 예측해야 했다. 이를 위해 위너는 두 가지 시도를 했다. 먼저, 미군 공군기지를 찾아가서 조종사들을 모아놓고 가상실험을 했다. 조종사들이 어떤 상황에서 어디로 방향을 바꾸는가를 알아내기 위해서였다. 이 실험이 재미있는 이유는 적의 마음을 우리에게 투영함으로써 찾아냈다는 것이다. 이 근저에 있던 가정은 독일 조종사는 우리, 즉 미군 조종사와 비슷하게 영리하고 비슷하게 행동하는 사람이라는 것이다. 이런 가정은 미군이 일본군을 '쥐새끼' 정도로 여기던 것과는 큰 차이가 있는 것이었다.

두번째 시도는 적을 단순히 사람(즉 조종사)으로 보는 것이 아니라, 사람과 기계의 혼합체로 보는 것이었다. 조종사의 결정이 기계의 작동을 '보상하는' 방식으로 이루어지기 때문에, 적기의 위치를 예측하기 위해서는 조종사와 비행기를 하나의 개체로, '기계화된 적 타자'(mechanized enemy Other)로 보아야 한다는 것이었다. 그런데 같은 인식이 '우리'쪽 대공화기를 발사하는 병사에게도 적용되어야 했다. 대공화기와 이를 작동시키는 병사는 분리할 수 없는 하나의 개체였다. 이번엔 '적'의 기계화된 아이덴티티가 '우리'에게 투영되었다.

전쟁이 끝난 후 '적'과 '우리'의 구분이 사라진 뒤에도, 위너의 기계화된 인간은 살아남았다. 아니 이제는 더 정교한 싸이버네틱스라는 과학의 이름으로, 이 싸이버네틱스는 싸이버네틱 오가니즘(cybernetic organism, 즉 cyborg)으로 우리 주변에 건재하며, 윌리엄 깁슨(William Gibson)에 의해 '싸이버스페이스'(인간과 컴퓨터의 경계가 흐려지면서 사람이 활동하는 가상공간)로 둔갑했다.

　다중 아이덴티티를 가질 수 있다는 통신공간을 접하면서 나의 아이덴티티는 무엇인가라는 문제를 생각해본다. 나는 문명의 가면 뒤에 있는 야만인가, 아니면 그 반대인가? 남성의 얼굴 뒤에 있는 페미니너티인가, 페미니즘을 가장한 오랑우탄인가? 동양의 순종의 미덕 뒤에 숨은 배신인가? 기계화된 인간인가, 이를 거부하는 싸이보그인가?

사라져가는 발의 운동을 위해서

지난 겨울 한국을 방문했을 때 일이다. 충정로에 있는 동아일보사에 들렀다가 경향신문사에 들를 일이 있었다. 동아일보에서 저만치 보이는 곳에 경향신문 건물이 있었다. 동아일보에 있는 프런티어 후배 기자에게 그곳까지 걸어서 얼마 걸리냐고 물었더니, 모른단다. 한번도 걸어가본 적이 없어서 그렇다는 것이다. 멀지 않을 것 같아 버스를 타라는 충고를 무시하고 그냥 걸어보았다. 15분도 채 안 걸렸던 것 같다.

나는 걷기를 좋아한다. 토론토에선 집에서 30분 거리에 있는 한인 거리를 운동 삼아 매일 걸어다니다시피 했다. 최소한 하루 1시간씩 걸은 셈이다. 걷는 동안 매일 조금씩 바뀌는 거리의 모습, 사람들의 표정과 옷의 변화, 길거리에 죽치고 앉아 노는 젊은 펑크족들, 문을 닫거나 새로 생기는 까페를 구경하고 관찰하는 것은 작은 즐거움이다.

봄학기 강의가 끝나는 4월 초부터 가을학기 강의가 시작되는 9월 초까진 매일 40~50km씩 자전거를 탔다. 내가 즐기던 자전거길은 복잡한 도심에서 시작해서 갈대가 우거진 자연으로 빠졌다가, 호수를 끼고 다시 도심으로 돌아오는 코스였다. 매일 같은 루트를 타도 그때마다 새롭게 발견하는 주변 경관들과 사람들, 조금씩 더 멀리 가보는 재미, 그러다 나도 모르게 튼튼해진 다리를 보는 기쁨은 책상에 앉아 책과 씨름해야 하는 나의 일상의 큰 활력소이다.

다리가 튼튼한 것은 여러 모로 도움이 된다. 무엇보다 나처럼 여행을 많이 다니는 사람에겐 튼튼한 다리가 보배다. 웬만한 도시들은, 특히 유럽의 도시들은 전부 걸어서 구경할 수 있다. 걷는 동안 피곤해지지 않으면 주변을 관찰하고 새로운 질감을 즐기는 데 더 많은 신경을 쓸 수 있다. 이에 덧붙여서 나는 한국 비행기의 스튜어디스들이 불친절한 이유가, 작대기 같은 다리를 가진 그녀들이 장거리 여행에 줄곧 서 있는 것이 힘들어서 그렇다는 조금은 독특한 생각을 하고 있다.

좀 추상적인 얘기로 들어가보자. 기술사학자들은 도구(tool)와 기계(machine)를 구별한다. 간단히 말해서 도구는 사람의 노동을 도와주는 것이고 기계는 노동을 대체하는 것이다. 그래서 도구는 노동을 통한 인간의 자기 실현에 보탬이 되지만, 기계는 노동을 통한 소외를 유발하기 십상이다. 현대사회는 기계의 네트워크로 짜여진 거대한 기술 시스템이다. 공장에서 일하는 노동자들만 기계에 노출되는 것이 아니라, 대부분의 사람들의 생활도 컴퓨터에서 자동차에 이르기까지 기술 시스템에 꽉 매여 있다.

손을 움직여서 무엇을 만드는 것처럼 걸어다니는 것은 현대 기술 시스템에 대한 작은 반란이다. 자신의 의지와는 무관하게 어느덧 자신을 둘러싸버린 도시에, 도로에, 빌딩에, 아파트촌에, 자동차에 대한 작은 저항이다. 이뿐만이 아니다. 걷는 것은 내 주변의 공간과 사람들을 관찰하고 새롭게 이해하는 인지행위이다. 이는 또한 아직도 내 몸을 내

의지에 따라 움직여 의미있는 무엇인가를 할 수 있음을 보여주는 정치적 퍼포먼스이다.

의심이 나면 차를 타고 다니던 길을 조금만 걸어보라. 걸으면서 주변의 공간과 사람들과 가게와 풍경을 한번 유심히 살펴보라. 무심코 지나치던 이 도시의 풍경이 얼마나 낯설게 느껴지고, 이 낯선 풍경이 점차 얼마나 친근한 질감으로 다가오는지 한번 경험해보라.

걷는 것이 즐거워지고, 그러면서 튼튼해지는 당신의 다리가 점차 자랑스러워지면, 우리의 동네와 도시를 걷기에 더 즐겁고 편안한 공간으로 만들기 위해 노력해보자. 혼자 힘으로 어려우면 우리의 주변을 이렇게 바꾸기 위한 작은 연대를 만들어보자. 또 이렇게 만들어달라고 구청과 시청에, 구의회와 시의회에 요청해보자.

포스트모던 시기의 정치적 참여는 바로 우리 '몸'과 그 주변으로부터 시작하는 것이다.

우리 마음의 빈 곳을 건드리는 영화

「샬 위 댄스?」

하라스(haras)님이 언젠가 평을 쓴 영화 「샬 위 댄스?」(Shall We Dance?)를 봤다. 재밌고 찡하고 흐뭇하기도 했지만 뭔가 생각할 소재를 주었다. 우리 마음의, 우리 삶의 빈 곳이라는.

주인공 수기야마는 평범한 40대 초반의 가장. 그는 28세에 결혼해서 금방 딸을 하나 낳고, 10년이 넘게 억척같이 일을 해서 자기집을 마련한 사람이다. 우리 자신의 모습과 크게 다르지 않을, 그런 사람이다. 그가 어느날 지루박, 탱고, 삼바, 왈츠 등 소위 볼룸댄스에 빠진다. 처음엔 마이라는 예쁜 여선생에게 끌렸지만 곧 선생의 미모와 신비보다는 춤 그 자체를 사랑하게 된다. 그것도 신분을 속이고 아마추어 경연대회에 참가할 정도로 깊게.

처음부터 끝까지 영화 속의 여러 주인공들과 관객이 동시에 던지는 질문은 무엇이 그를 갑자기 '저속한' 춤에 빠지게 했는가, 그리고 이 춤이 그에게, 아니 우리에게 의미하는 바는 무엇인가라는 것이다.

영화는 그가 춤을 배우면서 직장과 가정, 아니 삶 전체에 활기를 되

찾는 과정을 코믹하게 보여준다. 출퇴근길이 가벼워지고, 굽었던 등이 펴지고, 소변 보는 자세마저도 씩씩해진다. 그 절정은 비가 쏟아지는 저녁, 집에 들어가는 어귀의 공터에서 홀딱 젖은 채로 혼자 춤 연습을 하는 황홀한 모습에서 드러난다.

춤은 그의 마음의 빈 곳을 메워주면서 가정과 직장으로 구성된 그의 세계를 재충전하는 밧데리였다. 그런데 열심히 살고, 착한 부인과 귀여운 딸, 안정된 직장이 있는 그의 마음 한구석은 왜 비어 있을까. 그 허전한 공간의 정체는 무엇일까.

영화를 관통해서 춤은 수기야마에게 여자와 묘한 대조와 평행선을 이루면서 다가간다. 젊은 여선생의 미모, 그녀와 함께하는 개인교습, 수기야마의 파트너가 된, 다 큰 처녀를 딸로 두고 있는 뚱뚱한 중년 여인, 다리를 깊숙이 집어넣으면서 시작하는 춤의 첫 스텝, 남편의 셔츠에서 다른 여자의 냄새를 확인하고 사립탐정을 고용하는 그의 부인, 춤을 추면서 흠뻑 흘리는 땀, 몸의 접촉……

춤은 '바람'(affair)과 묘한 대조를 이룬다. 실제로 수기야마도 잘 모른다. 자신이 바람이 난건지, 춤바람이 난건지. 그렇지만 무엇이 문제인가. 춤이, 미모의 여선생과 서서히 정신적·육체적으로 가까워지는 것이 그의 삶과 가정과 직장 생활을 더 활력있게 만드는 데야.

영화는 수기야마와 마이를 중심으로 빠르게 전개된다. 그렇지만 그의 행복은 비밀에 기반해야 하는 것이었다. 특히 집에는 절대로 알려서는 안되는. 몰래 경연대회에 참석한 부인과 딸에 의해 그의 은밀한 세계는 깨진다. 아버지가 너무 멋있어 지른 고함에 그의 꿈은 산산조각이 난다. 당신의 춤도 일종의 '바람'이었다고 한탄하는 부인의 흐느낌은 그의 권위적인 고함 속에 묻혀버린다.

그 허전한 공간의 정체는 무엇이었을까. 왜 그의 가정과 직장은, 그의 열심히 사는 삶은 이 공간을 메워주질 못했을까. 이 영화가 가슴에 와 닿는 이유는 우리 모두 이런 빈 공간을 가슴에 담고 살아가는 데 있는 것은 아닐까. 허전한 구석이 있는 사람에게 이 영화를 권하고 싶다.

「가타카」와 유전자의 미래

공상과학 영화에는 대략 몇가지 큰 줄기가 있다. 우주를 탐험하거나 우주인(우주괴물)과 싸우는 것이 가장 대표적인 주제이고(「스타워즈」 「스타트렉」 「에일리언」 「스타쉽 트루퍼스」 등), 핵전쟁이나 핵전쟁 이후의 과거를 다시 보는 듯한 암울한 지구의 미래를 주제로 한 것이 또다른 유형이며(「워게임」 「매드맥스」 「워터월드」), 컴퓨터나 싸이보그와 같은 첨단 과학기술의 결과를 소재로 한 영화(「넷」 「스트레인지 데이즈」 「블레이드 러너」 「로보캅」 등) 또한 큰 흐름을 형성한다.

이 이외에도 최근 자주 등장하는 소재는 유전공학이다. 가상적인 인간 복제를 소재로 한 코미디 영화 「멀티플리시티」(Multiplicity)가 몇년 전에 개봉해서 인기를 끌었으며, 이 영화는 '돌리'(Dolly)의 복제 이후 더 유명해졌다. 최근 문제작 「가타카」(Gattaca)는 복제를 다루지는 않았지만, 생명과학과 유전공학이 여는 암울한 미래상을 실감나게 그리고 있다는 점에서 주목을 받은 작품이다. 미래사회는 인종이나 계급의 차별은 사라진 반면, '유전자에 근거한 차별'이 사회의 지배와 피지배를 이룬다는 것이 이 영화의 기본 테마이다.

영화 「가타카」는 세부사항에 꽤나 신경을 쓴 흔적이 역력하다. 미래 사회를 묘사함에 있어 그저 상상력에만 의존한 것이 아니라, 지금 우리가 살고 있는 사회의 연장선을 찾아 이를 투영해보려고 애쓴 노력이 보인다는 얘기다. 예를 들어, 이 영화가 그리는 미래사회에서 '유전적인 차별'(genetic discrimination)은 불법인데도 교묘하게 사람들의 유전 정보를 파악하고, 이를 저장하고, 또 필요할 때마다 이를 조회할 수 있는 장치가 만들어져 있음이 그려지고 있다. 지금도 인종차별이나 성차별, 출신 지역과 학교에 따른 차별은 불법이지만 교묘하게 행해지는 것과 비슷하다.

마약 복용을 체크하는 테스트가 이런 유전적인 차별을 가능하게 하는 도구로 사용되는 얘기가 나오는데, 직장에서 마약 사용 여부를 테스트하는 검사의 오용 여부는 지금 미국에서 매우 민감한 사회문제이다. 또 미래사회에서 친구나 연인이 되려는 사람들이 서로의 머리카락을 교환하고, 이를 유전자 검식기관에 가져가서 검사해보는 장면이 있는데, 이것 또한 배우자의 건강과 유전병에 대해 결혼 전에 서로 정보를 교환하는 현재의 관행이 좀더 연장된 것에 불과하다.

영화를 통해 가장 흥미있는 부분은 「가타카」엔 군복을 입은 독재자나 『1984년』(오웰)식의 빅 브라더가 나오지 않는다는 것이다. 사람들을 유전자에 따라 건강한 사람과 허약한 사람으로 구분해서, 허약한 사람으로 낙인찍힌 사람은 평생 건물의 청소부나 하는 엄청난 사회적 차별을 받는데, 이는 좋은 자식을 가져보겠다는 부모들의 열망을 부추긴다. 더 튼튼하고, 더 똑똑하고, 더 '잘난' 자식을 가져보겠다는 부모들의 이기심·경쟁심과, 이런 젊은이들로 하여금 나라를 이끌게 하겠다는 민족적인 경쟁심은 유전적으로 열등한 사람들에 대한 무관심을 낳고 더 나아가서 이들에 대한 차별을 낳게 된다는 것을 이 영화는 보여준다.

영화에서 '유전자 조작을 통한 개량'과 '유전자 결정론'은 밀접하게 얽혀 있다. 개량이 유전자 조작을 통해 가능해지면서, 개량은 오직 이를 통해서만 가능한 것으로 간주된다. 환경의 중요성이 무시되고, 교육과 훈련이 천대받는다. 허약한 사람에 대한 투자는 가정과 사회의 자산 낭비로 간주된다. 멘델(G. Mendel)의 키 작은 유전자의 콩도 양분과 햇빛을 잘 공급해주면, 부실하게 키운 키 큰 유전자의 콩보다 더 크게 자랄 수 있다는 유전의 기본적인 진리가 무시된다.

20세기 중반에 600만의 인명을 학살한 홀로코스트를 낳은 우생학(優生學)은 히틀러와 같은 정신병자의 머리에만 있는 것이 아니라, 유전자 조작을 통해서 내 자식, 우리 2세, 내 민족을 더 잘나게 만들고 싶어 하는 우리 개개인의 욕심에도 뿌리가 닿아 있음을 이 영화는 암시한다. 초음파검사, 양수검사, 인공유산, 온갖 종류의 태교처럼 '잘난' 사내아이를 낳기 위해 한국 여자들이 이용하는 온갖 과학적·비과학적 방법을 생각해보라. 영화 「가타카」에서 그리는 끔찍한 미래사회가 바로 우리의 미래와 동떨어져 있지만은 않다는 생각은 그저 기우에 불과할까?

제3부

인간의 얼굴을 한 과학기술

전자주민카드와 '전자파놉티콘'

　한국에서 30년 가까이 살다가 캐나다에 살게 된 나는 무수한 사회 문화적 차이를 경험했는데 그중 하나가 이력서와 증명서류에 관련된 것이었다.

　캐나다 이력서에는 없어도 되는 것이 세 가지가 있다. 하나는 사진이고 두번째는 생년월일이며 세번째는 성별이다. 출생지, 본적이 필요없는 것은 물론이다. 이력서만 놓고는 이 사람이 백인인지, 젊은지, 남자인지 여자인지 잘 알 수 없게 해서 고용주가 서류심사의 첫 단계에서 사람을 차별하는 것을 최소화하려는 노력이 맺은 결실이다. 문화적인 차이는 이력서에만 있는 게 아니다. 내가 토론토대학의 교수 모집에 응모하면서 제출한 서류는 4쪽짜리 이력서와 출판된 논문 각 한 부가 전부이고, 임용되면서 제출한 서류는 캐나다의 사회보험 번호와 한국에서 팩스로 보내온 1쪽짜리 최종 학위증명서 한 부가 전부였다. 한국에서 두어 번 취직해본 경험이 있는 내게 이런 모든 것이 참 신기하기만 했다.

신기했던 경험은 사실 그 이전으로 거슬러 올라간다. 캐나다에 처음 왔을 때 나는 항상 여권을 소지하고 다녔다. 운전면허증을 만들지 않았던 시절 여권이 유일한 신분증명이었고, 경찰이 불시에 신분증 제시를 요구하면 그것을 보여줄 요량이었던 것이다. 이곳에선 아무도 경찰이나 다른 어떤 기관의 요구에 대비해서 출생증명서나 사회보험카드를 휴대하고 다니지 않는다는 것을 깨달을 무렵, 이곳에는 애초에 주민등록등초본이나 호적등초본, 원적과 같은 서류가 없고, 동사무소나 구청도 없으며, 이를 요구하는 경우도 없다는 것을 알게 되었다. 사회가 이런 온갖 종류의 증명이나 서류 없이도 유지된다는 평범한 진리를 어렵게 인식한 순간이었다.

물론 눈에 보이지 않는 감시와 통제는 어디에나 있다. 크레디트카드로 물건을 사고 돈을 내는 기록은 은행 거래와 함께 그 사람의 신용을 결정하는 데 중요한 지표로 광범위하게 사용된다. 전산화되어 있는 범죄기록은 경찰뿐만 아니라 다양한 분야의 고용주들이 사용할 수 있는 것이 현 실정이다. 산업혁명기 공리주의 철학자 제레미 벤섬(Jeremy Bentham)은, 간수는 높은 탑에서 죄수를 감시할 수 있지만 죄수는 간수가 감시하는 것을 알 수 없는 특수한 원형 감옥을 설계, 이를 '파놉티콘'(panopticon)이라고 명명하고, 이런 구조의 건축이 감옥뿐만 아니라 교회, 학교 등에도 바람직할 것이라고 주장했다. 프랑스 철학자 미셸 푸꼬(Michel Foucault)는 이 파놉티콘의 원리가 현 사회의 '감시'와 '통제'의 기본이 된다고 지적했다. 최근 사회학자들은 벤섬과 푸꼬의 개념을 빌려 국민의 신상과 신용에 대한 전자 데이터베이스가 '전자파놉티콘'에 다름 아니라고 비판하고 있다. 벤섬의 철학 속에서 최대다수의 최대행복이라는 공리주의의 기본명제가 감시를 구조화한 파놉티콘과

조화롭게 존재했듯이 전자파놉티콘의 세계에서도 현금 대신 카드를 사용하는 데서 오는 편리성은 자신의 카드 사용 기록이 자신을 감시하고 통제하게 되는 역기능과 뗄 수 없는 관계이다.

한국에서 전자주민카드를 둘러싼 논쟁이 한창이다. 정부는 편리성과 관련 산업의 이익을 내세우고 있는 반면, 시민단체에서는 정보의 집중화에 따른 위험, 감시와 통제의 확산, 오용과 해킹의 가능성을 들어 반대하고 있다. 이 주장들이 평행선을 그리는 것은 전자주민카드의 이 상반된 두 측면이 동전의 양면처럼 뗄 수 없는 것이기 때문이다. 해결의 실마리는, 복잡한 주민등록증이 없어도, 이를 제시하라는 불심검문 없이도, 온국민의 지문을 채취하지 않아도 살기 괜찮은 사회를 꾸려나갈 수 있음을 국민들에게, 그리고 정치인과 정부의 관료에게 납득시키는 데에 있는 것이다.

감시, 통제, 편리의 역사

전자파놉티콘의 편리함과 유용성은 20세기 들어 등장한 새로운 종류의 '감시'와 뗄래야 뗄 수 없는 관계에 있다. 예를 들어 백화점 카드로 물건을 사면 편리하지만, 이를 위해선 자신의 프라이버시와 관련된 신상 정보를 어느 정도 백화점에 줘야 하고 이 정보의 데이터베이스는 백화점이 고객을 '관리'하는 수단으로 쓰게 된다. 수신자 확인기능은 장난전화로부터 자신의 프라이버시를 보호하지만 이를 설치한 곳에 전화를 걸면 자신의 전화번호가 노출되는 이중성을 가지고 있는 것도 이런 예이다. 이런 논의는 푸꼬가 파놉티콘을 얘기한 『감시와 처벌』에선 도달하지 못한 결론으로 이후 『성의 역사』에서 권력이 억압적인 면과 즐거운 면을 동시에 가지고 있다고 깨달은 것과도 흡사하다.

전자주민카드를 다루는 문제는 주민등록증이나 다른 증명, 카드가 '감시'의 기능을 하고 있는가 하는 데서 출발해야 한다.

국민에 대한 국가권력의 '감시'는 고대부터 있어왔지만 이것이 본격적으로 제도화되기 시작한 것은 산업혁명 이후 자본주의가 시작되면서

부터이다. 그 가장 큰 이유는 자본주의의 진수였던 공장 시스템이 사람의 '자연적' 노동——해뜨면 일어나서 일하고 해지면 저녁 먹고 자는 노동——과 상반되는 '강제적' 노동에 근거해야 했고, 수만년 동안 인간이 가져왔던 자연 리듬을 깨는 것에 그 성패가 있었기 때문이다. 이는 공장에 도입된 새로운 위계, 작업장에 대한 감시의 강화로 어느 정도 해결되었지만, 가장 근본적인 변화는 노동자들에게 시계가 보급된 것이었다. 이에 대해서 고전적인 논문을 쓴 톰슨(E. P. Thompson)은 시계의 광범위한 보급이 자연의 시간에 역행해서 노동자들을 공장으로 내몰고, 이들을 공장에 12시간, 14시간 붙잡아두는 중요한 기능을 수행했다고 본다. 이는 감시와는 무관한 부잣집의 장식 정도에 불과하던 시계라는 기술이 근대적인 감시체계의 발전과 어떤 연관이 있는지를 잘 보여주는 하나의 예라고 생각된다.

국가가 현대적인 의미의 '감시'에 끼여든 것은 산업혁명 이후이다. 국가 감시의 핵은 센서스 처리에 있어서 펀치카드의 등장에 있다고 해도 과언이 아니다. 여기에 국가, 산업, 기술의 재미있는 연관이 있다. IBM 회사를 설립한 홀러리스(H. Hollerith)가 산업의 전면에 부상한 것은 1890년 센서스를 처리하는 기술의 공개경쟁에서 펀치카드를 이용한 통계처리기기(tabulating machine)를 들고 나와 우승하면서였다. 흥미로운 사실은 이 펀치카드가 원래 산업혁명의 모티프가 된 자동방직기를 돌리는 방법으로 산업분야에서 먼저 시작되었다는 것이며, 이런 산업의 자동화를 꾀한 사람들은 이것이 노동자들의 숙련노동을 통제하는 좋은 방법이라고 생각했다.

국가 감시를 위해 사용한 또다른 기술은 '통계학'이었다. 19세기 전반부터 나타난 통계학의 발전은 국가가 국민의 생년월일, 가족수, 질병, 주거지, 주거형태, 평균수명 등을 모으고 이를 처리하면서 시작되었다. 상징적으로 말해서 펀치카드와 통계학은 근대 관료제의 주춧돌이 된 기술들이었다. 소위 '관료'라고 하는 집단은 이런 과학적 방법으로 무장한, 스스로를 '행정의 과학자'라고 생각하면서 등장했고, 관료제는 '정치는 민주적인 방법으로 선출된 국민의 대표가 하고, 행정은 우리 과학자들이 맡는다'는 식으로 정치-행정을 양분했다.

왜 국가가 갑자기 국민에 대한 자료를 대대적으로 모으고 처리하기 시작했는가라는 질문에 쉽게 답할 수 있는 것은 아니다. 한가지 예로 영국사의 경우를 보면, 낙후된 그리고 토지귀족과 그 아류가 장악하고 있는 정부의 조직을 장악하기 위해 산업부르즈와 중산층이 자신들의 비장의 무기로 들고 나온 것이 과학화된 관료제였다. 19세기 영국의 에드윈 채드윅(Edwin Chadwick) 같은 개혁가는 노동자들의 평균수명이 중상류층보다 놀라울 정도로 짧다는 것을 통계적으로 보이면서 "자 이것 봐라, 너희는 이런 연구 못하지"라고 기존의 행정조직의 무능을 비판했고, 이런 운동은 결국 1870년대 공무원을 귀족이 추천하는 것에서 시험을 봐서 뽑는 것으로 바꾸도록 했다.

20세기가 도래하면서 '소비' 분야에서의 '감시'가 중요한 새 이슈로 부상했다. 이는 알프레드 슬로언(Alfred Sloan) 같은 경영자가 기업의 성패는 소비자를 적극적으로 공략하는 데 있다는 경영방식을 천명하면서 나왔다. 지금은 현 소비자, 잠정적 소비자, 미래의 소비자 등 소비자에 대한 정보를 모으고 분석하는 것이 경영의 중요한 측면이 되어 있다. 이런 분석은 백화점 카드나 크레디트 기록 등 다양한 데이터베이스에 근거해서 이루어지고 있으며, 혹자는 이를 정보경영(information entrepreneurship)이라 하고, 이 정보경영이 정보자본주의의 특징이라고까지 얘기한다.

산업혁명 이후부터 20세기 말에 이르기까지 산업-노동, 정부-관료, 소비-기업의 세 수준에서 '감시'의 보편화는 지속적으로 진행되어왔고, 이 과정들은 서로 맞물려 있다. 전자주민카드의 도입과 그 의미를 제대로 이해하기 위해서는 이 '감시'의 역사를 알아야 한다고 생각했기에, 이를 길게 적어보았다.

'쏘칼의 날조'와 '과학전쟁'

　1959년 영국의 스노우(C. P. Snow)는 『두 문화』란 책에서 자연과학과 인문학의 거리가 점점 멀어지고 있음을 안타까워하면서, 이 두 문화사이의 간극을 메우기 위한 노력이 무척 중요하다고 역설했다. 스노우의 지적 이후 과학사, 과학철학, 과학사회학 같은 과학학(Science Studies)은 자연과학자들에겐 인문학적 사고를 제공하고, 인문학자에겐 과학의 본질을 설명함으로써 두 문화를 이어주는 교량 역할을 자임하고 나섰으며, 이런 과학학 분야들은 구미의 경우 대학의 교양학부나 독립된 학과로 서서히 자리를 잡기 시작했다.

　그렇지만 과학학이 바라보는 과학과 자연과학자가 바라보는 과학의 모습이 항상 같은 것은 아니었다. 대표적인 예가 1962년 발간된 토마스 쿤의 『과학혁명의 구조』이다. 그는 이 책에서 과학사 연구를 기반으로 과학이 누적적으로 발전하는 것이 아닐 뿐만 아니라, 과학자들이 생각하는 만큼 그렇게 합리적이고 객관적인 것이 아님을 주장했다. 1980년대 들어 일군의 과학사회학자들은 쿤의 주장을 더욱 발전시켜서, 자연과학이론이나 법칙이 과학자들 사이의 합의와 타협에 의해 만들어진 것임을 주장했다. 즉 정치적 합의나 법률처럼 과학이론이나 법칙도 과학자라는 인간들 사이의 상호작용이 만들어낸 결과라는 것이다. 진리는 자연 속에서 발견된 것이 아니라 사회의 다양한 요소들이 과학자의 실천 속에 결합해서 사회적으로 구성된 것이며, 이런 상대주의 과학관은 과학이 보편적이고 절대적인 진리라고 주장하는 과학자들과 철학자들에게 심각한 도전이었다.

자연과학이 합리적·객관적·보편적이라고 주장하는 자연과학자들은 이러한 주장을 몹시 못마땅해했고, 이들의 불만은 1996년 봄 '쏘칼(Sokal) 사건'이라는 충격적 사태로 표면화됐다. 알랜 쏘칼(Alan Sokal)은 뉴욕대학의 수리물리 교수를 역임하고 있었다. 그는 전통적인 맑스주의 좌익지식인 국제주의자임을 자칭했는데, 그가 쌘디니스트 정권하의 니까라과에서 자청해서 수학을 가르쳤다는 경력이 이를 뒷받침한다. 쏘칼은 사회구성주의 과학이론이 과학을 상대적·주관적으로 만들고, 이에 근거해서 '진리란 사람들이 진리라고 믿고 합의하는 것에 불과하다'는 잘못된 사회이론이 판치는 것을 몹시 못마땅해한 사람 중 한 명이었다.

그는 사회구성주의자, 포스트모더니스트의 과학에 대한 주장의 허구를 밝히기 위한 하나의 방법으로 엉터리 논문을 써서 이들의 학술지에 게재하는 방법을 선택했다. 이를 위해 쏘칼은 「경계선을 넘나들기: 양자중력의 변형적인 해석학을 위해서」(Transgressing the Boundaries: Towards a Transformative Hermeneutics of Quantum Gravity)라는 이해하기 힘든 제목에 각주가 100여개, 참고문헌이 200여개가 넘게 달려 있으며, 다른 논문이나 책에서의 인용으로 가득한 긴 논문을 써서 『소셜텍스트』(*Social Text*)라는 포스트모던 학술지에 기고했다. 이 논문에서 쏘칼은 과학자들 사이에 논란의 대상인 양자중력(quantum gravity)이 '해방적인 포스트모더니즘 과학'의 모델이 될 수 있다고 주장한다.

이런 주장이나 주장을 뒷받침하기 위해 제시한 근거도 빈약하기 짝이 없는 것들이었다.

쏘칼은 의미도 없고 이해도 불가능한 말로 가득 찬 자신의 주장을 담은 논문이, 만일 포스트모더니즘 · 사회구성주의를 표방하는 학자들이 학문의 엄격한 사고보다는 그럴듯한 입발림을 선호한다면 이들의 학술지에 게재될 수 있으리라고 예상한 것이다. 결국 쏘칼의 엉터리 논문은 1996년 봄, 『소셜텍스트』의 '과학전쟁' 특별호에 게재되었고, 논문이 출판되던 날 쏘칼은 한 잡지와의 인터뷰를 통해 자신의 논문이 아무 의미 없는 '날조'에 불과하다는 충격적인 고백을 했다. 그는 특히 과학사회학 · 과학문화학을 하는 일군의 인문학자가 얼마나 과학에 대해 무지한가를 테스트하기 위해 엉터리 논문을 그들의 잡지에 투고했고, 이것이 게재됐다는 사실은 자신의 가정이 옳았음을 입증한 것이라고 강조했다.

쏘칼은 객관적 실재의 존재와 그 중요성을 무시하는 엄밀하지 못한 사고와 철학—특히 탈구조주의 문학비평에서 영향을 받은 철학—이 미국 대학에서의 인문학의 주류를 이루고 있는 사실을 폭로하고 이들의 허구를 드러내기 위해 패러디 논문을 투고했다고 밝혔다. 그는 이러한 논리의 허구의 증명을 통해서 '정상적인' 사람이라면 누구나 인정할 "세계는 존재하며, 이 세계의 특성은 단지 사회적으로 구성된 것이 아니고, 사실과 증거가 중요하다"는 것을 보이려 했다는 것이다. 이러한 의도는 정치적 의미도 가지고 있는데, 쏘칼은 합리적 사고와 자연, 사회에 존재하는 객관적 실재의 정확한 분석이 사회의 지배자에 의해 만들어지는 다양한 신화와 싸울 수 있는 무기를 제공한다는 전통적인 맑스주의 신념을 강조하고 있다.

쏘칼의 날조는 『뉴욕타임스』 등에 대서특필되었고, 쏘칼은 『뉴욕타임스』 1면에 사진이 실린 세번째 수학자라는 영예(?)를 안을 정도로 유명인사가 되었다. 수많은 사람들이 이 사건에 대해 자신의 의견을 표명했고, 학술지와 인터넷을 통해 일년 이상 논쟁이 지속되었으며, 노벨물리학상을 수상한 스티븐 와인버그(Steven Weinberg)는 『뉴욕서평지』에 장문의 기고를 통해 쏘칼의 날조극을 극찬했다. 와인버그를 비판한 프린스턴대학의 과학사 교수 노턴 와이즈(Norton Wise)는 올봄에 프린스턴 고등연구소의 과학학 석좌교수로 추천되었다가 그곳 과학자들의 반대로 갑자기 임용이 좌절되기도 했다.

많은 사람들은 쏘칼 사건이나 와이즈 사건이 과학과 인문학이라는 두 문화의 거리를 점점 더 적대적이고 좁혀질 수 없는 것으로 만든다는 사실을 우려하고 있다. 과학이 지식의 여왕으로, 경제의 견인차로 점점 더 많은 힘을 가지는 현재, 과학에 대한 다양한 연구와 비판적인 고찰은 그 어느때보다도 중요하다. 이 과정에서 자연과학과 과학학은 대화와 토론의 상대이지 '전쟁'에서 마주치는 적이 아님을 주지해야 한다. 과학학의 비판적인 연구는 과학의 사회적인 효용과 관련해서 과학과 과학자들이 나중에 범할 수도 있는 오류를 미리 수정할 수 있고, 역으로 과학학을 하는 사람들은 과학자와의 대화를 통해 과학에 대한 극단적이고 추상적인 견해를 조금은 바로잡을 수도 있다. 특히 과학학이 이제 막 뿌리를 내리기 시작하는 한국에선 과학학이 자연과학에 대해 적대적인 것이 아니라 과학과 인문학의 거리를 좁힘으로써 과학기술 시

대를 적극적으로 살아가는 시민을 교육시키는 데 중요한 역할을 하는
분야임을 다시 한번 인식하는 것이 중요하다.

시민을 위한, 시민에 의한 과학기술

1년간 연구를 목적으로 보스턴에 와보니, 여기에 '간선도로·터널 공사'가 한창이다. 이 공사는 미국 역사상 지역(local) 공사 중 그 규모가 가장 크고 가장 복잡한 공정을 요하는 것으로 유명하다. 그래서 이곳 사람들은 이를 '대 역사'(大役事, Big-Dig)라 부른다. 80억 달러의 예산으로 2004년까지 지속되는 공사다.

보스턴을 관통하는 오래된 고가(高街)간선도로는 복잡하고 막히는 것으로 악명이 높다. 그런데 흥미있는 사실은 1950년대 건설된, 이제는 낡고 흉한 이 고가간선도로가 미국의 주(州)들을 서로 연결하는 고속도로를 도심에 직접 들어오지 못하게 하려는 운동의 산물이었다는 것이다. 이것이 지금은 엄청나게 증가해버린 교통을 더이상 감당하지 못하는 애물단지가 되어버린 것이다. 50년대의 설계는 하루 평균 7만 5천 대의 차량 소통을 위한 것이었는데, 지금은 약 20만대가 이를 이용한다니 그 체증은 짐작할 만하다.

이 애물단지 고가간선도로를 손봐야 한다는 데는 이견이 없었다. 문제는 어떻게 하는가였다. 간선도로를 막고 공사를 하면 보스턴으로 흘러들어오는 차량을 막아 보스턴 경제에 엄청난 악영향을 미칠 것이 뻔했다. 또 도심으로 고속도로가 통과하면 50년대와 마찬가지로 집을 잃는 사람들이 양산될 것도 분명했다. 이런 요소들을 고려해서 80년대에 새롭게 얻어진 해결책이 도심 지하고속도로였다. 약 12km에 이르는 도심 지하고속도로가 보스턴 '대 역사'의 핵심이다.

시민의 삶과 교통에 방해되는 것을 최소화하기 위해 지하도로는 주로 밤에 건설된다. 파낸 흙과 먼지가 환경오염을 증가시킬 수 있다는 비판이 제기되었는데, 이 흙을 보스턴 항만의 쓰레기처리 섬에 덮어 시민의 휴식공간을 만드는 것으로 해결하였다. 쓰레기와 쓰레기가 만나 훌륭한 공원이 된 셈이다. 또 이 지하고속도로를 파는 동안 17세기 초엽 여기서 살던 사람들의 유물이 발견됐는데, 고고학자들을 대거 불러 모아 이 유물을 손상하지 않고 공사를 계속하는 방법을 연구하게 하고, 이 유물로 박물관을 세우는 등 보스턴의 미래가 이 공사를 매개로 과거와 손잡는 재미있는 모습을 보여주기도 했다.

지하도로를 건설하는 동안 증가하는 교통체증을 돌리기 위해 보스턴과 로건공항을 연결하는 해저터널이 95년 말에 완공됐다. 이 터널을 만드는 동안 자연보호주의자들은 터널공사가 물고기의 생존과 산란을 위협한다고 반대했다. 그러자 해양생물학자와 해양물리학자를 모아 물고기 경보 시스템을 비롯한 새로운 기술을 개발했다. 공사가 생태계에 미치는 영향을 최소화한 것이다. 이밖에도 보스턴의 지역마다 대표를 뽑아서 공사 진행에 주민이 직접 의견을 낼 수 있게 하고, 이런 의견이 기술 디자인에 반영되도록 했다. 이 모든 과정은 이에 참여하는 신문과 방송, 그리고 과학박물관에 의해 전시되며, 이는 시민과 학생에게 '시민이 참여하는 기술'의 좋은 교육 소재로 이용되고 있다. 시민들은 이 길고 짜증나는 공사에서 방관자가 아니라 참여자로 즐거워하고 있다.

전문가들은 보스턴 '대 역사'가 거대공사의 새 장을 열었다고 조심스럽게 진단한다. 시민의 목소리를 배제하거나 억누르는 것이 아니라, 발전된 기술 디자인을 위해 포용, 고려해야 하는 것으로 생각하기 시작했다는 의미에서다. 마침 1997년부터 매사추세츠공과대학(MIT)에 '공중참여 경영'(Management of Public Participation)이라는 새 과목이 개설됐다. 공중참여를 본격적으로 연구하는 과목이다.

그동안 거대공사를 비롯한 정부와 기업의 수많은 프로젝트가 '밀어부쳐'라는 원칙에 입각해서 추진되어온 한국의 경우 보스턴의 '대 역사'에서 배울 것이 많다. 특히 '시민의 참여가 더 좋은 기술을 낳는다'는 정신은 전자주민카드를 막무가내로 추진하는 한국 정부의 기술관료와 기업이 한번쯤 새겨볼 만한 것이다.

냉전의 수혜자 MIT의 두 얼굴

　내가 지금 머물면서 연구하고 있는 MIT가 전세계에서 가장 경쟁력있
는 대학 중 하나라는 데는 이견이 없다. 보스턴의 유서 깊은 하버드대
학이 공학과 같이 실제 쓸모있는 학문을 가르치지 않는다는 불만에서
1865년 출발한 조그마한 지방 공대가, 1백년 만에 전세계에서 가장 영
향력있는 대학으로 성장한 것이다. MIT는 공학과 자연과학의 많은 분
야에서 미국 대학 순위의 1위를 차지하고 있으며, 교수들의 연구비 경
쟁에서도 1위를 고수하고 있다. 뿐만 아니라 경영학, 경제학과 같은 사
회과학분야도 미국 대학의 최상위 랭킹에 올라 있다.

　현재 MIT에는 약 9백명의 교수의 지도 아래 4천 5백명의 학부학생과
5천 5백명의 대학원 학생이 실험실의 밤을 밝히고 있다. 흥미로운 사실
은 여학생의 비율도 이제는 학부의 40%, 대학원의 25%에 이른다는 것
이다. 전체 대학원 학생 중 약 1/3이 외국학생이며, 한국에서 유학온 학
생들도 대학원에 1백명이 넘게 있다. 외국대학이 MIT를 모방하려는 노
력은 'MIT 시기'(MIT-envy)라고 알려져 있으며, 이는 프랑스와 같은

선진국을 비롯해 말레이시아나 중국에 이르기까지 범세계적인 현상이다.

캘리포니아 실리콘 밸리의 지적 원천인 스탠포드대학처럼, MIT는 보스턴을 둘러싸고 있는 128번 도로를 따라 산재한 벤처기업과 밀접히 연관되어 있다. 지금까지 MIT 졸업생이 설립한 회사는 4천여 개에 이른다. 이 가운데 케네스 올슨(Kenneth Olsen)이 세운 디지털(Digital Equipment Co.) 등이 널리 알려진 회사이다. 여기서도 볼 수 있듯이 MIT 졸업생이 세운 회사는 전자, 컴퓨터, 생명공학 등 첨단 과학·기술 지식을 바탕으로 한 벤처기업들이 주종을 이룬다. 최근 보스턴 은행에서 MIT의 의뢰를 받아 펴낸 보고서에 의하면, MIT 졸업생들이 자신들의 회사만을 모아서 국가를 만든다고 가정했을 때, 이 나라는 세계에서 24번째로 부유한 나라(대만보다 조금 더 GDP가 높은 나라)가 될 것이라고 한다.

더 흥미있는 사실은 이런 보고서가 나오게 된 이면에 있다. MIT가 지방의 공과대학에서 세계적인 연구 중심지로 발돋움하게 된 데에는 2차 대전과 냉전시기의 군사연구가 결정적인 요인이었다. 실용적인 레이더를 개발해서 연합군의 승리에 결정적인 공을 세운 방사능연구소(Radiation Laboratory: 이는 레이더 연구를 위장하기 위한 이름이었다)가 MIT 캠퍼스 안에 있었고, 이것이 전쟁 뒤 MIT의 전자공학연구소(Research Laboratory of Electronics)로 흡수되면서 MIT의 전자공학과 고체물리학의 기반이 되었다. 이 연구소는 마이크로파, 유도미사일 시스템, 분자 빔 물리학, 군사통신 시스템 등을 연구했고, 이에 만족한 공군의 지원 아래 링컨 랩(Lincoln Laboratory)이 1950년에 발족했다.

이후 기기 실험실, 디지털 컴퓨터 실험실, 핵과학·공학 실험실, 재료과학센터 등이 모두 군사연구와 관련된 연구를 수행하기 위해 설립되었다. 엄청난 규모의 연방정부 예산이 국방성·에너지성·나사(NASA)와 같은 기관을 통해 MIT에 들어왔다. 냉전시기에 교수들은 이런 군사연구 예산을 따내기 위해 경쟁했으며, 이들의 연구 결과는 학회에서 발표되기 전에 국방성에 제출되었다. 이 중 많은 연구들이 비밀문서로 간주되었고, 심지어는 박사학위 논문까지 비밀문서로 간주되어 열람불가 도장이 찍힐 정도였다.

냉전 종식의 여파는 MIT에도 서서히 다가오고 있다. 국방성은 이미 MIT의 전자공학을 예전처럼 지원할 것인가를 회의적으로 보고 있으며, 비슷한 이유로 MIT의 컴퓨터공학, 재료공학, 물리학 등에 대한 연방정부의 지원도 예전처럼 확실하지 않다. 몇해 전부터 MIT는 다시 산업과 기업에서 그 후원자를 찾고 있으며, 정부예산의 삭감과 산업지원의 증대가 맞물려 진행되고 있다. 1997년 10월에 발표된 MIT 총장의 보고서는 MIT 교육과 연구 목표를 산업에서 혁신을 촉진하고 '에코-효율'(eco-efficiency)을 추구하는 등 환경-산업-정부의 밸런스를 유지하는 연구에 맞추어야 한다고 강조하고 있다. MIT의 과학과 공학이 미국 경제에 기여했음을 강조하는 보고서가 나온 데에는 이런 이유가 있었던 것이다.

탈냉전 시기에 MIT가 거듭나려는 노력이 어떤 결과를 낳을 것인가 귀추가 주목된다.

여성의 과학기술 능력을 버릴 것인가

한국을 잠깐 방문하는 동안 재미있는 신문기사를 보았다. 롯데장학재단이 젊은 기초과학자 일곱 명에게 2년간 4억원의 연구비를 지원하는 시상식을 했다는 기사와, 과학기술처가 5년간 40대 미만의 네 명의 공학자를 선정해서 매년 3천만원씩 연구비를 지급하기로 했는데, 그 첫번째 젊은 과학자상의 공학부문 수상자가 결정됐다는 기사였다. 연구비의 규모가 적지 않고, 짧은 신문기사만 보아도 이 상을 받는 젊은 과학자, 공학자 들의 업적이 대단함을 짐작할 수 있었다.

작년(1997) 9월 영국의 저명한 과학학술지 『네이처』(*Nature*)는 한국, 대만, 일본 과학계의 포상제도 또는 인센티브 시스템에 대한 재미있는 논문을 게재한 적이 있다. 이 세 나라 가운데 과학자의 업적을 평가하기 위해 국제논문인용 데이터베이스인 SCI(Science Citation Index, 과학인용인덱스)에 가장 덜 의존하는 나라는 일본이고, 다음이 한국 그리고 대만 순이었다.

대만의 포상제도는 전적으로 SCI에 바탕해서 이루어진다. 대만 정부는 SCI에 바탕해서 상위 5%의 과학자들에게 매월 약 8백달러에 해당하는 보너스를 지급하는 파격적인 유인정책을 쓰고 있고, 이 정책은 SCI에 기여하는 대만 과학자들의 논문비율을 일곱배 상승시키는 효과를 가져왔다고 한다. 『네이처』의 논문은 한국이 SCI를 월급이 아닌, 다만 승진을 결정할 때에 국한해서 사용한다고 하면서, "한국에선 동료가 월급을 더 받는 것을 보느니 차라리 같이 적게 받는 쪽을 택하는 것을 선호한다"는 한 한국 과학자의 논평을 인용했다. 일본은 원로과학자들의 업적을 소장과학자가 평가하는 것을 회피하는 문화적 경향 때문에 SCI의 의존도가 가장 낮다고 한다.

이런 한국의 상황에서 연구비를 통한 포상이라는 인센티브가 젊고 유능한 과학자와 공학자 들의 사기를 높이고 경쟁력을 고양하는 데 일조하리라는 데엔 이견이 있을 수 없다. 이왕 포상을 통해 과학자·공학자 들의 사기를 고양하고자 한다면 그 포상이 실질적인 것이 되도록 하는 게 중요하다.

미국 학자들에게 가장 명예로운 포상 중 하나인 매카서 펠로우십(MacArthur Fellowship)은 평균 30만달러의 돈을 3년에 나누어서 주는데, 재단은 수상자가 그 연구비를 어디에 쓰는지 거의 관여하지 않는다. 캐나다의 가장 영예로운 킬럼(Killam) 펠로우십은 수상자의 2년치 월급을 대학에 지불하고, 대신 수상자는 전액 월급을 받으며 2년 동안 강의 없이 자기가 하고 싶은 연구에만 몰두할 수 있는 휴가를 얻게 된다. 업적에 따른 보너스 제도를 대학이나 정부 연구소에 도입하기 어려운 것이 한국의 실정이라면, 이렇게 다양한 방식의 포상과 인센티브 시스템을 생각해보는 것도 의미가 있을 것이다.

이번 신문 발표와 관련해서 한가지 흥미로운 사실은 수상자 전원이 남성이라는 것이다. 기초과학 분야는 대학생 중 여학생의 비율이 높아져서 이제 46%가 여학생이지만, 석사나 박사과정으로 올라가면서 33%, 18%로 줄어든다. 과학사회학에선 이를 흔히 '파이프가 샌다'고 표현하는데, 이를 막는 것은 국가 전체의 인력 활용이란 측면에서도 매우 중요한 과제다. 공학의 경우는 아예 입학하는 여학생의 비율이 적어서 학부, 석사, 박사과정의 여학생 비율이 전체 학생의 7%, 5%, 2%에 지나지 않는다. '내 실험실은 여학생은 안 받는다'든지 '우리 과는 여자 교수 안 뽑는다'는 식의 공공연한 여성 차별적인 문화와 담론이 횡행하는 곳이 한국의 공과대학이다. 공학분야의 여성 교수 비율은 이보다 더 낮아 겨우 1.5%에 불과하며, 서울대학교 공과대학의 유일한 여성 교수가 올해 3월 정년 퇴임함으로써 서울대학교 공대는 여성 교수가 전무하다는 영예(?)를 안게 됐다.

　여성 공학도가 2~7%라는 수치는 어디에 내놓아도 자랑할 것이 못된다. 남녀가 지능이나 성향이 다르지 않고, 남성성-여성성이라는 것의 많은 부분이 단지 사회적으로 구성되는 것이라면, 여성 엔지니어가 이렇게 적다는 사실은 우리 사회의 잠재적 재능의 낭비는 물론 한국사회에 만연한 남녀간의 불평등을 조장하는 한가지 원인이라 볼 수 있다. 여성 엔지니어에 대한 적극적인 교육, 홍보, 고용, 포상 정책이 절실하다.

타이타닉과 무선전신

대형 참사는 항상 영웅을 만들어낸다. 이리역 폭발사고 때는 불타는 극장에서 하춘화를 들쳐업고 뛰었던 이주일의 얘기가 있고, 삼풍사고에는 한몸 가누기도 힘든 공간에서 열흘 이상 희망을 버리지 않고 살아남은 젊은 남녀들의 얘기가 있다. 비참하게 죽은 사람들에 대한 슬픔 속에서 한줄기 빛처럼 솟아나는 영웅적인 얘기가 만들어지는 것은, 아마 이런 '영웅 전설'이 산 사람들에게는 참사를 잊고 살아가는 데 한가지 방편이 되어주기 때문일지도 모른다.

타이타닉호(號) 참사(1912)의 영웅은 누구였을까. 어린이와 여자에게 좌석을 양보하고 죽음을 택한 수많은 남성들이 있지만, 가장 주목을 받은 영웅은 다섯 명의 '무선전신기사'였다.

해롤드 코탬(Harold Cottam)

해롤드 코탬은 '카페이티아'라는 중급 여객선의 유일한 무선전신기사였다. 그는 낮에 12~16시간 일하고 저녁에는 수면을 취해야 했다.

1912년 4월 12일에도 그는 일을 끝내고 자리에 들었다가, '카페이티아'의 시계를 인접 배의 시계와 비교하는 시간 정기점검을 위해 자신의 전신실에 들러 헤드폰을 귀에 꽂았다가 CQD… CQD… 의 긴급 메시지를 들었다. 카페이티아가 참사 현장에 도착한 것은 그로부터 세시간 반이 경과한 뒤였고, 보트에 승선한 7백여명의 승객 대부분을 구조할 수 있었지만, 얼음같이 찬 바다에 빠져서 나무판자를 붙잡고 떠 있던 사람들은 (영화에서 보듯이) 대부분 익사하거나 동사했다.

타이타닉이 빙산을 들이받고 가라앉는 순간 불과 20마일 떨어진 곳에 '캘리포니아'라는 여객선이 있었고, 30마일 떨어진 곳에 '레나'라는 화물선이 있었지만, 캘리포니아의 무선전신기사는 깊은 잠에 빠져 있었고, 레나는 무선전신을 장착하고 있지 않았다.

잭 필립스(Jack Phillips)

코탬이 우연히 듣게 된 긴급구조 메시지 CQD(당시 영국 배는 비상신호로 CQD를 SOS보다 더 많이 사용했다)는 타이타닉의 무선전신기사 잭 필립스가 보낸 것이었다. 타이타닉은 초호화 여객선답게 가장 우수한 무선전신기에 두 명의 전신기사를 고용하고 있었다. 배가 빙산을 들이받자 필립스는 "타이타닉이 빙산과 충돌했다. 급속히 가라앉고 있다"는 메시지를 계속 타전했다. 이 메시지는 캐나다에 있는 마르코니 전신소에서도, 반나절 거리에 있는 두 여객선에서도 수신했지만, 멀리 떨어져 있는 이들이 할 수 있는 것은 아무것도 없었다.

필립스는 배가 가라앉는 그 순간까지 CQD를 두드렸다. 구명선을 타라는 선장의 명령을 거역하면서 전신기를 두드리다 타이타닉과 운명을 함께 했다. '카페이티아'에서 코탬이 우연히 듣게 된 비상신호는 바로 필립스가 목숨을 바치면서 보낸 것이었다. 영화 「타이타닉」에서도 그의 활약이 잠깐 나온다. 그의 용감한 행동은 대서양을 마주보고 있는 영국과 미국에 동상을 세우는 것으로 기려졌다.

해롤드 브라이드(Harold Bride)

브라이드는 타이타닉의 무선전신기사로 필립스의 파트너였다. 그도 마지막까지 전신기에 붙어 있다가 마지막 순간에 구명선에 의해 구조되었다. 그는 다리에 심한 부상을 입었는데 '카페이티아'에 구조된 후에도 생존자들의 명단을 뉴욕에 보내느라고 자신의 부상은 아랑곳하지 않았다. 뉴욕에 도착했을 때는 들것에 실려나올 정도였다. 마르코니는 친히 그가 요양하는 곳을 방문해서 그를 격려하고 그의 직업정신을 칭찬했다.

굴리엘모 마르코니(Guglielmo Marconi)

타이타닉의 무선전신기사 필립스와 브라이드는 마르코니 회사의 직원이었다. 당시 영국의 체신부는 모든 종류의 유료통신을 독점하고 있었고, 따라서 마르코니 무선전신기기를 장착하고 싶은 배는 통신장비를 마르코니 회사로부터 리스하는 편법을 써야만 했다. 통신장비를 리스하면 마르코니 회사는 이를 관리하고 수리하는 명목으로 무선전신기사를 배에 승선시켰다.

마르코니는 21세에 무선전신을 발명했고, 23세에 영국으로 건너가 무선전신에 대한 특허를 내고 사업을 시작했다. 전자기파는 직진하기 때문에 대서양 무선전신은 불가능하다는 조롱을 비롯해서 온갖 난관을 극복하고 대서양에 무선전신으로 다리를 놨을 때 그는 불과 28세였다.

타이타닉 참사 후 보트에 승선했던 사람들이 구조된 것은 마르코니의 무선전신 때문이었는데, 이 사실이 알려진 후 언론은 "타이타닉의 생존 자들은 과학자로서의 마르코니의 지식과 발명가로서의 천재성이 목숨을 구했음을 기억해야 한다"고 강조했다.

당시 타이타닉 참사는 마르코니에게 천재일우의 기회였다. '만약에 캘리포니아에 두 명의 무선전신기사가 있었으면……' '만약에 레나에 무선전신 설비가 있었다면……' 이런 아쉬움은 미국정부로 하여금 모든 배는 무선전신기기를 의무적으로 장착해야 한다는 법을 통과시키게 했고, 이는 물론 마르코니 회사의 주식이 폭등하는 것으로 이어졌다.

데이비드 사노프(David Sarnoff)

그는 러시아에서 미국으로 이민온 가난한 유태인이었다. 뉴욕의 빈 민가에서 공부와 일을 계속하면서 중학교 2년까지 다니고 직업전선에 뛰어들었다. 그가 가진 첫 직업은 작은 전신회사의 조수였고, 그는 여기서 무선전신 키를 두드리는 법을 마스터했다. 이후 그는 뉴욕에 있는 마르코니 회사에 일주일에 5불씩 받고 잔심부름과 마루 청소를 담당하는 보이로 취직하면서 마르코니 회사와 인연을 맺었다.

낮에는 일하고 밤에는 전기공학을 공부하는 생활을 계속하면서 그의 지위는 조금씩 높아졌다. 1912년에는 매달 60불의 월급을 받으며 뉴욕 주에 있는 와나메이커(Wanamaker) 마르코니 전신소에서 대서양으로 부터 오는 메시지를 수신하는 전신기사로 있었다. 4월 14일 그는 타이타닉 참사에 대한 메시지와 이어서 '카페이티아'에 의해 구조된 생존자 명단을 수신했다. 그가 수신한 생존자 명단은 『뉴욕타임스』『뉴욕헤럴드』를 통해 대서특필되었고, 그와 그의 전신소는 이후 4월 17일 '카페이티아'가 뉴욕항에 도착할 때까지 모든 사람들의 스포트라이트를 받았다.

이 사건 이후 그의 승진행보는 빨라졌다. 그는 곧 미국 마르코니 회사의 검사관으로 승진했고, 검사본부장, 그리고 1917년엔 1천명의 직원과 500여개의 무선전신소를 총괄하는 재정 매니저로 승진했다. 그때 그의 나이 27세. 일주일에 5불씩 받고 마루를 청소하는 일에서 시작한 빈민가 출신의 유태인 소년이 십년 사이에 연봉 1만불을 받는 마르코니 회사의 3인자가 된 것이다. 그가 바로 이후 RCA(Radio Corporation of America)의 회장을 역임하면서, 미국 라디오와 TV라는 새 미디어 왕국의 황제로 군림한 사노프였다.

희생양(scapegoat)

사람들이 생존자 명단을 눈이 빠지게 기다리던 즈음에 영국과 미국의 신문들은 "타이타닉의 승객은 무사하다, 지금 핼리팍스로 가고 있다"는 메시지를 수신했다. 이는 타이타닉에 가족이 있던 사람들에겐 더없는 낭보였다. 그렇지만 곧 이 메시지는 엉터리임이 드러났고, 사람들은 이것이 소위 아마추어 라디오 '햄'(ham)의 장난이라고 생각했다. 당시 햄들은 (마치 요즘 해커가 그러하듯) 자신들의 능력을 보이기 위해 미 해군의 무선전신을 방해하고 장난 메시지를 송신하는 것이 다반사였다.

마르코니 회사는 이 사건이 대륙에서 송신한 "타이타닉 승객은 무사한가?"라는 메시지가 "오일탱크를 핼리팍스로 보내라"는 또다른 메시지와 교란되면서 생긴 실수에 의한 것이라고 설명했지만, 일반인과 언론이 햄에 대해 가지고 있던 분노와 불신은 사라지지 않았다. 이 사건

이후 라디오 법(Radio Act of 1912)이 제정되고 이 법에 의해 햄은 질이 별로 좋지 않은 200m 파장만을 사용할 수 있도록 제약을 받게 되었다. 장난 긴급 메시지를 보내거나 다른 사람의 통신을 교란하는 자는 엄청난 벌금을 물리게 했다. 라디오라는 방송 미디어가 언론과는 달리 정부의 규제 대상이 된 것도 이렇게 타이타닉 참사와 관련이 있다.

에스터 박의 불꽃같이 짧은 삶

한국인으로 첫번째로 (양)의사 자격증을 딴 사람이 서재필이란 사실은 알 만한 사람은 다 아는 얘기다. 서재필은 1892년 컬럼비아 의과대학을 졸업하고 한국인으론 첫 MD(medical doctor)가 되었으며, 미국에서 개업해서 (정치가로 고국에 돌아오기 전까지) 당뇨병 전문의사로 명성을 날리기도 했다.

그렇다면 두번째 의사는 누구인가? 놀라운 것은 한국 사람으로 두번째 의사가 에스터 박(Esther Kim Pak, 1877~1910)이라는 여성이라는 사실이다. 그녀는 1900년 볼티모어에 있는 여자의과대학(Women's Medical College)을 졸업하고 의사가 되어 귀국, 10년간 수만명의 환자를 돌보면서 보건환경 개선과 여성의료인력 양성에 선구적인 역할을 했다. 이 글은 단편적으로 남아 있는 사료에 근거해서 에스터 박의 생애를 조명하기 위해 씌어졌다.

1877년 3월 16일에 태어난 박 에스터의 본명은 김점동(金點童)이다.

그녀의 가계에 대해서는 알려진 바가, 본이 광산(光山)이고 그녀의 아버지가 1885년 한국에 온 감리교 목사 아펜젤러(H. G. Appenzeller)의 일을 도와주던 사람이었다는 정도에 불과하다. 딸 넷 중 장녀였던 그녀의 자매 중에는 나중에 세브란스 병원의 수간호사가 된 사람도 있고, 서울 장로교에서 운영하는 여학교의 교장이 된 사람도 있을 정도로 그녀의 집안엔 개화한 사람이 많았다.

김점동의 집은 서울 정동에 있었다. 집 근처에 감리교회 여선교사 매리 스크랜턴(Mary F. Scranton) 부인이 1886년 설립한 '이화학당'이 있어서 점동은 이 학교에 들락거릴 수 있었고, 1886년 겨울 네번째 학생으로 이화학당에 입학했다. 당시 항간에는 외국인 학교에 자식을 보내면 외국인 선교사가 애들을 외국으로 팔아먹는다는 얘기가 무성했고, 선생들은 학교를 유지하기 위해 개별적으로 부모를 만나서 이런 얘기가 사실무근임을 설득해야만 하는 형편이었다. 김점동의 부모도 처음에는 딸을 학교에 보내는 데 심하게 반대했다고 한다.

개교 초기의 이화학당은 학생들에게 한글, 한문, 성경, 산수, 가사를 가르쳤고, 해가 지나면서 고학년 학생에겐 영어와 영어로 수학을 가르쳤다. 김점동은 특히 영어에 능했다고 알려져 있다. 당시 대부분의 젊은 여성들이 집의 울타리를 벗어나지 못했음을 보면, 이화학당이 "동해에 갇혀 있던 처녀"에게 "서녘에서부터 오는 새로운 문명의 바람"을 마시게 하고, "갑갑한 장옷을 벗어버리고 안방 구석을 떠나던 곳"이었음을 쉽게 짐작할 수 있다.

1890년 김점동은 그녀의 인생의 진로를 바꾸어버린 한 여자 선교사를 만나게 된다. 그녀는 로제타 셔우드(Rosetta Sherwood, 1865~1951)라는 미국 선교의사였다. 셔우드는 미국 펜실베니아 여자의과대학을 졸업하고 뉴욕의 빈민가에서 의료봉사활동을 펴다가, 동대문에 있는 보구여관(普救女館)이라는 부인병원에서 진료와 수술을 담당하기 위해 1890년 한국에 파견된 여의사였다. 셔우드는 당시 이화학당을 다니던 학생 중 두 명을 뽑아서 자신의 일을 돕게 했는데, 그중 한명이 김점동이었다. 점동은 영어가 뛰어나서 셔우드가 즐겨 통역을 부탁했지만, 의술이나 약에는 관심이 덜했다고 한다.

셔우드의 회고에 의하면 김점동이 의학에 본격적으로 관심을 가지게 된 것은 1893년 초, 언청이를 수술하는 셔우드를 목격하면서였다고 한다. 이를 보면서 김점동은 자신도 언젠가 이런 수술을 할 수 있는 의사가 되겠다고 결심했다고 적고 있다. 그렇지만 김점동이 의사가 되기엔 난관이 한두 가지가 아니었다. 한국은 물론 일본이나 중국에도 여자가 다닐 수 있는 의과대학이 없는 것이 그중 하나였고, 결혼의 압력이 또 다른 난관이었다.

당시 조선에서는 기생이 아닌, 심신이 멀쩡한 여자가 나이 열여섯이 될 때까지 결혼을 안하는 것은 개인은 물론 집안의 수치로 간주되었다. 미국인인 셔우드 박사조차 한국에 와서 독신으로 진료활동을 하면서 주변의 이상한 시선을 의식할 정도였고, 그녀의 친구들은 그녀의 약혼자인 윌리엄 홀(William James Hall, 1860~1894; 1894년 평양에 광성학교를 설립한 사람)박사가 1891년 미국에서 한국으로 부임하자마자 그녀에게 서둘러 홀과 결혼할 것을 권고할 정도였다. (그녀는 1892년 6월 홀과 결혼해서 홀 부인 Mrs. Hall이 되었다.)

한국의 이런 풍습을 잘 알고 있던 스크랜턴 부인과 셔우드는 박유산이라는 젊은이를 점찍어서 김점동과 그녀의 집에 혼사를 타진한다. 박유산은 윌리엄 홀 박사가 서울과 평양을 오가면서 선교를 할 때 동행하면서 통역을 하고 그를 돕던 건실한 젊은이였다. 한가지 문제는 그가 돈이 없고 조금 미천한 집안 출신이라는 것이었다. 김점동의 어머니는 이런 이유 때문에 결혼을 반대했고, 1893년 초 김점동이 홀 부인에게 보낸 편지는 결혼과 관련해서 그녀가 겪고 있던 갈등을 잘 보여준다.

나의 소중한 자매님께 …

당신은 내게 긴 편지를 보냈지요. 그리고 이상한 말도 하였습니다. 이제 내가 지금까지 아무에게도 하지 않았던 이상한 말을 하려 합니다. 내가 어떻게 느끼는지 아세요? 삼일 밤을 잠 못 이루며 고통받고 있습니다. 왜냐하면 난 남자를 좋아해본 적이 없고, 또 바느질도 잘 할 줄 모르죠. 그렇지만 한국의 관습상 모든 처자들은 결혼해야 합니다. 부부가 되어야 하지요. 내가 남자를 좋아하지 않는다 하더라도 어쩔 수 없는 일이어요. 만일 하늘에 계신 하느님이 박씨를 이곳으로 보내어 내 남편이 되라고 하신 것이라면, 우리 어머니가 그를 좋아하지 않음에도 불구하고 난 그의 처가 될 것입니다. 우리 어머니는 그를 잘 모르지요. 난 어머니에게 그가 신분이 낮거나 높은 게 무슨 상관이냐고 말합니다. 나는 부자이건 가난하건 또는 신분이 높거나 나은 것에 관해서는 관심없어요. 하지만 나는 예수의 말을 모르는 자와는 결혼하지 않을 것입니다. 난 결혼하고 나면 매우 기묘해질 것 같아요. 내 마음은 매우 달라질 것이에요. …

자매 김에스터로부터.   (그녀는 1892년 세례를 받아 에스터 김이 되었다.)

에스터 김은 1893년 5월 박유산과 결혼(결혼 후 남편의 성을 따라 에스터 박이 되었다), 서울과 평양에서 본격적으로 홀 부인의 의료활동을 돕기 시작했다. 1894년 11월, 발진티푸스로 갑작스럽게 남편의 죽음을 맞은 홀 부인이 남편을 기념하는 병원의 기금을 모으기 위해 미국에 잠시 돌아가기로 결정하자, 에스터는 그녀에게 이 기회에 자신도 미국에 데려가달라고 간청한다. 에스터에게 드디어 의학을 공부할 기회가 왔다고 판단한 홀 부인은 친구들로부터 에스터와 박유산의 배삯을 모아서 이 둘을 미국에 데려간다.

1895년 1월, 에스터는 미국에 도착하자마자 곧바로 뉴욕에 있는 고등학교에 편입, 수학·과학과 라틴어 등을 배우기 시작했다. 고등학교를 한 학기 다니고 1895년 9월 그녀는 뉴욕에 있는 간호학교에 입학했다. 박유산은 미국에 도착한 이후 줄곧 부인의 학비와 생활비를 벌기 위해 상투를 튼 채 농장에서 노동을 했다고 한다. 다음해인 1896년 9월, 에스터는 300명의 입학생 중 가장 어린 나이로 볼티모어에 있는 여자의과대학(이후 존스홉킨스 의대에 합류)에 입학했다. 에스터는 학기 중엔 학업에 열중하고 방학에는 생계를 위해 돈을 벌었으며, 박유산은 부인과 떨어져서 뉴욕의 농장에서 힘든 노동을 계속했다.

1898년 박유산은 볼티모어에 있는 식당에 취직을 하게 되어 2년 만에 볼티모어에서 부인과 합류하게 되었다. 그렇지만 그때 박유산은 이미 폐결핵으로 몸이 심하게 상한 상태였다. 그는 부인의 간호에도 불구하고 (당시 결핵에는 특별한 약이 없었다) 에스터가 의학박사학위를 받는 졸업식을 3주 남기고 이국땅에서 숨을 거두었다.

1900년 6월 학위를 받고 바로 한국으로 돌아온 에스터는 24세의 젊은 나이에 동대문의 구제병원에서 진료를 시작했다. 그녀는 첫 열달 동안 3천명의 환자를 볼 정도로 정렬적인 의료활동을 펴기 시작했다. 그녀의 개복수술은 "귀신이 재주를 피운다"는 정도로 명성이 자자했다. 이후 그녀는 평양에 있는 홀 부인의 부인병원에 합류해서 진료와 계몽을 계속했다. 그녀는 병원에 앉아서 환자를 보는 것만이 아니라, 평안도와 황해도 시골 구석구석을 돌아다니면서 무료진료를 강행했다. 엄동설한에는 나귀가 끄는 썰매를 타고 다니면서 환자를 찾아다녔다. 틈틈이 평양의 농아학교와 간호학교에서 강의도 했다.

수년간 계속되는 과로로 심하게 건강을 다친 에스터 박은 1909년 잠시나마 건강을 회복하는 데 성공했고, 종전처럼 평양 병원에서 업무를 계속했다. 그해 그녀는 하한사, 윤정온과 함께 수천명의 하객의 축하 속에 고종황제가 신여성을 치하하기 위해 수여하는 메달을 수상했다. 그러나 이미 그때 그녀는 남편 박유산을 앗아간 폐결핵이 회복할 수 없는 단계로 악화된 상태였다. 주위 사람들의 간곡한 기도와 지속적인 투병에도 불구하고 그녀는 1910년 4월 13일, 서울의 병원에서 34세의 짧은 생애를 마감했다.

1910년 당시 10대 소년이던 홀 부인의 아들 셔우드 홀(Sherwood Hall, 1894~1991)은 어릴 적부터 이모처럼 따르던 에스터가 결핵에 걸려 죽는 것을 보고 결핵을 치료하는 의사가 되어 한국에 결핵요양원을 세우고 결핵 퇴치에 앞장서겠다고 결심한다. 그는 캐나다로 돌아가 자신의 결심대로 결핵전문의가 되고, 1926년 다시 한국으로 돌아온 뒤 황해도 해주에 결핵요양원을 지었으며, 이후에도 한국 결핵퇴치운동에 선구자적인 역할을 담당한다.

에스터 박의 영향은 여기서 그친 것이 아니었다. 그녀가 평양에서 헌신적으로 진료를 하던 모습은 많은 한국 여성들에게 큰 감명을 주었고, 이중 몇명은 에스터처럼 의사가 되기 위해 홀 부인을 찾아가서 자기들에게 의술을 가르쳐달라고 간청했다. 당시 의과대학이던 세브란스 의대가 여자를 받지 않아서 여성이 의술을 배울 기회는 거의 전무하던 시절이었다.

홀은 이중 다섯 명의 여성에게 의술을 가르치고, 이들을 일제 의학교였던 경성의학전문학교에 청강생으로 공부할 수 있게 하였다. 1918년 김영흠, 김해지, 안수경은 경성의학전문학교를 졸업함으로써 의사 자격을 얻어 각각 제물포, 평양의 광혜여병원, 서울의 구제여관에서 의사로 활동하기 시작했다. 이 여의사들의 활동은 이후 1928년 경성여자의학강습소를 세우는 데 밑거름이 되었다. 에스터 박은 34세의 젊은 나이로 요절했지만, 그녀의 불꽃 같은 삶의 영향은 이렇게 후대 여성들로 이어진 것이다.

과학 속의 페미니즘, 페미니즘 속의 과학

내가 내 처와 공동편집하고 있는 『페미니즘을 통해 본 과학·기술·의학』이란 책을 위해 한국의 한 유명한 페미니스트 여성학자에게 여성과 과학이란 문제를 염두에 두고 '페미니스트 인식론'에 대해 글을 써 달라고 부탁했다가, 지금 다른 중요한 일이 얼마나 많은데 그런 추상적인 문제에 대해 신경을 쓸 때냐고 따끔하게 거절을 당한 경험이 있다. 한국사회에서 여성과 과학, 또는 성(gender)과 과학이란 문제는 페미니즘의 주류와는 상당히 떨어져 있는 문제로 여겨진다는 얘기다.

이에는 한국에서 여성학을 전공하는 사람들 대부분이 자연과학이나 공학과는 거리가 멀다는 데에 이유가 있다. 여성학과, 사회학과, 역사학과, 인류학과 등에서 여성학이나 여성사를 전공하고 학위를 하는 사람들은 아마 대부분 학부에서 인문학이나 사회과학을 전공했지, 자연과학이나 공학을 전공하지 않았을 것이다. 이는 한국의 대학, 특히 학부교육이 너무 경직되어 있고, 자연과학이나 공학을 전공하는 (여)학생이 많은 수업 부담 속에서 인문학이나 사회과학에 대한 관심을 지속하기 어렵다는 현실과 관련이 있다.

성폭행, 매맞는 아내, 호주제의 폐지 등 여성의 법적·경제적 평등과 관련해서 풀어야 할 사회문제가 산적한 상태에서, 과학이나 공학에 배경이 거의 없는 여성학자들은 아마 여성과 과학, 또는 여성과 기술의 문제를 애기하는 것이 현금의 한국 현실에 비춰볼 때 일종의 '지적 사치'로 느껴질 수 있을 것이다.

여성과 과학의 문제가 멀게 느껴지는 또다른 이유는 여성과학기술자에게도 그 책임이 있다. 나는 여러 여성과학기술자들을 접촉해서 지금까지 자신이 과학기술을 공부하면서 겪은 다양한 경험들을 글로 정리해달라고 부탁했는데, 아직 단 한편의 글도 받지 못했다. 글로 쓸 만한 경험이 없다, 내 인생은 드라마틱하지 않다, 내가 받은 차별을 공개하고 싶지 않다, 나는 지금 직장을 평생직장으로 생각하지 않는다는 등 여러 이유가 있었지만, 많은 여성과학기술자들이 자신의 느낌과 경험을 글로써 드러내지 못하는, 즉 자신의 말을 잊은 '식민지의 삶'을 살고 있는 것은 아닌가 하는 느낌을 강하게 받았다.

이런 모습은 여성과학자들이 '여성'과학자임을 자각해서 '여성'으로서 남성과학자와 다른 목소리를 내는 것이 전문 과학기술자로서 자신의 커리어에 별반 유리할 것이 없다는 인식을 알게 모르게 체화했음을 보여주는 것일 수 있다. 사실 학위를 받고 직장을 잡는 과정에서 남성과학자들에 비해 불이익을 당했다고 해도, 직장을 잡은 다음에는 주변의 남성과학자들이 경쟁의 대상이지 배척하거나 극복해야 할 대상이 아니기 때문이다. 남성과 다른 목소리를 내는 것이 아니라, 남성과 같은 능력을 보여야 하고, 아니 남성보다 더 낫다는 것을 보여야 하는 여성과학자들은 자신이 여성이라는 사실조차 잊어버리고 지내는 경우가 많다. 그렇기에 여성으로서 남성과는 달리 느낄 수 있는 개인적인 경험의 정치적인 성격을 이슈화하고 이를 중요시하는 페미니즘의 주장이 이들에게 피부에 잘 와닿지 않는다.

나는 페미니스트 여성학자들이 과학기술의 문제에 더 많은 관심을 가지고, 여성과학기술자들이 페미니스트적인 주장이나 세계관을 가슴으로 끌어안는 것이 매우 중요한 작업이라고 생각한다. 자연과학, 의학, 공학에서 여학생과 여성 전문인력은 아직도 너무 소수이고, 그것도 '여성적'이라고 알려진 몇몇 분야에 편중되어 있다. 미국의 경우 1970년대 초에는 여자 의대생이 10%를 조금 넘는 데 불과했지만, 1994년 현재 40%를 넘었으며 지난해 신입생의 경우 50%선에 이르렀다. 페미니스트 운동과 여성과학 인력에 대한 관심이 합쳐져서 짧은 시간에 이런 큰 변화를 낳았다고 볼 수 있다.

여성과학기술자나 여의사들이 수행하는 연구는 성(sex, gender)에 대한 새로운 지식을 만듦으로써 남성이 하지 못하는 방식으로 남녀평등에 기여할 수 있다. 19세기 의사들은 여성의 월경을 병적인 현상으로 여기고 월경 기간 중에 지적인 활동을 피하고 누워서 쉬도록 권하였다. 이에 반하여 여성의 월경 경험에 대한 연구를 수행하고 가벼운 운동과 일상활동을 권장하는 새로운 의학이론을 만든 사람은 남자의사가 아니라 영국 여의사협회의 크리스틴 머렐(C. Murrell) 같은 여의사들이었다. 또 남성이 여성보다 두개골이 크기 때문에 지능이 더 우수하다는 19세기 골상학의 뿌리깊은 이론을 부수어버린 사람도 런던대학 칼리지 생물통계학 실험실의 알리스 리(A. Lee)라는 여성이었다.

침팬지나 오랑우탄 같은 영장류를 실험실에서 관찰하는 방법을 배척하고 이들이 살고 있는 밀림에 직접 들어가서 이들의 생활에 합류해서 이를 관찰함으로써 영장류 사회의 이해에 새로운 인식을 제공한 사람들도 제인 구달(J. Goodall)과 같은 여성 영장류학자였다. 여성과학자로서 유전학자 사회의 핵심에서 벗어나서 나름대로 독특한 관찰 방법을 식물에 적용해서 6년간 이 식물들을 관찰한 바바라 맥클린톡(B. McClintock)은 이에 근거해서 점핑 유전자(jumping gene)라는 가설을 제창했고, 이는 오랫동안 생물학계에서 이단으로 간주되었지만 결국엔 그녀에게 노벨상의 영예를 안겨주었다. 최근 미국에서는 여성 경제학자들과 철학자들이 페미니즘과 경제학이론을 결합시켜 자유경쟁과 시장 만능의 경제학이론을 비판하는 새로운 이론을 만들어보려는 시도를 하고 있기도 하다.

지난 몇년간 한국에선 사회생물학에 근거한 남녀 성차에 대한 담론이 매체를 통해 쏟아지고 있다. 남녀는 신체구조에서, 두뇌의 기능에서, 호르몬에서 다르기 때문에 달리 키워야 하고, 또다른 사회생활을 영위해야 한다는 얘기가 '과학'의 권위를 걸고 나오고 있다. 남자는 미인을 좋아하고 여자는 돈 많은 남자를 좋아한다는 얘기가 남녀의 생식전략의 차이와 연결되고, 이는 다시 수많은 정자를 계속 만들어내는 수컷의 성기능과 단 하나의 난자를 만드는 암컷의 성기능의 차이와 결부된다. 현대라는 문화 속에서 만들어진 현대 과학은 이렇게 모든 문화와 사회를 무력화시키면서 인간을 다시 원숭이나 벌, 개미 사회의 생식 전략을 통해 묘사하고 있다. 이런 얘기는 많은 경우 우리 사회의 남녀 불평등을 '과학적'으로 정당화시킨다.

페미니스트 이론과 여성과학자들의 실천이 만났을 때 이런 '과학'의 이름을 걸고 돌아다니는 담론 중에 어떤 것이 과학적으로 더 타당하며, 어떤 것이 정치적으로 더 남녀평등의 사회에 기여할 수 있는가를 선택

해낼 수 있다. 페미니즘과 과학은 서로 소원하거나 배타적인 것이 아니
며, 지금 서로가 서로를 어느 때보다도 더 절실하게 필요로 하고 있다.

제4부

10년 전, 그리고 미완의 10년 후

내 월급 얘기, 그리고 토론토에서의 교수생활

　좀 창피한 얘기지만 나는 지난 2년간 내 월급의 인상 폭이 어떻게 결정되는지 잘 몰랐다. 내가 워낙 월급에 무신경한 탓도 있지만, 지난 2년간 교수협의회와 학교 사이에 합의가 이루어지지 않아서 월급이 동결되었기 때문이기도 하다. 이 월급의 동결은 교수들 사이에 화제의 대상이었는데 우리 과 교수들도 교수회의 시간에 이를 자주 입에 올리곤 했다. 대화 중에 PTR이라는 말이 종종 등장했는데, 나는 이 PTR이 뭘 말하는 것인지 몰랐음에도 불구하고 남들이 다 아는 얘기를 물어보면 무식하다는 소리를 들을까봐 가만히 있곤 했다.

　그러다 몇달 전에 내 궁금증은 폭발했고, 평소에 친하게 지내던 철학과의 한 교수에게 큰맘 먹고 물어보기에 이르렀다. 그녀는 아주 친절하게 토론토대학의 시스템에 대해서 가르쳐주었고, 이는 나를 놀라게 하기에 충분했다.

　이곳의 월급 인상은 매년 교수협의회와 학교 간의 협상에 의해 결정되는 연례인상과 PTR로 이루어져 있다. 연례인상은 90년 이후

0.5~2%선 정도에서 결정되는 미미한 인상에 불과하다. 이에 비해 PTR 인상의 폭이 훨씬 큰데, 먼저 PTR이 등급에 의한 인상, 또는 승진 (promotion through ranking)의 약자라는 것도 알게 되었다.

PTR의 계산은 연구 40%, 강의 40%, 커뮤니티 활동 20%로 결정된다. 연구에는 한해 동안 출판된 논문과 저서의 수와 질이 다 계산되고, 학회에서의 논문 발표, 학회의 조직, 연구비 경쟁에서의 결과, 수상경력 등은 물론 아직 출판은 안 되었지만 투고한 논문, 현재 진행중인 연구가 적절한 비율로 계산된다. 강의에는 석·박사 학생 지도 여부, 학부 강의, 대학원 강의의 개수, 학생수, 그리고 무엇보다도 강의의 질은 학생들의 평가서의 반응이 중요한 변수로 고려되어 계산된다(이곳 학생들의 교수에 대한 평가는 잔인할 정도로 냉정하고 엄밀하다). 커뮤니티 활동은 학교위원회의 활동 여부, 과에서의 잡일 등이 계산된다. 결국 한 교수의 1년 활동이 전부 점수화되어 10점 만점으로 표시된다(이 얘기를 듣고 오래된 서류를 뒤져보니 내 첫해 PTR은 꽤 괜찮은 8.5점이었다). 10점은, 치사하게 들릴지는 몰라도, 약 3천불의 월급 인상에 해당하는 점수이다.

능력있는 교수와 그렇지 않은 교수의 차이가 당장 월급에서 드러나는 것이다. 그렇지만 월급은 다른 사람에게 공개되지 않기 때문에 실제 눈에 보이는 차이는 연구비와 승진에서 드러난다. 이곳에선 대학이나 정부가 교수에게 연구비 명목으로 주는 돈은 단 1불도 없다. 모든 연구비는 경쟁을 통해 따내야 한다. 학교에서 주는 1년에 2,000~5,000불짜리 연구비도 교수들 사이의 경쟁이 3:1이고, 정부에서 주는 권위있는 연구비로 나가면 10:1, 캐나다의 킬람(Killam)이나 미국의 구겐하임 (Guggenheim), 매카서(MacArthur) 어워드로 가면 경쟁이 수십 대 일을 넘어간다. 우리 같은 인문학 분야에서 연구비가 있는 교수는 조교를 고용하고, 연구 여행과 학회를 자유롭게 다니며, 이 돈으로 강사를 사서 자신의 강의를 맡기고 아예 한 학기나 일년 쉬기도 하지만, 이것을 따지 못하면 과에서 복사나 시외전화도 눈치 보면서 해야 하는 천덕꾸러기 신세가 된다.

승진도 철저한 능력제이다. 조교수에서 부교수의 승진심사—소위 테뉴어(tenure)라고 하는 것—는 조교수가 된 지 6년차에 받을 수 있지만, PTR이 괜찮은 경우 과에서 요구해서 이를 4~5년으로 앞당길 수 있다. 부교수에서 정교수로 승진하는 데는 시간상 아무런 제약이 없다. 어떤 교수는 20년이 되어도 정교수가 못되는 사람이 있는가 하면, 우리 과에는 부교수가 된 지 3년 만에 정교수로 승진한 사람이 있어서 화제가 된 경우도 있다. 인문학 분야에서 정교수가 되려면 쟁쟁한 출판사에서 나온 연구서 두 권 이상과, 훌륭한 강사라는 것을 자신의 강의를 통해 보여야 하며, 그 분야에서 세계적인 권위자의 그룹에 속한다는 평가를 외부학자들에게 받아야 한다. 이 심사는 대부분 외국 대학의 학자에게 의뢰해서 이루어지며, 학교의 심사위원회는 이 평가서를 토대로 가부를 결정하는 역할만 하기 때문에 안면을 통해 이 과정에 영향을 미치는 일은 일어나기 힘들다.

내가 보기에 이곳에서 교수는 대학이라는 지식 공장의 노동자이다. 이 대학에는 전세계 대학에서 만들어낸 최첨단의 지식이 끊임없이 흘러들어오고, 또 이곳 교수들에 의해 만들어진 지식이 이 흐름에 한몫을 담당하기 위해 세계로 흘러나간다. 이런 다이내믹스 속에서 새로운 지식을 만들고 이 거대한 파도 앞에 남아 있기 위해서 이곳의 많은 젊은 교수들은 항상 더듬이를 곤두세우고 긴장해 있다. 나는 토론토 근교에 있는 과학학 분야의 젊은 조교수들과 한달에 한번씩 독서모임을 하고 있는데, 모일 때마다 이들의 각박한 삶 속에서, '내가 이들보다 뒤지는 것이나 아닐까'라는 긴장을 풀 수 없을 만큼 곤두세워진 나의 삶의 모습 속에서 이 경쟁적 시스템의 상처를 발견하곤 한다.

지난 몇년간 연구비와 승진, 월급을 둘러싼, 그리고 이 모든 경쟁의 근원에 있는 새롭고 의미있는 지식의 창조라는 눈에 보이지 않는 경쟁을 겪으며 나는 가끔 자본주의 경쟁에 대해 원칙적으로 반대해온 내 자신이 어떻게 여기까지 왔는지 참 신기하게 생각되곤 한다. 한국의 어려운 여건 속에서 강의와 연구를 하는 대학교수들과 그분들이 처한 열악한 상황을 평가절하하는 것은 아니지만, 정말 어떤 때는 한국에서 교수를 하고 싶은 생각이 문득문득 들 때가 있다.

인종차별의 경험과 포스트모더니즘

1980년에 대학에 입학해서 1991년까지 11년 동안 나는 내 20대를 특권층으로 살았다. 우리 집은 중산층과도 거리가 있고, 나 자신은 이 사회와 지배계급에 대해 적개심으로 똘똘 뭉쳐 있었지만, 불알 두쪽 차고 나왔다는 이유로, 부모의 고향이 전라도가 아니라는 덕에, 그리고 서울대를 나오고 그 대학원에 다니고 있다는 학벌만으로, 나는 한국사회의 특권층이었다. 돈이 없어서 서러운 적은 있어도, 성(性)과 고향과 학벌로 차별을 받은 적은 없다.

1991년 캐나다에 발을 딛고 이 모든 특권을 잃고서야 나는 내가 특권층이었음을 인식했다. 나는 여전히 남자였고, 전라도가 아니었고, 서울대 대학원생이었지만, 캐나다라는 컨텍스트는 나를 졸지에 소수민족, 그저 키 작은 동양인의 한 사람으로 둔갑시켰다. 발버둥을 쳐도 이곳의 덩치 크고 잘난 백인들 사이에서 나는 '투명'(invisible)했다.

서울대 졸업장과 학생증은 내가 공부하는 인문학 분야에선 부도난 어음보다도 가치가 없었다. 나는 내 생각과 감정을 말이나 글로 잘 표현 못하는 지진아였고, 상대의 애기를 잘 못 듣는 청각장애자였다. 웅변대회를 휩쓸었던 달변의 추억은 그 과거조차 말로 잘 표현해내지 못하는 나를 더 비참하게 만들 뿐이었다.

캐나다에서 인종을 이유로 사람을 차별하거나 혐오하는 것은 범죄이다. 헌법에서 규정한 강력한 언론의 자유도 인종차별이나 인종혐오에 의해 유일하게 제약을 받을 만큼 이를 죄악시한다. 그렇지만 모든 차별이 그렇듯이, 인종차별은 직접적이고 논리적인 형태가 아니라 미묘하고 감정적인 형태로 존재한다. 차별은 느껴지고 경험되는 것이지, 이해되거나 설득되는 것이 아니다. 나는 거리에서 갑자기 몸을 부딪치는 백인 젊은이에게서, 아무 이유 없이 불친절한 웨이트리스나 수퍼마켓 캐쉬어의 태도에서, 물건을 주문했을 때 분명히 알아들은 듯해도 내게 "뭐라구요?"를 하는 점원에게서, 고압적인 자세로 이래라저래라 하는 백인 경찰에게서 차별을 경험했다.

한국의 수퍼에서 물건을 샀는데 점원이 잔돈을 집어던지듯 주었다고 하자. '이 사람 왜 이래?' 하거나 속으로 '애인이랑 싸웠나' 하고 말았을 것이다. 나는 그 점원의 불친절한 태도에 기분이 나빠지겠지만 그 사람이 나를 차별한다고는 생각지 않을 것이다. 백인사회에선 그렇지 못했다. 나는 이 백인(인도인, 혹은 흑인) 점원이 내가 동양인이어서 얕잡아보고 그랬다고 느낀다. 나는 내 '가설'이 맞는지 틀리는지 보기 위해 멀찌감치서 이 점원이 나 이외의 다른 손님은 어떻게 대하는지 살펴본다. 가게에서 주인이 나의 행동을 감시의 눈길로 뚫어지게 주시할 때도 마찬가지이다. 나는 이 주인이 다른 사람도 째려보나 몰래 관찰하곤 한다. 주인은 나를 대놓고 째려보고 나는 주인을 몰래 째려본다.

나는 이들이 인종적인 이유에서 내게 무례했거나 나를 감시했다고 증명할 수는 없지만, 이를 '느낄' 수 있다. 내 느낌은 객관적이지도 못하고 틀릴 수도 있지만, 내게는 실재적이다. 이런 느낌은 삶의 순간순간 내가 백인이 아니라는 것, 이 사회의 특권층이 아니라는 것을 일깨워주었고, 지금도 그러고 있다. 처음엔 한국이 눈물나게 그리웠다. 가족과 친구가 보고 싶고, 무엇보다 내가 남자로서, 서울 토박이로서, 서울대 대학원생으로서 집과 사회에서 누린 특권이 그리웠다.

시간이 지나며 한편으론 이런 경험이 득이 되었다는 것을 알았다. 소수민족으로서의 내 경험은 서구사회를, 아니 사회 일반을 다른 시각에서 보게 만들었다. 내가 볼 때 백인 남자 노동자와 백인 경영자 사이의 차이는 백인과 유색인의 차이에 비하면 아무것도 아니다. 그들은 모두 백인 남자라는 이유만으로 이 사회 어디서나 당당할 수 있는 특권층이다.

나는 추상적인 '모순'보다 피부로 느끼는 '차이'에 주목하게 되었다. 나는 객관적 인식의 영원한 보편성보다 주관적 경험의 순간적인 실재성을 중요시하게 되었다. 나는 경제의 하부구조나 생산관계보다 삶의 양식에, 문화에, 피부색에, 언어에, 거리에, 까페에, 노래에, 이런 삶의 총체에 관심을 두게 되었다. 자본가/노동자라는 전통적인 지배–피지배에 입각한 구분만큼이나 남자/여자, 백인/유색인, 캐나디언/이민자, 헤테로섹슈얼/호모섹슈얼, 건강인/장애자, 정상인/비정상인 등과 같은 '차이'에 근거한 구분 역시 서구사회의 억압구조를 형성함을 알았다.

일상생활에서도 왜 이곳에 백인 여자와 흑인 또는 다른 유색인 남자의 커플이 이 반대의 경우보다 월등히 많은지, 왜 내가 이곳에서 사귄 캐나디언 친구들이 모두 여자친구인지 쉽게 이해할 수 있었다. 나는 여성이 겪는 차별의 일부를, 내 처의 페미니즘을 비로소 이해할 수 있었

다. 나는 내가 여성운동을 이해하는 척만 했지, 그동안 내 사고와 행동
이, 아니 내 몸에 밴 습성이 얼마나 가부장적이고 봉건적인 것이었는지
깨달았다. '모순'은 과학적 학습을 통해 인식할 수 있었지만, 한국에서
남자로 살면서 여성이 경험하는 '차별'을, 남녀간의 차이를 느낄 재간
은 없었다. 내가 차별의 대상이 되면서 누가 시키지 않았는데도 나는
페미니즘에, 동성애와 동성애자에 대해 호의적이 되었다.

내가 던지는 질문은 변했고, 내가 고민하는 문제도 달라졌다. 이 과
정을 통해 나는 자연스럽게 포스트모더니즘의 한 귀퉁이를 만질 수 있
었다. 나는 데리다의 '차연'(différance)이나 '타자'(the Other)의 개념
이 담고 있는 무서운 진실을, 플라톤 이후의 서구 철학과 과학이 백인
남성의 세계관에 불과하다는 주장의 의미를, 이분법이 폭력적이라는
주장의 숨은 뜻을, 페미니스트 운동과 동성애자 운동의 중요성을, 흑인
들이 자신들의 언어에 왜 집착하는가를, 환경운동이 왜 '인종적 정의'
와 결합하게 되었는지를, '다문화주의'의 의미를, 푸꼬의 지식/권력의
그물과 '바이오정치'(biopolitics)의 중요성을, '몸의 정치학'(body
politics)이 무엇인지를, 왜 '아이덴티티 정치학'(identity politics)을 애
기하는지를, '잡종'(hybrids)과 '경계선 허물기'의 의미를, 왜 많은 역사
학자들이 텍스트와 언어에 주목하는지를 이해할 수, 아니 '느낄' 수 있
었다.

내가 차별의 대상이었다는 경험은 내게 무척 귀중한 것이었다. 덕분
에 나는 적어도 '준 페미니스트'는 될 수 있었다. 1980년대 맑시즘을 통
해 세상에 눈을 떴듯이, 1990년대 전반 내 나름대로 경험한 포스트모더
니즘의 편린들은 내 과거의 사고와 습관에 도전했고, 이와 갈등했다.
나는 80년대와 90년대를, 또는 보편적인 모순과 진보에의 믿음에 근거

한 맑시즘과 주관적인 차이와 조금은 페시미스틱한 현실분석에 근거한 서구 포스트모더니즘을 합일해내진 못했어도, 이 둘을 불안정하게 내 속에 공존하게 하는 데는 성공했다. 나는 과거와 현재의 이런 경험들을 내 학문과 삶 속에 끌어넣으려고 애썼고, 다행히 이를 약간은 달성할 수 있었다. 건방지게 들릴지 모르겠지만, 이런 모든 과정을 겪으면서 나는 성숙해졌음을 느낀다.

나는 요즘 통신공간을 통해 한국과 새롭게 만나고 있다. 이는 내게 어떤 새로운 경험을 주고 있는가? 이 새로운 경험은 나를 어디로 이끌 것인가? 과거의 나의 경험과 현재는 어떻게 서로를 새롭게 형성해나갈 것인가? 불안한 미래를 더듬거리며 나는 오늘을 살고 있다.

세븐파인에서의 멋진 주말

세븐파인(Seven Pines, 일곱 소나무)이라는 여관(inn)은 과학사를 하는 사람들에게 조금씩 알려지기 시작한 곳이다. 무엇보다 올해(1997)부터 '세븐파인학회'라는 이름의 학회가 매년 5월 이곳에서 열리고, 올겨울부터는 매년 1월 대학원 학생들을 위한 워크숍이 역시 이곳에서 개최된다. 나는 이곳이 어떤 곳일까 매우 궁금했는데, 지난 목요일에서 일요일까지 내가 속해 있는 슬로언 프로젝트 그룹(Sloan Project Group)이 세번째 워크숍을 이곳에서 개최해서 드디어 말로만 듣던 세븐파인에 갈 기회를 얻었다.

세븐파인에 가려면 비행기로 미네쏘타주의 미네아폴리스까지 가서 차를 타고 위스컨신주로 두어 시간 정도 들어가야 한다. 루이스라는 지도에도 없는 작은 도시까지 가서 지방도로를 타고 한 15분 들어간 뒤 다시 소나무 삼림 속으로 쑥 들어가면 1903년에 지어진 세븐파인이 나온다. 대중교통으로는 접근조차 불가능하다. 진입로에 야생 사슴이 버티고 서서 길을 비켜주지 않곤 한다. 건물 안에 수세식 화장실을 만들었지만, 외양과 내부, 하다 못해 소파와 식탁까지도 20세기 초엽 그대로이다. 여관 옆으로는 그냥 떠먹어도 되는 시내가 흐르고, 거기에는 아이들 팔뚝만한 물고기들이 유유히 돌아다닌다.

세븐파인의 진짜 명물은 이곳의 주방장이다. 몸무게가 한 200kg 나갈 몸집에, 기가 막힌 요리솜씨를 자랑하는 테리(Terry)와 그의 아내 질(Jill)은 3박 4일간 모든 이의 입을 너무나 즐겁게 해주었다. 오리·송어·메기·사슴 정식, 그냥 그것만 먹어도 배가 부른 스프와 샐러드, 갓 구어낸 머핀과 크루와상, 그곳 마을에서 만든 버터와 치즈 등은 대부분 메마른 도시의 대학에서 강의하고 있는 우리 일행의 탄성을 자아내기에 충분한 것이었다. 뿐만 아니다. 저녁을 먹으면 테리는 사람들을 밖으로 불러모아 자신의 장기를 보여주는데, 그의 장기는 주제만 주면 즉석에서 가사와 곡을 만들어 코믹한 노래를 불러주는 것이다. 예를 들어 우리가 '파리'(fly) 하고 외치면, '드로소필라'(drosophila : 초파리)에 대한 노래를 즉석에서 만들어 선사하는 식이다. 우리는 모기에게 뜯기는 고통을 감수하고 밤 늦게까지 테리의 노래와 유머를 즐겼다.

낮에는 뉴튼과 그의 과학방법론, 특히 '트랜스덕션'(transduction)이라는 주제에 대한 열띤 토론이 3일간 계속되었다. 테드 맥과이어(Ted McGuire), 알란 샤피로(Alan Shapiro) 같은 대가들 틈에서 칼라리타(Carlarita)라는 이딸리아 박사과정 학생이 논문을 발표하기도 했는데, 칼라리타는 가히 '미스 과학사'라고 할 만큼 예쁜 얼굴에, 기가 막힌 몸매를 자랑하는, 그래서 선배 학자들에게 귀염도 많이 받지만 그것 때문에 오히려 자신이 모르는 실(失)도 많은(예를 들어 남자들끼리의 짓궂은 농담에 종종 등장하는) 친구이다. 나는 그녀를 처음 만났을 때, '저런 미녀가 왜 과학사를 하면서 청춘을 낭비할까' 생각했는데, 이번에 오랜 시간 얘기하면서 그녀가 갈릴레오와 17세기 자연철학자 가쌍디(Gassendi)에 대한 자신의 연구에 대해 가지고 있는 진지함과 지식의 깊이에 놀랐고, 한때나마 멍청한 생각을 한 내 자신이 무척이나 부끄러워지기도 했다.

점심을 먹고는 자전거로 그 동네 시골을 돌아다녔다. 쏟아지는 햇살, 가을이 성큼 왔음을 알리는 서늘한 바람, 끝없이 뻗은 길, 길 옆으로 언뜻언뜻 보이는 진한 초록색의 늪, 새롭게 사귄 친구들과의 산책, 컴퓨터와 책이라는 일상으로부터의 해방. 아아, 일요일 아침엔 다시 도시로 돌아가야 하는 것이 싫었다.

매년 세븐파인에서 정기적으로 열리는 과학사 모임은 세븐파인의 주인 리 골리키(Lee Gohlike)가 후원한다. 그는 학회를 공짜로 열게 해주고, 세미나하는 데 들어와 구석자리에서 이를 경청하는 것을 낙으로 삼고 있다. 나와 몇번 얘기할 기회가 있었는데, 직류-교류의 역사에서 양자물리학과 상대론의 차이에 이르기까지 내게 속사포 같은 질문을 퍼부었다. 호기심과 질문이 많은 사람이다. 그에게 왜 자신의 돈을 써가면서 이런 학회를 후원하느냐고 물었더니, 지난 20년간 자신과 가족만 생각하고 사업에 열중하다가 불과 2년 전에야 자기가 중요하다고 생각하는 무엇에 자신의 재력의 일부를 쓰기 시작한 것일 뿐이라고 겸손하게 말한다.

내가 9월 1일부터 머물면서 연구를 하고 있는 MIT의 디브너 과학사 연구소는 베른 디브너(Bern Dibner)라는 미국의 사업가가 전재산을 기부해서 지은 연구소이다. 디브너 재단은 이 연구소를 짓고 남은 기금으로 매년 스무 명 안팎의 학자를 전세계에서 초청해서 이곳에 머물게 하면서 자기가 하고 싶은 연구를 수행하게 한다. 이곳의 번디(Burndy) 도

서관은 디브너가 살아 생전 수집한 과학사 분야의 온갖 희귀서적을 갖추고 있다. 너무 귀한 책이 많아 전자 경비를 이중삼중으로 하고 있지만, 연구원이 요청하면 어떤 책이든 금방 꺼내다 준다.

골리키나 디브너 같은 사람들의 후원이 과학사라는 작은 분야를 발전시키는 데 얼마나 기여했는가를 생각해보면, 한국의 상황에 조금은 화가 나기도 한다. 그렇지만 다시 생각해보면, 이것은 재산 있는 사람들이 자식에게 이를 상속하는 데 눈이 벌개졌기 때문만은 아닐 것이다. 일단 학문이 학문답고, 학자가 학자답고, 대학이 대학다워야 한다. 그래야 그들이 하는 얘기의 한 귀퉁이를 들을 기회를 얻기 위해서라도 선뜻 자신의 여관을 빌려주는 골리키 같은 사람들이 하나둘 생길 것이다. 이번 주말을 '천국'에서 보내고 다시 일상으로 돌아와 주절주절 해본 생각들이다.

보스턴과 1993, 94년의 추억들

보스턴에 온 지 어느덧 두 주가 지났다. 찰스강을 바라보며 MIT 캠퍼스를 걸어다니고 있노라면, 1993, 94년의 추억이 떠오르곤 한다.

세상이 참 무겁게 느껴질 때였다. 한국이 좁다고, 세계무대에서 내 뜻을 펼쳐보겠다는 꿈을 안고 한국을 떠났지만 내가 부딪친 벽은 참담할 정도로 높았다. 세계적 학자가 되기는커녕 학위논문을 끝내기도 힘에 부쳤고, 장래도 너무나 불투명했다. 이렇게 주저앉는구나 하는 생각이 하루에 열번도 더 들 때였다. 불과 2년밖에 안되는 기간이었지만 마치 20년이 지난 것처럼 한국 친구들과 소식이 끊겼고, 설령 소식이 있다 해도 붕괴된 사회주의라는 시신을 앞에 놓고, 삶에 지친 서로의 얼굴을 거울처럼 들여다보며 할 애기도 별로 없을 때였다. 논문을 쓰면서 온갖 잡스런 사상의 단편들을 주워담고 있었지만, 이런 생각들은 짝없는 퍼즐의 조각처럼 내게 혼란만을 가중시키던 그런 때였다.

그 무렵 MIT 교정에서 나, 스카이(skyang), 하킴(hkim)은 우연히 만났다. 1993년 어느 가을날, 우리가 대학을 졸업한 지 10년 만이었다.

그로부터 몇달 후인 94년 봄, 우리 셋은 한번 더 만날 기회가 있었다. 함께 저녁을 먹다가 시작된 얘기가 토론으로 이어졌고, 다음 날 점심을 같이 하면서 토론을 계속하다가, 내가 토론토로 돌아온 뒤엔 전자메일을 사용해서, 한글을 쓸 수 없을 때라 낯선 영어로 우리 생각을 거칠게 표현하며 이를 계속했다. 우리는 세상의 모든 것에 대해 대화하고 논쟁하려 했고, 또 그랬다.

우리는 학문의 국제화에 대해, 80년대 우리가 가졌던 이상에 대해, 앞으로 우리가 지향할 사회에 대해, 소중히 간직해야 하는 인간성에 대해, 사회주의의 미래에 대해, 미국사회에서 배워야 할 것과 버려야 할 것에 대해 얘기했고, 과학과 그 객관성에 대해, 왜곡되지 않은 의사소통에 대해, 에콜로지에 대해, 페미니즘에 대해, 포스트모더니즘에 대해, 사랑과 가족에 대해, 결혼과 이혼에 대해, 친구의 소중함에 대해, 성의 해방에 대해 논쟁했다.

영어로 된 긴 메일을 어떤 때는 하루에도 몇편씩 주고받으면서, 서로가 서로에게 보낸 메일이 이삼백 통에 달할 때까지 우리는 속삭이고, 얘기하고, 싸웠다. 우리는 우리의 편지 일부를 모아 한글로 번역하고, 이를 가까운 친구들에게 돌려 읽혔다. 우리는 이 논쟁에서 제기된 문제들에 대한 우리의 생각이 원숙해질 때, 이를 모아서 책으로 내자고 은밀히 모의하기도 했다. 최영미의 『서른, 잔치는 끝났다』를 돌려 읽고, 우리 책의 제목을 '서른, 잔치는 이제 시작이다'로 하자며 웃곤 했다. 우리는 서로의 마음속 깊은 곳의 무의식을, 80년대가 할퀸 상처를 들춰내고 이를 쓸어안았다. 그렇지만 이 과정에서 우리는 서로에게 새로운 생채기를 내기도 했다. 투사로서의 자신의 80년대 경험을 회상하기도 싫어하던 하킴은 결국 10년이란 세월과 일상이 안겨준 단단한 껍질을 부수고 나왔다.

이렇게 안하면 미치거나 죽을 것 같던 때였다. 다행히 몸이 버텨주던 시절이라 간신히 공부를 병행할 수 있었다. 몇달을 이렇게 토론과 논쟁을 벌이다 나는 나가떨어졌다. 탈진했다고나 할까, 아니면 10층에서 떨어진 유리꽃병처럼 산산이 부서졌다고나 할까. 우리의 작은 그룹은 서로에 대해 조금은 날카로워진 감정들이 부딪히던 중 그 유탄에 다치고 시들어갔다. 불과 몇개월의 짧은, 그러나 진한 만남이었다. 1993년 서른세살의 내가, 아니 우리가 이 대화와 논쟁에 많은 정열과 시간을 바친 이유는, 돌이켜보면 아마 우리 20대를, 한국에서 보낸 80년대를, 고민하며 지샌 그 수많은 밤을 이렇게 우습게 마감할 수는 없다는 미련이었을지도 모른다. 1993년은 내게 열병이었고, 1980년에 대학을 들어가 두 달 만에 '서울역'과 '광주'를 겪은 내가, 아니 우리가 치른 본격적인 성인식이었다.

이 일 직후 나는 스스로 많은 상처를 입었다고 생각했다. 이것이 참 소중한 순간이었구나라는 생각이 든 것은 시간이 조금씩 지나면서였다. 시간이 지나면서 나는 다시 기운을 차릴 수 있었다. 이러면서 나는 80년대를, 20대를 뒤로 할 수 있었다. 내 현재와 미래를 조금이나마 직시할 수 있었다. 나는 조금은 도전적이 되었고, 내 포텐셜을 최대한 발휘하는 것에 대해 난생 처음으로 심각히, 그리고 긍정적으로 생각하게 되었다. 조금은 이기적이 되었다고나 할까. 고국에 대해, 역사에 대해 지고 있던 막연한 짐이나 빚의 감정을 조금은 벗어버릴 수도 있었다. 내가 친구들에게 고맙다는 얘기를 하기도 전에 토론토대학 교수가 되어서 첫 강의가 시작됐고, 눈코 뜰 새 없는 하루하루를 보내야만 했다. 그리곤 하킴이 교수가 되어 한국으로 돌아가면서 셋이 한자리에 다시 모일 기회는 아득하게 멀어져만 갔다.

1997년 7월, 내가 스카이와 하킴이 활발히 활동하고 있는 '21세기 프런티어'에 들어오고 나서, 불과 5분도 안되는 짧은 시간 동안 우리 셋은 우연히 대화방에서 다시 만났다. 이들은 이 만남이 몇년 만에 함께하는 자리인지 알고 있었을까? 이들은 전자메일을 통해 우리가 함께한 1993, 94년의 몇개월이 내게 무척이나 소중했음을 알고 있을까. 4년의 세월과 그동안 서로에게 일어난 수많은 일들이 "안녕…… 오랜만이네"라는 스크린 위의 점멸하는 문자를 타고 흘러나왔다.

스카이와 하킴이 프런티어에 쓴 글을 보노라면 몇해 전 우리가 논쟁하며 뿌렸던 씨앗이 어느덧 건강한 싹으로 돋아나고 있음을 느낀다. 앞으로 또 몇해가 지나면, 우리는 어디서 어떤 모습으로 오늘을 돌아보고 있을까. 과거에 온라인으로 시작한 대화와 논쟁은 지금 보스턴과 서울을 잇는 또다른 온라인으로 이어지며 이 순간도 나의 현재와 미래를 관통하고 있다.

DJ의 집권은 진보의 방향인가

　어느 글에선가 얘기했지만, 최근 내 관심은 DJP연합이니, 김영삼 신당이니 하는 대통령선거와 같은 정치권의 행태와는 거리가 멀다. 정치나 대선이 중요하지 않다고 생각해서가 아니라, 한국을 몇년 떠나 있었고, 그동안 정치나 경제보다는 사람들의 일상, 경험, 문화, 얘기 등에 관심을 돌린 탓도 있겠다. 그렇지만 최근 프런티어에서 벌어지는 한국 대선과 관련된 몇가지 얘기들은 내 관심을 끌기에 충분했고, 이에 한두마디만 보탤까 한다.

　나는 DJ가 집권하는 것이 진보의 방향이라고 생각한다. 이것이 지금 한국사회에 존재하는 지역간의 차별을 없앨 수 있는 가장 확실한 한가지 방향이기 때문이다. 역차별을 둬서라도, 아니면 차별에 대한 법률적 제재를 강화해서 경상도 이외의 사람들의 관료, 기업, 학교, 군대의 상층부 진출을 장려하고 강화해야 한다. 다양한 종류의 정책을 사용해서 과학자와 엔지니어, 전문 경영인 등 고급 지식노동자들의 출신도 더 고르게 만들어야 한다. 이 불균형의 근원이 동학인가, 한국전쟁인가, 아니면 정권연장을 위한 박정희의 지역차별화정책인가는 논란의 여지가 있을 수 있지만, 고급공무원, 이사급 이상의 기업인, 장성, 대학 정교수 등에서 경상도 사람들(또는 비전라도 사람들)이 차지하는 비율의 변화를 연도에 따라 통계적으로 살펴보면 이 답은 어느 정도 근사치로 나올 수 있다고 생각한다.

나는 백인사회에서 소수민족으로 살면서 '차별'이 무엇인가를 느꼈고, 차별을 '차이'로 낮추고, 이 차이 속에서 다시 공통의 무엇을 발견하는 것이 우리 시대 중요한 진보의 방향이라고 생각하게 되었다. 나는 전라도 출신은 아니지만 한국의 지역차별이 심각하고 실제적임을 알고 있다. 머리도 노력도 비슷하게 하는데, 단지 대구에서 고등학교를 나왔다는(서울대를 나왔으면 '금상첨화'겠지만) 이유로 승진이 빠르다면, 이는 한 사회를 건강하게 유지하는 데 필수적인 공정에 대한 믿음의 공유를 송두리째 앗아가버리는 것이다. 경쟁이 통하지 않는, 아니 경쟁이라는 개념이 무의미한 가장 큰 원인이 여기에 있다.

정당이 경기도 당, 전라도 당, 경상도 당, 충청도 당으로 쪼개져서 4당이 각각 지역적인 기반을 바탕으로, 자신의 지역적 이해만을 부추기고 득표만을 위한 이합집산을 밥먹듯이 한다면, 이를 바람직하다거나 진보적인 정치형태라고 할 사람은 아무도 없을 것이다. 지역적 이해는 지방자치의 몫이지 중앙정부나 중앙당의 몫이 아니기 때문이다. 그렇지만 이상과 현실의 무시 못할 차이가 존재한다. 이상적으로 차별의 타파는 제도권 정치의 위로부터의 주도가 아닌, 사회운동의 주도권에 의해 아래로부터 이루어져야 할 것이다. 여성에 대한 차별의 타파 역시 여성운동에서의 목소리가 정치권력을 자극하고, 이를 통해 법률과 우리의 언어가 바뀌고, 이것이 다시 장기적으로 여성의 역할에 대한 우리의 생각을 바꾸는 것을 통해 이루어지는 것이 '이상적'이다.

그렇지만 우리의 현실은 이런 이상과는 동떨어져 있다. 무엇보다 그동안 사회운동이 차별을 등한시해온 것이 문제다. 학생운동과 노동운동을 포함한 진보적 정치세력과, 호남당과, 여성운동이 결합하지 못하고, 선거철만 되면 영남 노동자는 영남후보, 호남 자본가는 호남후보에 표를 던졌다. 이왕 얘기한 김에 조금 더 추상적으로 들어가 보자. 차별에 대한 사회운동의 무관심은 우리가 가진 지금의 사회 '과학'의 틀이, 추상적 인식을 통한 사회운동이나 법칙이 아니라 개개인이 일상에서 순간적으로 느끼고 사라지는——사회구조 속에 존재하는 것이 아니라 서로 주고받는 언어를 통해 구성되는——경험의 실재성에 대해 보여준 무관심과 밀접하게 관련이 있다.

나는 DJ의 집권이 만병통치라거나, 한국의 현안 문제를 속시원하게 해결할 것이라곤 전혀 생각지 않는다. 그렇지만 이것은 적어도 우리 사회 전반에 만연한 공정성의 결여를 부각시키고, 이를 어떤 식으로든 치유할 더 많은 가능성을 제공할 것으로 믿는다. 그럼으로써 이는 우리 사회에 존재하는 다른 차별들, 즉 남녀차별, 나이든 사람에 대한 차별, 비서울대에 대한 차별, 가난한 사람에 대한 차별, 장애인과 정신박약자에 대한 차별, 북한사람에 대한 (앞으로 있을지 모를) 차별, 동성애자나 양성애자에 대한 차별, 에이즈 환자에 대한 차별, 특정한 생각을 하는 사람들(예를 들어 코뮤니스트)에 대한 차별 등을 완화시키는 정치 프로그램의 첫번째 초석이 될 수 있을 것이다. 차별이 있는 한 공정한 경쟁은 의미가 없고, 이를 완화하고 없애는 것은 바로 우리 시대 가장 중요한 진보의 모습이다.

자극

　언젠가 스카이가 보스턴에서는 건방지기 힘들다는 얘기를 했다. 각 분야 노벨상 수상자들이 득실대는데, 조금 아는 척할 수도 없다는 얘기다. 내 분야인 과학사라고 예외가 아니다.

　하버드대학엔 피터 갤리슨(Peter Galison)이라는 과학사학자가 있다. 남들은 하나도 받기 힘든 하버드 박사를 과학사와 물리학 두 분야에서 거머쥐고, 30대 초반에 스탠포드대학의 정교수가 되었다가 몇년 전에 하버드에 정교수가 된, 과학사의 선두그룹에 서 있는 아주 유능한 소장 학자이다. 1988년 『실험은 어떻게 끝나나?』(*How Experiments End?*)라는 책으로 명성을 날렸고, 몇년간 뜸한가 했더니 두어달 전에 『이미지와 로직』(*Image and Logic*)이라는 방대한　책을 출판했다. 차례와 각주만 훑어보아도 나 같은 '번데기 학자'는 기가 푹 죽어버리는 850쪽 분량의 대작이다. 혹자는 토마스 쿤의 『과학혁명의 구조』 이상의 영향력을 가질 것이라고도 하니 두고 볼 책이다.

　나를 기죽이는 것은 그의 책만이 아니다. 며칠 전에 갤리슨과 잠깐

애길 했는데, 근황을 물어보니 1년간 안식년인데, 하버드에서 초끈이
론(superstring theory)에 대한 물리학과 대학원 수업을 듣고 있다고 한
다. 그의 관심이 초끈이론의 역사에 대한 연구로 옮아왔다는 얘기를 들
었는데, 대학원 학생과 함께 어울려서 리포트까지 내면서 수업을 듣는
줄은 몰랐다.

그러고 보니 MIT의 에블린 폭스 켈러(Evelyn Fox Keller)가 생각난
다. 한국에도 번역된 『젠더와 과학』(*Gender and Science*)을 지은 대가
이다. 뭐 하나 부러울 것이 없을 만큼 유명한 학자다. 나와는 작년부터
같은 프로젝트를 하게 되어서 친해졌는데, 며칠 전에 학교에서 만나 이
런저런 얘기를 하다가 그녀가 '집중 독일어'(Intensive German) 과목을
학부 학생과 함께 듣고 있다는 것을 알았다. 한 학기 만에 독일어 독해
와 회화를 어느 정도 불편없이 하게 하는 강도 높은 코스다. 20대 팔팔
한 학부 애들에게 밀리지 않기 위해 공부하느라고 죽을 지경이라며 기
분좋게 웃는다. 덧붙여 최근 생물학 논문에서 사용된 컴퓨터 프로그램
을 이해하기 힘들어서 컴퓨터 프로그램도 새로 공부한단다. 몇달 전 음
식을 씹다 부서진 이를 손으로 끄집어내면서 "내가 올해 꼭 60인데, 그
러니까 이런 일이 생기네" 하고 허허 웃던 에블린의 모습이 떠올랐다.
60이 된, 세계적으로 내로라하는 명성을 지닌 학자가 학부 학생과 시험
을 봐가면서, 그것도 자기 학교에서 수업을 듣고 있는 것이다.

이런 사람들을 만나면 자극이 된다. 새로운 지식에 대한 이들의 정열
과 노력에 기가 질린다.

10년 전, 그리고 미완의 10년 후

두달 전, 토론토에서 보스턴으로 오기 직전에 토론토대학의 우리 과에 있는 캐서린(Katharine)이란 학생과 면담을 했다. 박사과정에 들어와서 내 밑에서 박사논문을 쓰기로 결정했단다. 오래 전부터 이 학생이 괜찮은 학생임을 알고 있던 나는 깊이 생각해보라고 충고했다. 한번 박사과정에 들어오면 최소한 4년, 길게는 6년 동안 네 인생의 가장 젊고 활기찬 나날을 다 소비해서 논문을 써야 하고, 그리고 나서도 장래가 불투명한 것이 현실이라고 했다. 그녀는 오래 생각하고 결정했단다. 그러나 불안하다고 고백했다. 자기가 학자로서 성공할 수 있을지, 아니 경쟁에서 이기고 자리를 잡을 수 있을지, 모든 것이 불확실하단다. 그때 나는 그녀에게 엉뚱한 얘기를 했다.

"캐서린, 나는 네가 부럽다. 너는 10년 뒤에 무엇이 될 줄, 무엇을 하고 있을 줄 모르잖아. 나는 안 그렇다. 나는 10년 뒤의 내 모습이 보인단다. 인생에서 10년 뒤의 모습이 그려지지 않을 때가 많지 않다. 그리고 그때가 행복한 때다."

그녀는 내 말을 이해할 수 없다는 표정을 지으며 내 방을 나갔다.

후후, 웃음이 나왔다. 10년 전, 1987년이 생각났다. 군대를 때우고 나와 유학을 준비하던 시절. 내 분야에서는 예외적으로 버클리에서 장학금을 받았는데, 1년에 한 400만원이 부족했다. 나는 당시 일년에 400만원씩 벌어서 집에 보태야 하는 형편이었고, 결국 유학을 포기하고 취직을 결정했다. 대기업에는 죽어도 가기 싫고, 사장과 마음이 맞는 중소기업에 들어가 이를 키워보고 싶어 여러 곳에 원서를 냈건만, 단 한군데서도 면접하러 오라는 연락이 없었다. 나는 깊이 좌절했다. 내 지도교수가 나를 부른 것은 바로 이때였다. 나는 내 불안한 현재를, 내 미래를 그릴 수 없음을 하소연했고, 그는 내게 다음과 같은 말을 했다.

"성욱군, 나는 네가 부럽다. 자네는 10년 후에 뭐가 될지 모르잖아. 나는 내 10년 뒤가 너무 빤하게 그려지는데. 자네는 이런 자네가 얼마나 행복한지 아마 모를 걸세. 나는 지금의 자네와 인생을 바꾸고 싶은 심정이네."

나는 '저도 바꾸고 싶은데, 그럼 바꾸지요'라는 말을 꾹 참고 그 방을 나왔다.

1987년 이후 10년 동안, 나는 10년 후의 내 모습을, 아니 1～2년 후의 내 모습조차 그리기 힘든 삶을 살았다. 열심히 살려고 애썼지만, 미래의 나는 언제나 미완이자 추상화였다. 내게 있는 것은 오직 불안하고 혼돈스러운 현재, 아련한 과거뿐이었다.

이렇던 내가 내 제자에게 똑같은 얘기를 하고 허허 웃게 된 것이다. 작년부턴가 나는 10년 후에 내 모습이 그려지는(토론토대학의 정교수가 되어 있든지, 더 잘 나가면 조금 더 좋은 대학에 스카웃 되든지, 아니면 한국에 돌아가 교수를 하고 있든지, 죽도 밥도 안되면 토론토에서

만두가게를 하든지……) 그런 상태가 되었다. 내 삶에서 그렇게 원하던 상태가, 즉 미래에서 불안과 긴장이 사라진 것이다. 그런데 기쁘지 않았다. 10년 뒤의 미래가 추상화가 아닌, 사실화로 다가온다는 것의 기분은 '엿같았다.'

그래서 사는 게 신나지 않았다. 나는 하킴이 MIT에서 기술정책을 공부할 때, '아 나도 과학사로 박사만 받으면 과학정책으로 박사 하나 더 하겠다'고 맘속으로 다짐했는데, 박사후(post-doctoral) 과정을 시작하고 조교수가 되어 시작한 강의와 연구의 강도 높은 생활은 나의 꿈을 순식간에 한낱 신기루로 만들어버렸다. 경제학을 잘 모르는 나는 토론토대학의 경제학 수업을 좀 듣고 싶었는데, 내 수업 듣는 학생을 만날까봐, 과의 동료 교수들이 수군댈까봐 엄두도 못 냈다. 내 10년 후는 이런 식으로 내 스스로에 의해 굳어졌다.

바로 엊그제 프런티어에 「자극」을 썼다. 이 짧은 글쓰기 과정은 나를 깊숙이 '자극'했다. '지금 환갑인 에블린이 독어와 컴퓨터 프로그래밍을 배우는데, 내가 이게 무슨 애늙은이 같은 생각인가' 깊이 반성했다. 상념에 잠겨 찰스 강변을 거닐다가 별안간, '그래 바로 이거야!' 벼락같이 좋은 생각이 났다.

'그래! 친구들과 10년 뒤 남부럽지 않은, 세계수준에서 한국의 문제를 연구하고 분석하는 싱크 탱크(think tank)를 하나 만들자. 우리의 공통 주제는 과학과 기술의 급속한 발전과 한국사회, 권력, 문화 사이의 상호작용을 연구·분석하는 거야. 정보기술의 확산과 시민사회에 적합한 기업 형태에 대한 연구, 경제성장과 환경문제를 동시에 해결하는 한국적 지속가능한 발전 모델에 대한 연구, 과학기술의 발전이 낳는 경쟁과 협동의 새로운 변증법에 대한 연구, 이런 것들을 연구하는 거야.'

'이런 문제에 대한 답을 시민사회와 국가의 갈등이 완화되는 방식으로 잡아내는 거야. 파괴적인 모순을 화해할 수 있는 갈등으로 바꾸고, 그래서 사회운동과 정치권력의 긴장을 유지하면서 이를 상호 협동하는 관계로 만드는 매개자가 되는 거야. 이를 위해선, 음…… 스카이는 재벌 문제와 기업 문제를 10여년 더 열심히 생각하고, 하킴은 환경과 기술정책에 명망을 더 쌓고, 팻송(patsong)은 기술국제특허에 대한 전문가가 되어 있을 것이고, 재스킴(jsamkim)은 우리의 노선이 체제순응적이 되는 것을 막기 위해서 그의 진보주의를 더 날카롭게 갈아야겠지, 영란이(내 처)는 효율과 평등의 밸런스를 맞춘 의료정책을 연구하면 되겠구나. 아, 그러고 보니 우리가 1987년 청년과학기술자협의회에서 생각하고 논의하던 것이 이때쯤이면 정말 완숙한 결실을 맺을 수 있구나.'

'그런데 나는 뭘 하나. 음…… 나는 이 팀의 팀장을 하면 되겠구나. 나는 이 각각의 멤버보다 뛰어나진 못해도 애들이 싸우다 팀이 깨지는 것을 막을 수 있게, 조정하고 매개하는 능력은 있으니까. 가만 내 안식년이 3년 남았는데, 과학기술정책을 공부하고 싶던 영국 서섹스대학으로 가서 1년 머물면서 석사학위 하고, 봐서 박사과정에 등록하고 논문은 돌아와 천천히 쓸 수도 있겠다. 가만 서섹스에 누가 있더라……'

기분이 좋았다. 스카이와 하킴을 온라인으로 불러내서 이 싱크 탱크 얘기를 했다. "야, 우리 10년 뒤에 국제적이며 동시에 한국적인 싱크 탱크 하나 함께 만들자. 너희들 도움이 필요해. 그건 말야……" 스카이와 하킴의 반응은 떨떠름했지만, 그래도 기분 좋았다.

소설 쓰고 있냐고? 그렇다. 나는 지난 며칠 동안 내 10년 후의 미래를 지웠다. 지우개로 지운 사랑만큼 쉽지는 않게, 조금은 어렵게 지웠

다. 지우고 나니, 지금 나는 10년 뒤에 뭐하고 있을지 잘 모른다. 내 미
래는 미완이다. 불안하다, 그렇지만 신난다.

내가 긴장을 즐기는 이유

내가 제일 좋아하는 말은 '긴장'이다. 나의 다른 기호와는 달리, 나는 이 긴장이란 말을 좋아하기 시작한 순간을 아직도 뚜렷하게 기억하고 있다.

오래 전 서울에서 한 주간신문의 풋내기 편집기자로서 첫 직장생활과 그 직장 노조의 기조부장이라는 부담되는 직함의 일을 동시에 하기 시작했을 무렵, 나는 회사와 노조의 바람직한 관계가 무엇이어야 하는가에 대해 잘 정리되지 않는 고민을 수없이 해야 했다. 그러던 중 당시 노조위원장을 하던 선배가 한 연설에서 "노조와 회사는 '창조적 긴장 관계'를 유지해야 한다"는 얘기를 던졌는데, 이 순간부터 긴장이란 말과 그 말이 담고 있는 의미가 내 맘속에 깊숙이 들어와 박혔다. 1987년 여름이었다.

이후 나는 긴장을 거부하지 않은 것 같다. 아니 어떤 때는 이를 즐기기도 한 것 같다. 내 존재를 긴장의 네트워크 속에 위치시키려, 이 네트워크의 실이 느슨해지지 않도록 나름대로 애써왔다. 긴장도 가끔은 창조적일 수 있다고 믿었기 때문이다.

나와 내 처의 관계는 작은 긴장관계이다. 우리는 서로 사랑하고 아끼지만, 오늘은 누가 저녁을 하는가라는 사소한 문제를 놓고 항상 긴장을 풀지 않고 있다. 밥하고 차리는 데 시간이 들기 때문이다. 이를 미리 정해도 잘 지켜지지 않고, 서로의 시간이 중요함을 알기 때문에 '네가 하라'는 얘기도 '내가 할게'라는 얘기도 쉽게 못한다.

아이가 없는 우리 부부와 서울이나 토론토에서 이를 안쓰럽게 바라보는 부모님들과의 관계도 긴장이다. 아이를 조금 더 바라는 나와 덜 바라는 내 처와의 관계도 또다른 긴장이다. 내 마음속에서도 나 닮은 놈을 하나 가져보고 싶다는 생각과 혼자 사는 것도 힘든데 비슷한 놈이 나오면 그 허덕이는 꼴을 어떻게 보나 하는 생각도 타협하기 어려운 긴장이다. 우리의 순간순간의 우유부단함과 하염없이 가는 세월은 긴장의 큰 맥락이다.

내가 긴장을 즐기는 이유는 이것이 내 일상생활을 돌아보고 반추하게 하기 때문이다. 이는 나를 힘들게 하지만, 깨어 있게 하고 앞으로 나아가게 한다. 뿐만 아니라 이는 가끔 세부적이고 전문적인 내 연구에 있어서까지 중요한 직관을 제공하기도 한다.

나는 과학과 기술의 관계를 긴장관계로 본다. 과학은 기술에 종속되거나 기술과 무관할 때 창조적으로 발전하지 못한다. 마찬가지로 기술은 과학에서 자동적으로 발전하지도, 과학과 무관하지도 않다. 과학과 기술이 밀접한 관계를 가지기 시작한 지 몇백년이 지난 지금 우리는 이를 관통하는 재미있는 관계를 발견하고 있다.

초기 무선전신의 역사에 대한 연구에서 나는 무선전신의 아버지라고 불리는 마르코니(G. Marconi)와 그의 과학 자문인 플레밍(J. A.

Fleming)의 관계를, 흔히 알려져 있듯이 단순한 협동관계가 아니라 명성을 놓고 벌어지는 긴장관계로 재해석해냈고, 얼마 전 발표된 내 수정주의적 해석은 기술사학계에 작은 파문을 불러일으키기도 했다.

그렇지만 나의 긴장의 네트워크는 이런 작은 성과마저도 나를 더 근원적인 긴장으로 몰아간다. 역사학자로서 내가 부딪치는 가장 근원적인 긴장은 과거와 미래(또는 현재)와의 긴장이다. 나는 과거에 대한 내 연구를 바탕으로 해서 현재나 미래가 어떠해야 한다는 당위를 찾고 싶은데, 내가 연구하는 과거는 이런 당위를 쉽게 내게 제공하기는커녕, 나의 단순화에 끊임없이 저항한다. '이래야 한다'는 명제는 내게 '이랬을 것이다'라는 가정으로 다가오지만, 이는 '이랬다'는 사실과 항상 좁혀지기 힘든 긴장관계에 있다. 이 둘을 타협시키려 하는 내 노력과 이것이 잘 안 먹히는 현실도 물론 긴장이다. 이 모든 긴장은 나의 작은 창조적 작업의 근원이다.

그렇지만 이런 거대한 긴장은 사실 사치스러운 얘기다. 내가 '번데기 학자'로서 거의 매일 부닥치는 긴장은, 80년대를 한국에서 겪은 사람으로서 가지는 '큰 문제'에 대한 정서적인 관심과 국제 학계에서 권위를 쌓기 위해 다루어야 하는 '작은 전문주제' 사이의 긴장이다. 내 관심과 독서는 하루에도 몇번씩 이런 큰 문제와 작은 전문주제를 왔다갔다하면서, 나를 끊임없는 긴장 상태로 몰고 간다.

지금 나의 긴장은 창조적이지 못하다. 아니 긴장이 거의 사라졌다. 이것이 나로 하여금 이 글을 쓰게 한 동기다.

1995년 말부터인가. 나는 내 전문분야의 연구방향에서 한가지 큰 변화를 꾀했다. 내가 주로 해오던 19세기 물리학, 전기공학, 20세기 라디오공학에 대한 테크니컬한 역사 연구와 함께, 과학기술사 분야의 일종의 역사서술학(historiography)에 대한 연구를 병행하기 시작했다. 한국에서 80년대를 보낸 '잡종'이 필연적으로 도달한 방향이었다.

내 연구는 서서히 몇가지 큰 주제로 좁혀졌고, 나는 다섯 가지 주제—과학의 진보, 과학혁명과 포스트모더니스트 해석, 미시역사와 거시역사의 관계, 토마스 쿤에 있어서 과학·문화·역사의 관계, 기술결정론에 대한 비판 같은 '거창한' 주제들—로 연구를 좁혀서 논문을 만들었다. 일단 이중 세 편을 다듬어서 두 편은 영국의, 한 편은 미국의 학술지에 보냈다. 1996년 12월이었다. 그리고 그 결과를 기다렸다. 논문을 국제 학술지에 처음으로 보낸 것은 학생이던 93년이었는데, 그때만큼이나 아니 그때보다도 더 그 결과가 초조했다.

내 과거의 화려한 경력(?)에 비추어 보았을 때 결과는 참담했다. 이중 쿤에 대한 논문과 기술결정론에 대한 논문은 많이 뜯어고쳐야 한다는 심사위원의 평과 함께 돌아왔다. 그래도 이 두 편은 잠정적으로 출판 허락을 받았다. 포스트모더니즘을 얘기한 논문은 (나는 아직도 이 논문이 괜찮다고 감히 자부하는데) 거절을 당했다. 난생 처음 당해보는 거절이었다. 북미의 젊은 학자들 사이에선 "거절을 먹어야 사람이 성숙한다"는 농담이 있고 다른 사람의 거절 경험을 들으며 웃곤 했는데, 내가 이를 경험해보니 하나도 안 웃겼다. 성숙은커녕 욕이 나와서 입만 더러워졌다.

더 기가 막힌 일은 그 다음에 일어났다. 나와 친분이 있는 미국 과학사학계의 선배 학자가 어떻게 알았는지 쿤에 대한 내 논문에 노골적인 불만을 표시하고 나섰다. 한마디로 쿤을 잘못 평가했다는, 더 솔직히 말해 너무 깎아내렸다는 것이었다. "너 그 논문이 나가면 막강한 적을 여럿 만들 것이다"는 얘기도 들었다. 이즈음에 이르러선 나는 황당한 정도를 벗어나 전율했다. 처음으로 '왜 공부를 하는가'에 대한 회의가 든 것도 이때였다. 이 회의는 '내가 이곳에서 뭐하러 이 고생을 하는가'로 변했다.

이 모든 일들이 1997년 6월에 마치 그저 스쳐 지나가는 낯선 사람들처럼 내게 스쳐 지나갔다. 나는 유럽 여행에서 돌아와 쉴 곳을 찾았다. 내가 발견한 쉴 곳은 일단 '한글로 글쓰는 것'이었다.

거의 미친 사람처럼 논문을 하나 썼다. 알랜 쏘칼의 날조로 널리 알려진 '과학전쟁'에 대한 논문이었다. 한두 가지 더 공부하고 생각해야 할 것이 있었지만 상관없었다. 순식간에 써서 한국에 보냈다. 좋은 얘기를 많이 들었다. 학회지에 나가고, 어느 계간지에서는 싣겠다고 하고, 또 어느 출판사에서는 자기 책에 쓰면 안 되겠냐고 접촉해왔다. 창피한 일이지만 이왕 버린 몸 다 하기로 했다. 프런티어에 들어온 것은 '과학전쟁'에 대한 논문을 막 끝낸 직후였다.

내게 프런티어는 무엇이었는가? 프런티어라는 통신공간은 내게 새로운 긴장의 차원을 많이 제공했다. 다른 사람들의 긴장을 조금 떨어져서 관찰하는 것도 내겐 또다른 긴장이다. 서구 계량경제학과 맑스주의 경제이론을 접목시키려 애쓰는 스카이의 긴장도 볼 만하고, 서구의 자유주의와 개인주의의 가치에 기반해서 한국사회를 더 근대적인 사회로 만들어보려는 시도와 한국의 전통에서 진보적인 변혁의 방향과 이론을 찾아보려는 시도 사이에도 만만치 않은 긴장이 있다.

그렇지만 무엇보다 프런티어는 내게 피난처였다. 나는 깊은 상처를 입은 채로 프런티어에 숨었으며, 내가 이곳에 숨을 수 있었던 근거는 프런티어가 나를 '큰 문제'로 돌아가게 하는 내 80년대 경험과 맞물려

있기 때문이었다. 프런티어는 큰 문제에 대한 내 관심을 표출할 수 있
는 공론운동의 공간이자 개인적인 피난처였다. 친구들과 속삭이고, 새
로운 친구를 사귀고, 글을 올리고 하는 과정이 내겐 새로운 기쁨이자
평화였다. 나는 그 '악명 높은' 하킴과도 '천사표' 우주토토와도 친한
친구가 될 수 있었다. 나는 고요해졌다. 내 상처는 이런 식으로 치유되
었다.

이 모든 과정에서 나를 지탱해주던 긴장이 사라졌음을 느낀 것은 최
근의 일이다. 작은 연구 주제로 돌아가기 싫어하는 내 자신을 발견한
것도 역시 최근의 일이다. 무엇인가가 나를 다시 팽팽하게 당겨주어야
할텐데……

다시 긴장해야 한다! 이것이 요즘 내가 생각하는 문제이다.

J선배, 오늘은 좀 우울했어요

1997년 6월 독일 방문 마지막 날 막스 플랑크(Max Planck) 과학사연구소에 들렀다. 독일 과학사의 중흥을 위한 국제교류를 기치로 내걸고 3년 전 엄청난 규모로 시작한 연구소이다. 미국 시카고대학의 거장 로레인 다스턴(Lorraine Daston)을 소장 중 한 명으로 스카웃함으로써 학계에 화제를 뿌렸던 곳이기도 하다.

여기서 J선배를 만날 줄은 꿈에도 몰랐다. 독일에서 공부하는 한국 대학원생들로부터 얘기로만 들었던 J선배.

그녀는 내 학부 10년 선배다. 이미 오래전에 물리학으로 박사학위를 받고, 그리곤 물리학을 그만두고 다른 사회활동에 뛰어든 사람이라는, 소문으로만 듣고 있던 선배. 학계보다는 독일의 민권단체와 통일운동 단체에서 더 잘 알려진 사람. 그러다 불과 3년 전부터 베를린의 한 과학사 세미나 그룹에서 과학사 공부를 시작했다고 한다. 40이 넘어 시작한 늦은 공부였고, 그것도 학생이 아닌 이방인의 자격으로.

만나고 싶은데도 연락처를 몰라서 만날 수 없었던, 서로 얼굴도 모르던 이 선배를 독일 방문 마지막 날 막스 플랑크 연구소에서 우연히 만났다. 내가 친구들과 미리 잡아둔 점심에 당당히 끼면서, "내가 이 친구의 점심을 살 거다"라고 씩씩하게 얘기하던 선배. 내게 "같은 한국 사람으로 네가 너무 자랑스럽다, 계속 열심히 하자"고 나를 추켜주던, 첫 과학사 논문이 곧 나온다면서 내 주소를 받아 적던 선배.

뚜렷한 직장 없이 십년을 넘게 지내다 늦게 시작한 과학사로, 함부르크에 경쟁이 심한 2년 임시직을 잡았다고 기뻐하며, 이 직장을 발판으로 더 나은 직장을 잡겠다고 포부에 차 있던 그녀. 그리고 나는 그녀의 늦은 출발을 함께 얼마나 기뻐했던지. 이제 학회에서 만나자는 막연한 기약만을 남긴 채 헤어졌지만, 베를린의 마지막 날은 내게 잊을 수 없는 즐거운 추억을 안겨주었다.

어제 독일에서 MIT를 잠깐 방문한 한 과학사학자와 점심을 함께 했다. 나와는 몇년 전부터 알고 지내는 친구였다. 이런저런 얘기를 하다가 나는 J선배의 얘기를 하게 되었고, 너무나 뜻밖에도 그 독일 학자는 자기가 J선배와 무척 가까운 사이라고 하는 것이 아닌가. 나는 그녀에게 J선배의 함부르크 주소를 아느냐고 물었는데, 그녀의 대답이 청천벽력 같았다.

J선배가 응모했던 연구소에서 마지막 순간에 그녀가 아닌 독일 젊은이에게 그 자리를 주었다는 것이 아닌가! J선배의 독어 쓰기가 완벽하지 못하고, 공식적인 과학사 트레이닝이 없다는 것이 이유였단다. 이후 J선배는 독일을 떠났고, 형제가 살고 있는 플로리다에 머물면서 그곳에서 뭔가 할 일을 찾고 있다는 얘기였다.

나는, 비록 2년 임시직이지만 직장을 잡았다고 기뻐하던 J선배의 순박한 모습이 생각나서 그만 밥을 먹다가 목이 메일 뻔했다. 너무 화가 나서, "니네 독일 애들은 독어를 얼마나 잘하냐"고 역정도 냈다. 그녀도 선정이 공정하지 못했다고 날 위로했지만, 나는 과학사 같은 인문학 분야에서 한국 학자들이 당하는 설움에 또 한번 슬펐다. 연구실로 돌아와서 책상 앞에 앉아도 먹은 것이 꽉 막혀 있는 것 같아, 하늘이나 보려고 나갔는데 짙은 구름이 하늘을 덮고 있었다.

에이! 왜 J선배의 인생은 이렇게 꼬여야만 하나! 물리학으로 박사학위를 받았고, 고국에도 못 가면서 독일서 민주화운동을 열심히 했는데. 한국 사람으로는 놀랄 만큼 독어도 잘하고, 사람도 서글서글하니 참 좋은데. 한국의 정치상황은 이 선배의 젊은 시절을 다 뺏어갔고, 20여년 동안 살아서 이제는 고향 같다는 독일은 외국인이란 이유로 그 대단하지도 않은 임시직마저도 이 선배에게 줄 수 없다니. "니네가 도대체 뭔데 그녀가 40이 넘어서 늦게나마 재미붙인 공부의 기회마저 뺏어가니" 이렇게 소리치고 싶었고, 이를 생각하다 가슴이 꽉 막혀왔다. 여기서 공부를 그만둔다면 언제 어떻게 다시 만나게 될까.

그렇지만 나는 다시 생각했다. 언제 어디서 만날지라도 그녀는, 나의 이런 슬픔과 답답함을 단숨에 날려버릴 만큼 호탕하게 웃으며 씩씩한 걸음으로 내게 다가오면서 "네 점심은 내가 살게"라고 큰소리로 웃을 것이라는 사실을!!

J선배! 오늘 조금 우울했어요. 그렇지만 다시 만날 때까지 열심히, 건강히 지냅시다!

의사라는 직업과 '신뢰'의 문제

고등학교에서 이과를 선택했던 나의 꿈은 의대에 가서 의사가 되는 것이었다. 주위에서도 다 의대에 가라고 했고, 나도 의사가 돼서 사람들을 돕는 '인술'을 펴는 것이 나쁘지 않아 보였다. 고등학교 2학년 말에, 심심풀이로 산 전파과학신서의 양자역학 이야기에 매혹되어서 물리학과로 진로를 급선회하기 전까지는. 그리곤 의대, 의사와는 인연이 없었다. 아 참, 먼 인연이 있다. 내 처는 의학사를 공부한다. 그렇지만 비판적인 역사학자가 대부분 그렇듯이 그녀도 의사들, 특히 남자 의사들의 권위에 대해 비판적이고 이를 경계한다.

그녀는 환자와의 대화를 중요하게 생각하는 의사를 선호한다. 토론토에서 1년에 한두번 찾아가는 우리 가정의는 거의 한가지 처방밖에는 모른다. 하루에 타이레놀 두 알씩. 그를 찾아간 이유가 대부분 몸살뿐이어서인지, 매번 그게 전부다. 그는 내 처가 우겨서 고른 의사다. 그녀는 이 의사가 다른 의사들보다 환자의 의견을 존중하고 환자의 말에 귀를 기울인다고 그를 좋아한다.

그러다 작년에 작은 사건이 있었다. 둘이 자전거를 타고 시내를 달리던 어느날이었다. 앞서 가던 내가 잠시 페달을 멈추고 뒤따라오던 아내를 기다리는데, 분명히 내 뒤에 오고 있던 그녀가 안 나타나는 것이었다. 한 이삼분 기다리다 자전거를 끌고 오던 길로 되돌아갔다. 그런데 저만치에 차도가 막혀 있고 사람들이 길에서 웅성거리는 것이 아닌가. 직감으로 '사고!'라는 것을 알았다. 심장은 빠르게 박동을 하고 시선은 좁아들었다. 사람들 사이를 뚫고 가보니, 글쎄 그녀가 길바닥에 나동그라져 있는 것이 아닌가.

주차해놓은 차 옆을 달리다 자전거를 보지 못한 운전자가 문을 확 여는 바람에 문에 부딪혀서 날아간 것이었다. 어디선가 사고 난 사람을 일으켜 세우지 말라는 얘기는 들은 적이 있고 해서, 그녀에게 괜찮냐고 물어봤는데, 얼굴과 몸에 경련이 심해서 대답도 못하고 나를 알아보는 건지 못 알아보는 건지도 잘 구별하기 어려웠다. 얼마나 다친 건지, 뭘 어찌해야 할지 몰라서 속이 꽉 막혀왔다.

그때 무슨 드라마의 한 장면처럼, "What's happened here! I'm a doctor. Let me see her"라고 외치는 소리가 들리는 것이 아닌가. 돌아보니 우리가 맨날 '돌팔이'라고 놀려대던 우리의 가정의가 구경꾼 중에 있는 것이 아닌가! "I'm a doctor"라는 말이 그때처럼 반가운 적이 없었다. 그는 처의 헬멧을 벗기고 눈을 보고, 손가락을 움직여보라고 하고, 몸의 몇군데를 살펴보고, 얘기를 시켜보더니 그녀를 천천히 일으켜 세우는 것이었다. 그러니까 거짓말같이 그녀가 서서 몸을 툭툭 털고, 조금 절뚝거리기는 했지만 걸어서 내게로 오는 것이 아닌가.

그 가정의에 대한 내 신뢰가 이 작은 사건 이후 몰라보게 달라졌음은 말할 나위도 없다.

의사와 환자의 관계에서 신뢰가 없으면, 그것은 죽은 관계이다. 환자가 의사를 대할 때 '저 인간이 나를 실험대상으로 삼고 있는 게 아닌가'라고 생각하거나, 의사가 환자를 대할 때 '저 인간이 나를 돌팔이라고 고발해서 돈이나 뜯어낼 생각을 하고 있는 게 아닌가'라고 생각한다면, 의술이 설 자리가 없다. 환자의 병을 낫게 하고 치료를 가능하게 하는 것은 첨단 의약품과 기계만이 아니라 '의사 선생님이 내 병을 고쳐주려고 최선을 다하고 있다' '환자가 나를 믿고 최선을 다해 병과 싸우고 있다'는 신뢰가 절대적이기 때문이다.

특히 이런 신뢰는 의료윤리가 상충되는 지점에서 더 중요해진다. 극심한 고통에 시달리면서 의료장비의 도움을 받아, 그것도 전혀 가능성 없는 싸움을 하면서 하루하루를 연명하는 환자를 어찌해야 할 것인가. 그의 '생명을 연장'하는 데에 더 비중을 두어야 할 것인가, 아니면 '고통을 경감'하는 데에 더 비중을 둬야 할 것인가. 환자 본인의 판단이나 가족의 말은 얼마큼 따라야 할 것인가. 환자가 의사표현을 못하는 경우는 어쩔 것인가. 나는 문외한이라서 잘 모르지만, 아마 병동에서 일하는 의사들은 이런 딜레마에 대한 결정을 매일매일, 순간순간 내리면서 살고 있을 것이다.

얼마 전에 어떤 모임에서 한국 의사들에게 환자들이, 특히 입원환자들이 돈을 줘야 한다는 얘기를 들은 적이 있다. 간호사에게도 돈을 주는 것은 물론이고. 의사들에게 돈을 주는 사람들은 '얼마를 줘야 하나'를 놓고 무척 고민을 한다는 것이다. 의사들이 돈을 받다니.

누나가 서울에서 둘째애를 낳느라고 병원에 입원을 했는데, 어머니가 간호사들에게 돈을 주었다. 왜 돈을 주냐고 하니까, 돈을 안 주면 통봐주질 않는다는 것이다. 미국에서 애를 낳아본 사람은 산부인과 분만실이 축제 분위기라는 것을 알 것이다. 아이가 출생하는 그 순간, 의사와 간호사는 산모와 기쁨과 고통을 함께한다. 순산했을 때 모두 기뻐하면서 어머니의 심장이 들리는 가슴에 아이를 안기는 순간은 모두에게 희열이다.

S대 의대를 다닌 여자 후배가 그 대학 병원에서 아이를 낳았다. 친구와 선배들이 레지던트, 인턴을 하고 있어서 귀빈대우를 받으며 아이를 낳았다고 한다. 바로 옆 침상에서 한 산모가 고통에 못 이겨서 비명을 지르자, 자기를 돌보던 친구들이 "에이, 저 여자 애 혼자 낳나"라고 불평을 하고 개중엔 "아 거참, 조용히 좀 해요"라고 면박을 주더라고 했다. 이후 미국에 유학을 온 내 후배는 미국 병원에서 여자들이 환희와 기쁨 속에 애 낳는 모습을 보고, 자신의 그래도 '호강했던' 경험을 생각하며, 애 낳는 그 순간에도 '구박'을 받아야 했던 옆 침상의 이름모를 여인을 생각하며 여러번 울었다고 한다.

프런티어 회원 중 D일보 기자를 하다가 유학 온 K씨는 미국에 출장 왔다가 큰 교통사고를 당해서 병원에 3개월 입원한 적이 있었다. 운전사가 즉사했을 정도로 심각한 사고였단다. 거의 기적적으로 살아났는데, 3개월 동안 한국에서 부인이 와서 그를 간호했다. 그런데 몇년 후 그가 안정된 직장을 때려치우고 30대 후반의 나이로 유학을 가겠다고 했을 때, 부인이 예상외로 반대를 하지 않아 그 이유를 물었더니, 그가 병원에 입원해 있는 동안 '아, 사람을 이렇게 치료해주는 나라에선 한번 살아볼 가치가 있겠다'고 생각했단다. 나는 미국이나 캐나다에서 입원해본 적이 없지만, 이곳에서 병원신세를 잠깐 져본 경험이 있는 스카이도 미국에 사는 동안 병원에 입원해볼 필요가 있다고, 그래야 도대체

체대로 된 의료서비스가 무엇인지 알 수 있다고 역설한다.

미국과 한국은 다르다. GNP도, 의료보험 체계도, 민주주의 정도도, 국민성도 다르다. 그렇지만 병원에서 입원비 이외의 돈이 오간다면, 그건 의술이 설 자리가 없음을 의미한다. 환자가 의사를 신뢰할 수 없음을 의미한다. 학교 선생이 내놓고 돈을 바란다면 '저 선생님이 우리 애들을 가르치기 위해서 최선을 다하는구나'라고 생각할 수 없는 것과 비슷하다. 그렇지만 초중고교 교사들의 경우 박봉에 시달린다는 것을 이해한다고 치자. 아마 의사가 보는 환자의 95%는 의사보다 가난한 사람일 거다. 이런 환자들이 의사한테 돈을 줘야 한다면, 그리고 이런 '수고비'가 관행이라면, 의사와 환자 사이에 가장 중요한 '신뢰'가 설 자리는 없다.

나는 소방관들이 돈을 받아야 물을 뿌려준다는, 청소원들이 돈을 받아야 쓰레기를 치워준다는 얘기를 믿고 싶지 않다. 마찬가지로 의사들이 환자들에게 돈을 받는다는 얘기도 믿고 싶지 않다. 나는 프런티어의 기자들이 촌지를 받는다고 생각해본 적이 없다. 한국사회가 썩었어도 이 정도는 아닐 거라고 생각하고 있기 때문이다.

제5부

싸이버스페이스의 재미있는 논쟁들

여성성과 남성성에 대해

백석현 | 어미됨과 초월성

나는 여성성의 핵심은 어미됨에 있다고 생각한다. 반면 남성성의 핵심은 초월성에 있다고 생각한다. 만약 어미됨을 생각하기 싫은 여자가 있다면, 어미가 되고자 하지 않는 여자가 있다면, 나는 그를 그냥 중성으로 대할 수 있다. 마찬가지로 초월을 생각하지 않는 남자를 나는 '불알 근수가 덜 나가는' 중성으로 대해왔다.

어미됨이란 무엇인가? 그것은 임신이며, 출산이며, 양육이며, 돌봄이며, 안정이며, 정착이며, 음이며, 현빈(玄牝 : 노자의 도덕경에 나오는 여성성의 대명사임)이며, 침착함이며, 현실이며, 정붙임이다.

초월이란 무엇인가? 그것은 분열이며, 극성이며, 긴장이며, 불안정이며, 떠남이며, 양이며, 건(乾)이며, 하늘이며, 비약이며, 고독이다.

남성성은 초월에 바탕을 두고 있고 여성성은 어미됨에 바탕을 두고 있다.

가끔은 병리적 케이스가 오히려 사물의 본질을 극명하게 드러내는 때가 있다. 어미됨과 초월성의 병리적 케이스를 한번 살펴보기로 하자. 어미됨의 대표적인 병리 케이스는 두 가지라고 생각한다. 하나는 자식과의 일체화, 자식에 대한 집착이고 다른 하나는 보더라인(borderline) 콤플렉스이다. 첫번째 것에 대해서는 그 불쌍한 희생물들이 도처에 널려 있어서 너무나 잘 알고 있다. 두번째 것에 대해 살펴보자. 보더라인 콤플렉스는 자아와 타아의 경계선이 당겨졌다 멀어졌다 하는 현상이다. 남자들의 경우에도 많이 존재하지만, 그 효과가 어머니의 경우처럼 파괴적이지 않다. 그래서 보더라인 콤플렉스를 대표적인 여성적 병리성으로 꼽은 것이다.

보더라인 콤플렉스를 가진 어머니 밑에서 자란 아이는 인격이 불안정하고 성격이 죽어버린다. 엄마가 한없이 가깝고 친근하다고 느껴진 순간, 갑자기 냉정하고 거친 타인으로 돌변하기 때문이다. 보더라인 콤플렉스를 가진 여자들은 대개 머리가 좋고 에고가 강하다. 이런 여자일수록 유전자의 장난에 의해 조숙하며 민감하고 총명한 아이를 낳을 확률이 높은데, 이런 아이일수록 매우 과격한 도전을 겪게 된다.

보더라인 콤플렉스를 가진 어머니들은 자아가 강하고 머리가 좋기 때문인지 스스로 그 콤플렉스를 느끼는 경우가 많으며, 애증병합증적인 경우가 많다. 다시 말해 자기 자식을 당겼다 밀쳤다 괴롭히고 그 사실에 대해 죄의식을 가지고 있으며 자기 자식에 대해 매우 ‘표독스러운’ 애증병합적 관계를 설정하는 경향이 있다. 자식의 입장에서 보면, 아닌 밤중에 홍두깨 식으로 계속 끓는 물에 던져졌다 찬물에 던져졌다 하는 경험을 반복하게 되는 것이다. 반면 성숙한 어미됨을 가진 여성 밑에서 자란 아이들은 대가 굵다. 정서가 안정되어 있고 성격이 강하며, 인간과 세계에 대한 관계에 있어 자신감과 균형을 가지고 있다.

　남성성의 병리적 케이스는 조울증과 과대망상이라고 생각한다. 망상성 분열의 경우, 싸이키가 약한 인간이 복잡한 사회관계·인간관계에 장기적으로 노출되어 일으키는 현상이기 때문에 반드시 남성성의 대표적인 병리 케이스라고 하기는 힘들다.

　조울과 과대망상은 대부분 사회성의 압력에서 생기는 것 같다. 조울의 경우, 어느 한 시기에는 매우 활달하고 총명하고 상상력이 풍부한 사람이 되었다가, 다음 시기에는 이불 속에 누워 손가락 하나 까닥일 수 없는 우울증에 빠진다. 조기(躁期)에는 그 열정과 성취욕 상상력이 엄청나게 '항진'되어 있다가 울기(鬱期)에는 자살 일보 직전에 이를 정도로 풀이 죽고 무기력해진다. 병세가 진행할수록 조증과 울증의 골이 각각 깊어지고 드디어는 그 반복 주기가 점점 짧아진다. 사회적 신용과 관계가 모조리 파괴된다.

　과대망상은 성취욕과 사회성에 대한 압력을 지나치게 받은 결과 스스로 하나의 과대망상적 허구 속에 들어앉아버리게 되는 경우이다. 조울과 과대망상은 모두 개체와 사회의 긴장에 그 뿌리가 있다. 남성성이란 개체성과 사회성 사이의 분열·극성·긴장에 그 뿌리가 있다고 생각하기 때문에 조울과 과대망상을 남성의 대표적인 병리 케이스로 꼽은 것이다.

　남성다운 남자는 매우 노련하고 세련된 사회적·전문적 역량과 역할을 가지고 있으면서도, 사춘기 소년과 같은 '존재의 근본적 불안과 긴장'을 그 마음의 숫돌로 늘 사용하고 있는 자가 아닐까? 여성다운 여자는 대지와 같은 안정성, 정붙임, 한결같음, 따듯함을 가지고 있는 여자가 아닐까?

　인간이란 무엇인가? 남성이란 무엇인가? 여성이란 무엇인가? 이는 영원한 화두, 가장 근본적인 화두일 것이다.

코메스 | 백석현의 「어미됨과 초월성」 비판

　백석현님의 「어미됨과 초월성」을 읽고 처음 든 느낌은, 솔직히 말해서 조금 당혹스러웠다. 한두 가지 비판이 당장 머리를 스쳤지만, 잠자코 있었던 것은 다른 분들의, 특히 여성회원들의 반론을 기다렸기 때문이다. 그렇지만 일주일이 지나도록 프런티어의 게시판은 묵묵부답. 그래서 마음을 고쳐먹고 백석현님의 주장 한두 가지에 대한 반론을 제시하면서, 바라건대 이를 작은 논쟁으로 발전시키고자 한다.

　제목부터 보자. "어미됨과 초월성." 기묘한 비대칭이 존재하지 않는가? 하나는 '됨'이고 다른 하나는 '성(性)'이다. 됨은 피동이고 성은 존재의 고유한 특성, 즉 능동이다. 여기서 '어미됨'은 여성의 내재적인 특성이라기보다는 '되어지는' 어떤 것으로 기술되고 있다. 어떻게 어미가 되는가? 결혼을 통해, 임신을 통해, 출산을 통해 어미가 된다. 이 모든 과정의 주체는 기묘하게도 여성이 아니라 '남성'이다. "아버님 날 낳으시고 어머님 날 기르시니……"라는 노랫말에서 보는 바와 같다.

　결혼·임신·출산으로 어미됨이 끝나는가? 아니다. 백석현님의 의견을 직접 들어보자. "어미됨이란 무엇인가? 그것은 임신이며, 출산이며, 양육이며, 돌봄이며, 안정이며, 정착이며, 음이며, 현빈이며, 침착함이며, 현실이며, 정붙임이다." 가사노동과 가족에 대한 사랑은 어미됨을 유지하는 근본이다. 아니 이 둘은 하나이다. 가족에 대한 사랑은 여성이 가사노동에 쏟는 시간과 노력으로 측정된다. 여성의 공간은 돌

180

봄과 정붙임이 가능한 곳, 즉 집이다. 사회생활을 하더라도 여성은 '양육하고, 안정적이며, 돌보는' 일을 해야 한다는 주장으로 자연스럽게 연결된다. '남자는 의사, 여자는 간호사' '남자는 사회부 기자, 여자는 생활문화부 기자' 식의 양분법이 여기서 출발한다.

남자의 초월성에 대한 백석현님의 주장을 들어보자. "초월이란 무엇인가? 그것은 분열이며, 극성이며, 긴장이며, 불안정이며, 떠남이며, 양이며, 건(乾)이며, 하늘이며, 비약이며, 고독이다." 여기서 재미있는 부분은 초월이 '분열, 긴장, 불안정'이라는 지적이다. 이는 백석현님에 따르면 '존재의 근본적 불안과 긴장'이다.

남자는 불안하다. 직장에서 잘리지는 않을까 걱정이고, 집에 있는 마누라가 딴 남자를 만나지나 않을까 걱정이다. 이 불안과 긴장이 어떤 경우에 '정신분열'과 같은 파괴적인 형태로 나타나는가? 이 질문에 대한 답은 쉽게 유추할 수 있다. 정 붙일 수 있는, 고향 같은, 언제라도 돌아가서 쉴 수 있는 '스위트 홈'이 있을 때 남자는 긴장과 불안을 달랠 수 있다. 아니 이럴 때 이 긴장은 초월이며 동시에 비약일 수 있고, '하늘'로 오를 수 있다. 사회에서 지친 남성은 쉴 곳이 필요하고, 어릴 적에 행복하게 잠들 수 있었던 '어미'의 품 같은 가정이 필요하다. 가정과 집을 어미의 품처럼 가꾸는 일은 여성의 몫이다.

이렇게 해서 여성의 어미됨은 남성의 초월을 필요로 하고, 마찬가지로 남성의 초월은 여성의 어미됨을 필요로 한다. 이 둘은 서로 '상보적'이다. 혹자는 "그러면 됐지 뭐가 문제냐"고 반문할지 모른다. 아니다. 상보적이라는 것은 평등한 것이 전혀 아니다. 남성과 여성은 상보적이 아니라 평등하며 평등해져야 한다. 특히 정신노동의 영역에서 평등해져야 한다. 이때 비로소 남성도 더 자유로워질 수 있다.

　플라톤과 아리스토텔레스 이후 서구의(동양은 말할 나위도 없고) 과학과 철학은 여성의 신체적인 이유를 들어 남녀평등을 부정했다. 여성은 물이고, 불완전하고, 자연의 괴물이고, 머리와 뇌가 작고, 한달에 한번씩 하는 생리 때문에 정서가 불안정하고, 성기는 남성의 그것이 몸속으로 들어가 있는 희한한 형태이고, 난자는 수동적이고, 여자의 뼈는 작고 약하고, 지방이 많고, 골반이 크며, 작은 두뇌는 집중을 요하는 지적 활동에는 부적합하다는 얘기가 그것이다.

　그렇지만 과학과 사회의 진보는 이런 얘기들이 아무런 근거가 없는 것임을 하나씩 드러냈다. 남녀의 생리적 차이는, 현재 가부장제 사회에서 남녀간의 사회적 차이를 정당화할 만큼 근본적이거나 중요한 것이 아니다. 자연적인 신체적 성차는 어쩔 수 없지만, 이것이 사회적으로 구성된 젠더(gender)의 차이를 정당화하는 데 쓰여서는 안된다는 얘기이다. 젠더의 차이를 정당화하는 것은 성차별을 부추기는 것이다.

　"남성성은 초월에 바탕을 두고 있고 여성성은 어미됨에 바탕을 두고 있다"는 백석현님의 말은 사회적인 젠더의 차이를 정당화하고 강화하는 담론이다. 이는 '남자는 배 여자는 항구'라는 기존의 담론과 별반 다를 것이 없다. 여자 후배 하나는 다음과 같은 말을 했다. "남자를 여자답게, 여자를 남자답게, 그래서 이 세상을 보다 평등하게." 얼마나 멋진 말인가! 여성이 남성과 평등한 사회는, 그것이 자본주의건 사회주의건 더 아름다운 사회임이 분명하기 때문이다.

백석현님의 「어미됨과 초월성」이 나를 불편하게 하는 근본적인 것은, "여성은 (누구나) 어미됨을 가지려고 해야 하고, 남성은 (누구나) 초월성을 가져야 한다"는 톤이다. 그가 말하는 "여성은 더욱 여성답게, 남성은 더욱 남성답게"가 나를 매우 불편하게 한다. 한편 코메스의 "여성은 남성답게, 남성은 여성답게" 또한 나를 불편하게 한다. 나의 주장은 '제 기질대로 살자'이다. 여성은 여성다울 수도, 남성다울 수도 있다. 또 한 인간이 여성적인 것과 남성적인 것 모두를 다 가지고서 때와 장소에 알맞은 특질을 쓸 수도 있을 것이다. 나는 이렇게 살고 싶다.

백석현님이 주장하는 여성성은 돌봄, 안정, 침착함 등이다. 여성의 이러한 특성이 평균적으로 남자들보다 많아서 우리가 여성성이라는 이름을 붙인다고 하자. 그러나 여성만이 여성성을 추구해야 하는가? 나는 주위 사람에 대한 배려나 이해가 깊은 남자들을 많이 알고 있다. 그럼 이 사람들은 "불알근수가 안 나가는" 사람들인가? 한편 비약을 꿈꾸는 여자, 현재로부터 초월을 생각하는 여자는 무엇인가?

인간의 어떤 특질에 대해 여성성과 남성성이라는 이름을 붙일 수는 있어도, 여성이기 때문에 여성성을 가지려고 하고 남성이기 때문에 남성성을 가지려고 해야 한다는 것은 '인간의 개성'을 무시한 주장이라고 생각한다. 『벨 커브』(*Bell Curve*)라는 책은 여러가지 데이터를 인용해서 흑인이 백인보다 운동신경이 좋으며, 백인은 흑인보다, 아시아인이 백인보다 IQ가 약간 높다고 주장하고 있다. 이 주장은 흑인들의 거센 비판을 받았다. 이에 동의하는 사람들조차 이런 데이터를 근거로 '흑인은 흑인답게(운동을 잘하게), 동양인은 동양인답게(공부를 하는 걸로)'라고 주장하지는 않는다. 인종이라는 평균적인 특질의 차이는 개인들간의 차이에 비하면 너무나 작기 때문이다.

설혹 평균적으로 여자들이 침착함과 배려라는 특질을 가지고 있고 남자들이 도약과 초월이라는 특질을 가지고 있다고 해도, 그 평균적인 차이는 같은 성이라 해도 개인들간의 특질의 차이에 비하면 아무것도 아니라고 생각한다.

백석현님과 같은 생각은 아이들을 교육시킬 때 특히 위험한 생각이다. 주위에 대한 배려나 침착함은 없지만 새로운 아이디어와 창조력을 왕성히 보이는 딸에게 "넌 여자답지 않다, 여자는 여자다워야 한다"는 식으로 말한다면 아이가 가지고 있는 특질을 계발시키지 못할 수 있기 때문이다. 물론 남자 아이들도 마찬가지이다. 섬세한 감수성을 가진 남자 아이에게, "남자가 불알근수 안 나가게 그깐 일로……"라는 식의 교육은 그 아이의 개성을 보지 못하고 성의 평균적 특질만을 강요하는 꼴이 되기 십상이다.

여성을 여성성에 가두지 말고, 남성을 남성성에 가두지 말자. 나는 이 말이 유니섹스의 사회로 가자라는 말과는 다르다고 생각한다. 이 말은 '개인을 성에 근거해서가 아니라 그 개인의 개성에 근거해서 보자'라는 말이다. 여성성을 많이 가진 여자는 여성성을 발휘할 수 있게, 남성성을 많이 가진 여자는 또 남성성을 발휘할 수 있게 하자는 말이다. 남성을 남성답게 혹은 남성을 여성답게 하는 식이 아니라, 그 개인의 특질에 맞게 계발하자는 말이다.

21세기는 여자들이 여성성을 많이 가진 남자들에게서 더 매력을 느끼게 될 것이다. 많은 여자들은 따뜻한 남자를 원한다. 이전에는 먹이를 물어와야 하는 역할이 훨씬 중요해서 잘 싸우는 남자가 필요했지만,

184

이제는 여자들도 자기 먹이는 자기가 챙길 수 있게 되었다. 따뜻한 남자, 그에게 안겨 있으면 마음이 안정되는 남자, 그래서 직장에서 시달렸던 하루를 그에게 안겨서 풀 수 있는 남자 말이다. 나는 여성적이고도 남성적인 남자가 좋다. 내가 현실에 안주하려 할 때 그의 진취성으로 나를 끌고 가는 남자, 내가 힘들어 지쳐 있을 때 따뜻하게 안아주는 남자, 내가 가지고 있는 남성성과 여성성을 모두 다 사랑하는 남자가 좋다.

코메스 | 컴퓨터 시대의 여성성과 남성성

여성성과 남성성에 대한 하킴의 토론과 반론을 환영한다. 그렇지만 할말은 하고 넘어가자. 나는 하킴이 "여성을 남성답게, 남성을 여성답게"라는 내 마지막 문장을 너무 글자 그대로 해석하지 않았나 생각한다. 내 문제의식은 대부분의 남자들과 여자들이 '초월'이나 '어미됨'이라는 강요되고 극단적인 남성성과 여성성을 체화하기 위해, 이로부터 일탈하지 않기 위해 가엾은 하루하루를 보내왔고 또 지금도 보내고 있다는 데서 출발했다.

왜 남자는 슬픈 영화를 봐도 덜 우는가를 생각해보라. 생리적으로 눈물이 적어서 그런가? 아니다. 어릴 적부터 "사내자식이 울면 불알 떨어져 계집애 된다" "진정한 남자는 평생 세 번만 울어야 한다"는 식의 얘기를 신물이 나도록 들었기 때문이다. 함께 영화를 보고 펑펑 우는 여자친구에게 씩 웃으며 손수건을 건네고 도닥거려줘야 남자라는 식이다. 그렇지만 울지 못해 스트레스가 쌓여 여자에 비해 평균수명도 몇년

짧아진 것이 이 불쌍한 남자들이다. 나라고 다르지 않다. 지난 몇년간 맘에 드는 팔찌가 있어도 이를 한번 사서 끼고 다닐 용기를 내지 못하고 있다.

내가 "여성을 남성답게, 남성을 여성답게"라는 마지막 문장을 통해 얘기하고 싶었던 것은 이렇게 고정된 극단적인 남성성·여성성의 강요로부터 남녀 모두 자유로워져야 한다는 말을 은유적으로 표현한 것이다. 나는 그 근거로 여성과 남성의 심리적·지적 차이를 강조한 수많은 과학, 철학 이론이 잘못된 것이며 따라서 이로부터 발생한 소위 남성성과 여성성이라는 심리적·지적·활동적 카테고리가 엄청난 문제임을 보이려 한 것이다.

여성성과 남성성 대신 개성에 주목하자는 하킴의 얘기에는 물론 공감한다. 그렇지만 개성 역시 많은 경우 '사회적으로 구성'된다. 꽃을 가꾸고, 커피 심부름을 하고, 집안일 하는 것을 좋아하는 여자가 이를 좋아하는 남자보다 절대적으로 많다고 해도, 이를 여자들 개개인의 개성으로 보아서는 안된다는 것이 내 주장이다. 나는 이러한 여성성이 경험을 통해 사회적으로 구성된 것이라고 본다. 인간으로서 남성과 여성은 정신적·지적 영역에서 동등하기 때문이다. 그래서 나는 '개성'보다는 '인간성'이라는 말에 주목하고 싶다. "기질대로 살자"는 하킴의 주장은 그 기질이 '사회적으로 구성'된다는 현실에 너무나 무력할 수 있다.

사회적으로 구성되지 않은, 어떤 '순수한' 남성성과 여성성은 아무런 차이가 없는가? 사실 이것은 간단한 문제가 아니다. 고릴라나 오랑우탄의 세계를 생각해보자. 진화론을 믿는다면, 이런 유인원의 세계는 '인간으로부터 사회나 문화라는 족쇄가 사라졌을 때' 인간들이 누릴 삶이라 생각할 수 있다. 많은 사람들이 오랑우탄의 세계에도 엄연히 수

컷의 역할과 암컷의 역할이 있음을 강조한다. 새끼를 데리고 나무의 열매를 따는 것이 암컷 오랑우탄의 일이라면, 멀리 자신들의 영역을 확장하고 순찰을 도는 것은 수컷들의 몫이라는 것이다. 새끼에 대한 암컷 오랑우탄의 보호본능은 놀랄 정도이다. 이를 유추해서 보면, 인간 사회의 남성성과 여성성의 구분, 즉 밖에 나가서 돈을 버는 남성의 역할과 집에서 아이를 돌보는 여성의 역할의 구분은 인간의 가장 원시적이고 자연적인 생물적인 근원(인간과 오랑우탄의 공통영역)에 그 뿌리를 두고 있다는 주장이 자연스럽게 도출된다. 그래서 백석현님의 '어미됨'은 실제로 암컷 오랑우탄에서 인간이 발견한 '모성'과 별 차이가 없다.

이에 대한 반론으로는 두 가지 정도 생각해볼 수 있다. 하나는 "오랑우탄에 대한 우리의 지식이 객관적이지 않고 사회적으로 구성되었다는 것"이다. 도나 하라웨이(Donna Haraway)는 그녀의 기념비적인 저작 『영장류의 비전』(*Primate Vision*)에서 오랑우탄 사회와 그 성분업에 대한 인간의 지식이 '객관적'인 것이 아니라 우리의 가부장적 사회 이데올로기를 반영하거나 투영해왔고, 또 영장류 연구에서 얻어진 이론과 담론이 우리 사회의 몸의 정치학(body politics)의 내용을 형성해왔다는 과정을 아주 상세히 기술했다. 간단히 말해서 인간의 세계와는 무관한 아프리카 오지의 순수한 오랑우탄 마을은 존재하지 않는다는 것이다. 오랑우탄은 아주 복잡한 방식으로 인간 세상과 얽혀 있다.

두번째 반론은, 물리적 힘에 근거한 원시사회에서의 남녀 역할의 구분은 어쩔 수 없었지만 이제는 정보기술혁명이 사회를 지배하고 있고, 사람이 나무를 베야 하는 힘겨운 일이 컴퓨터 버튼을 누르면 되는 것으로 바뀐 사회에선 남녀의 구분이 무의미하다는 것이다. 컴퓨터와 같은 첨단기술의 발전이 성차별을 극복할 수 있는 물질적 근거를 제공하고 있다는 얘기이다.

　컴퓨터와 같은 정보기술이 여성성과 남성성이라는 근대적인 카테고리를 어떻게 섞어버리고 새롭게 정의하는가는 무척 흥미로운 주제이다. 셰리 터클(Sherry Turkle)은 MIT의 '과학 · 기술 · 사회 프로그램' 교수이며 소위 '컴퓨터와 문화'의 전문가이다. 이 분야에서 그녀의 첫 책 『두번째 자아』(*The Second Self*)는 이미 고전이 되었고 1995년 출판된 『스크린 위의 삶』(*Life on the Screen*)도 센세이션을 불러일으켰다. 이 두 책은 컴퓨터와 관련된 여러가지 이야기를 하고 있는데, 흥미롭게도 컴퓨터와 성(gender)에 대한 서로 다른 얘기를 각각 담고 있다.

　『두번째 자아』에서 터클이 던진 질문은 왜 남성이 컴퓨터공학, 프로그래밍, 비즈니스의 꼭대기를 완전히 장악하고 있는가 하는 것이었다. 컴퓨터공학에 근육의 힘이 거의 필요 없는데도 말이다. 터클은 이 해답을 여성과 남성이 외부의 대상과 관계를 맺는 '인지 행위'의 유형이 다르다는 점에서 찾고 있다. 소년과 소녀가 컴퓨터를 어떻게 사용하는가에 대한 터클의 연구에 따르면, 소년들은 추상적이고 선형적(linear)인 방식으로 컴퓨터와 관련을 맺고 형식적이고 위계적인 프로그래밍 기술을 발전시키는 데 비해, 소녀들은 관계를 맺고 상호작용하며 협상하는 방식으로 컴퓨터를 대한다. 터클은 소년의 방법을 '강한 숙달'(hard mastery), 소녀의 방법을 '부드러운 숙달'(soft mastery)로 명명했다. 중요한 점은 이 두 가지 상이한 방식을 놓고 어느 하나가 다른 하나에 비해 우월하다고 말할 수는 없다는 것이다. 그럼에도 불구하고 기존의 컴퓨터 프로그래머의 세계는 이미 '강한 숙달'의 방법이 지배하고 있고, 이는 여성적인 관점을 열등한 것으로 만들며, 결과적으로 소녀들은 자신들의 독특한 방식을 포기한 채 컴퓨터의 세계에서 소외된다는 것이

터클의 주장이다. 물론 이 주장에 대해 반론이 쏟아졌다. 소년의 '강한 숙달'과 소녀의 '부드러운 숙달'은 인지심리학적인, 생리적인 차이라기보다는 사회적으로 형성된 고정된 남성성·여성성을 7~12세의 소년과 소녀가 이미 체화한 결과라는 것이 그 반론의 골자였다.

터클은 『스크린 위의 삶』에서 훨씬 더 급진적인 입장을 취한다. 넷(net), 머드게임과 같은 인터넷 문화를 다루고 있는 이 책에서 터클은 인터넷이라는 익명의 공간이 사람들로 하여금 성의 역할을 자연스럽게 바꾸도록 유도하고 있음을 지적했다. 인터넷에선, 특히 머드게임에선 40대의 회사 중역 남자가 25세의 처녀가 되기도 하고, 25세의 처녀가 40대 남자 중역이 되기도 한다는 것이다. 사람들은 익명의 넷에서 남성, 여성, 왕자, 실업자, 소녀, 노인, 동양인 등 다양한 아이덴티티를 옮겨다니면서 각각의 행세를 하는데, 이는 20세기 말엽을 살고 있는 남성이 바쁜 아침엔 가사일을 분담하는 하인이었다가, 낮엔 능력있는 회사원이었다가, 저녁엔 훌륭한 요리사였다가, 아이에겐 훌륭한 가정교사였다가, 밤에는 유능한 섹스파트너가 되는 식의, 하루에도 다양한 아이덴티티를 경험하는 일상의 삶과 유사함을 보이고 있다.

터클은 넷과 같은 가상공간이 인류역사상 처음으로 사람들로 하여금 고정된 남성성·여성성의 속박에서 벗어나는 길을 제공한 혁명적인 매체임을 주장한다. 그녀는 그래서 이 가상공간이 해방적이라고 생각한다. 프런티어에도 자신의 이름이 나오지 않는 익명의 방이 있다. 우리도 익명의 방에서 아이덴티티를 한번 바꾸어 글을 써보거나, 재미있고 새롭고 건설적인 판타지를 만들어보면 어떨까.

매춘, 성, 국가, 가족에 대해

나는 재스킴님의 논지 중 몇가지에 대해 동의하지 못한다.

첫째, 한국에서 매매춘이 번성하는 이유가 결혼 전 성적 욕구에 대한 억압과 남녀차별이라는 주장에 대해서이다. 이것을 공급과 수요로 바꾸어 말하면, 남녀차별은 매춘녀의 공급을 가져오고, 성적 욕구에 대한 억압은 수요를 가져온다는 말이다. 나는 남녀차별이 매춘녀를 공급해준다는 것에는 동의한다. 그러나 수요가 결혼 전 성적 욕구에 대한 억압 때문에 생긴다는 것에는 동의하지 않는다. 아니 동의하지 않는다기보다 성적 욕구의 억압에 대한 시각이 좀 다르다. 나는 결혼 전에는 섹스 자체를 할 수 없는 억압이, 결혼 후에는 한 사람과만 섹스를 해야 하는 억압이 매춘에 대한 수요를 계속 창출한다고 생각한다.

남자들의 성적 욕구가 결혼 전에 부당하게 억압당하기 때문에 매춘을 찾는다면, 결혼 후에도 매춘을 찾는 것이 설명되지 못한다. 사람은 불편한 것에 대해서 길들여지지는 않는다. 뭔가 편하고 좋은 게 있기 때문에 그것에 길들여지는 것이다. 인간이 '애정있는 섹스'를 원하지만 유교의 전통으로 성적 욕구를 억압당하기 때문에 매춘을 찾는다면, '애정있는 섹스'가 허용된 (그래서 더 만족된) 결혼한 남자가 매춘을 찾지는 않을 것이기 때문이다. 더구나 우리나라와 같이 거의 모든 성인남녀가 결혼해 있는 상황에서, 매춘을 번성하게 하는 주 고객들은 결혼한 남자들일 텐데 말이다.

나는 그보다 인간은 '누구나' 여러 형태의 섹스, 여러 파트너와의 섹스를 원한다고 생각한다. 단순히 섹스를 하는 것만이 아니라 여러가지 다양한 섹스를 하고 싶은 것이다. 아내나 남편과만 하는 섹스도 나름대로 좋지만, 또다른 사람과도 하고 싶은 것이 인간의 본질적 욕망이다. 언젠가 『타임』지의 커버스토리로 '부정은 우리의 유전자에 있는 것'이라는 기사가 다루어진 적이 있다. 우리 모두에게 있는 욕망이다.

우리는 결혼이라는 제도를 통해서 이 욕망을 제어하기로 약속했다. 다시 말하면, 결혼한 상대자와만 섹스를 하는 것으로 '제도적'으로 약속했다. 그래서 사람들이 그 욕망을 대개는 누르면서 산다. 이런 성적 억압이 결국 매춘을 하게 만드는 것이다. 만일 우리가 결혼으로 섹스의 배타성을 약속하지 않는다면, 마음에 드는 다른 여자/남자와 섹스를 할 테고, 그러면 굳이 돈을 주고 다양성을 살 필요가 없을 것이다.

두번째로 내가 동의할 수 없는 점은, 우리나라의 경제적 수준을 고려할 때 매춘의 가격이 비싸다는 주장에 대해서이다. 나는 실제로 가격이 얼마인지는 모르지만, 이발소에서도 섹스를 살 수 있는 한국 매춘의 특수성을 감안할 때 가격이 싸다고 생각한다. 절대적 가격에서 한국이 동남아시아에 비해서 비싸다고 하더라도, 우리나라 남자의 평균임금 수준을 생각할 때 '상대적'으로 싸다고 생각한다. 그리고 무엇보다도 중요한 것은, 매춘을 사기 위해 지불해야 하는 비용으로 섹스를 사는 값 말고도 섹스를 사러 가는 데 드는 비용을 생각해야 하는데, 우리나라에서는 매춘의 광범위함 때문에 사러 가는 데 드는 비용은 거의 없을 정도라는 것이다. 그냥 동네 이발소에 가서도 살 수 있는 것이니 말이다. 그래서 우리나라 남자들의 평균임금을 고려할 때 상대적으로 섹스의 값이 쌀 뿐 아니라, 섹스를 사러 가는 데 드는 비용도 싸서 우리나라 매춘값은 싸다는 것이다.

나는 매춘을 없애야 한다고 생각하지 않지만, 만일 없애야 한다면 여성의 경제적 차별을 없애고(이러면 공급이 적어진다), 결혼제도에서의 섹스의 배타성을 전제하지 않아야 한다고(이러면 수요가 준다) 생각한다.

코메스 | 하킴에 대한 한 가지 비판

우리의 유전자에 인간활동 형태를 규정하는 어떠어떠한 요소가 있다고 생각하는 것은 위험할 뿐만 아니라 많은 경우 잘못된 것이다. 동성애가 유전이라는 주장조차 수많은 반례에 의해 논박되고 있으며, 최근 센세이션을 불러일으킨 게이 유전자만 해도 과학보다는 픽션에 가깝다고 간주되고 있을 정도이다.

하다 못해 매춘을 포함한 '부정'과 같은 복잡한 인간 행태에 대한 설명을 단지 '사람은 여러 종류의 섹스를 원하는 유전자가 있고' 따라서 '이는 회피할 수 없는 것이다'고 하는 것은 유전자 결정론의 한 유형이다. 이럴 때 이를 해결하는 방법은 하킴이 얘기했듯이 '결혼을 하더라

도 다양한 사람과 섹스를 계속 즐기는' 새로운 형태의 삶의 양식밖에
없을 것이다. 이러한 방법은 하킴이 인용한 『타임』지의 부정에 대한 특
집을 그대로 받아들이더라도 별로 소용이 없는데, 『타임』지는 바로 같
은 칼럼에서 배우자가 다른 사람과 섹스를 했을 때, 상대방이 느끼는
엄청난 '질투' 역시 (인간과 동물의 세계에서 종종 배우자 살해까지 이
르는) 본능이라고 했기 때문이다.

하킴 | 질투를 본능으로 받아들여야 한다면

매춘도 받아들여야 하지 않을까? 나는 사실 매춘이 문제가 아니라
남녀차별이 문제라고 생각한다. 평등한 사회에서 개인이 섹스의 서비
스를 팔든 사든 무슨 문제이냐는 것이다. 다만, 그런 선택이 평등한 기
반 위에서 이루어지지 않는다는 데 문제가 있다고 본다.

코메스 말대로 우리의 본능에 '부정'의 욕구가 있지만 또 한편 질투
의 욕구가 있다면, 매춘도 우리의 삶의 방식으로 받아들여야 할 것 같
다. 그런데 남편이 매춘녀에게 성을 사는 데에, 그냥 마음에 드는 여자
와 (돈을 주지 않고) 섹스를 하는 것보다 질투를 덜 느끼게 된다면, 그
냥 매춘은 놓아두어 성을 사는 것에 대해서는 (성을 그냥 돈 안 주고 즐
기게 되는 것보다) 더 '관대'해지는 것이 아닌가? 그리고 바로 그렇게
살기로 한 것이 우리의 현재 결혼제도가 아닌가?

그렇다면 결혼한 사람들의 억압된 성적 욕구를 질투가 덜 나는 방법
으로 우리가 풀기로 했는데, 뭘 그걸 없애야 한다고 하냐 말이다. 사실
은 결혼에서의 성적 배타성을 지키기 위한 장치로 매춘은 세계 어느 나

라에서나 잘 작동하고 있지 않는가? 그래서 결혼에서 성적 배타성을 꼭 지켜야 한다고 생각하는 사람들이야말로 매춘을 없애는 데 반대해야 할 것 같다.

코메스 | 성급한 하킴의 결론

두 가지만 간단히 지적하자.

먼저, 인간은 동물과 달리 몸에 관한 욕구를 '어느 정도'는 통제할 수 있다. 어린이에게 성적 유혹을 느끼는 것, 근친상간 등에 대한 터부는 인간의 몸에 대한 사회적 제약의 경계를 구성한다.(물론 이에 대한 다른 해석이 얼마든지 가능하고, 나 자신도 이러한 '고전주의적' 해석에 동의하는 것은 아니다.) 사람이 다양한 사람과 섹스하고 싶다는 본능을 들어, 한국 매춘의 원인이 그것이고, 또 그러한 본능 때문에 (그리고 여기에 매춘이 외도보다 적은 질투를 수반한다는 증명되지 않은 가설을 들어) "매춘도 우리의 삶의 방식으로 받아들여야 할 것 같다"든지 "결혼에서 성적 배타성을 꼭 지켜야 한다고 생각하는 사람들이야말로 매춘을 없애는 데 반대해야 할 것 같다"는 하킴의 결론은 성급하며, 뒷받침된 주장도 아니다.

결혼한 사람도 다른 상대와 얼마든지 사랑에 빠질 수 있고(도대체 이를 누가 막을 수 있나!), 이를 '불륜'이나 '간통'이라는 단어로 불순하게 규정하는 데 반대한다. 다른 사람을 더 사랑하게 되었다면 떳떳하게 헤어지면 되고, 자신이 배우자와 애인을 다 유지할 수 있다고 생각하면 그렇게 하면 된다. 그렇지만 이는 매춘과는 다른 범주이다.

두번째로, 한국 매춘의 문제는 매춘의 존재 자체가 아니라 그것의 '극단성'에 있다. 경쟁적으로 열두어살 안팎의 '영계'를 사고, 불법인 사창가가 아무 제재없이 영업을 하며, 매춘이 동네 여관·단란주점·이발소에서까지 아무렇지도 않게 자연스럽게 이루어지고 있다는 것이다. 회식의 3차는 미아리에서 하면서, 룸살롱에서 아가씨들을 앉혀놓고 회사의 중요 상대들을 대접하면서, 대부분의 남성은 성에 대해 보수적이고 도덕군자(?)들이다. 히틀러나 스딸린도 없애지 못한 매춘을 어떻게 하자는 원론적인 얘기가 아니라, 이 '극단성'을 조금 완화시키는 방법을 생각해보자는 얘기다.

스카이│들통: 코메스의 실력

코메스는 그의 포스트모더니티에 대한 천착이 과학기술에만 머물러 있을 뿐이지, 남녀문제나 매춘문제가 되면 구태의연한 얘기만 늘어놓을 뿐이라는 것을 보여주고 있다.

구태의연한 소리 할 바에는 조용히 있는 게 다른 사람 시간 낭비 안 시키는 것이라고 생각하는 나 같은 사람만 프런티어에 있는 건 아닐 테니까 코메스가 남녀문제에 대해 구태의연한 소리 좀 했다고 시비 걸 생각은 없다. 하지만 왜 코메스의 주장이 구태의연한가를 살펴보는 것은 독자로서의 내 권리이다.

첫째, 사람만 본능을 제어하니 어쩌니 하는 얘기는 19세기 이전 생각이다. 20세기 인류는 상과 벌을 심하게 주면 아주 본능을 잘 제어한다는 것을 알고 있다. 행동과학자들은 실험도 했다. 모든 것은 사회적으로 구성된다고 주장하는 포스트모더니스트의 입에서 인간의 본성 어쩌구 하는 얘기를 듣는 것은 참 신기한 일이다.

둘째, 코메스의 주장 중 능력이 있으면 부인(남편)과 애인을 둘 다 가지건 말건 상관없다는 얘기가 나오는데 이것도 오래된 얘기다. 우리나라의 양반, 유럽 귀족의 풍습이 아닌가. 우리나라에서는 여성 쪽은 확실하게 억압되었는데, 유럽에서는 여성도 어느 정도는 애인을 두는 것이 자유로웠다. 그러니까 이것도 수천년 된 얘기고…… 사랑하는 사람이 생기면 어떻게 하느냐, 그러면 헤어져야지 하는 얘기도 미국식 시리얼 모노가미(serial monogamy)라는 한 세대는 된 결혼형식을 말한 것에 불과하다. 헤어지는 게 맘대로 되나, 여자가 집안일 말고 할 일이 있어야 되지.

오히려 역사학자답게 프랑스에서는 왜 아직 결혼은 그대로 두고 따로 연애를 하는 사람이 많은데도 이혼이 많은가(한마디로 개판이고), 미국에서는 왜 시리얼 모노가미가 주된 것이고(미국은 아마 한국보다 혼외정사가 적은 나라일 것이다), 한국이나 일본에서는 왜 이혼은 적은데 매춘이 횡행하는가에 대한 직관력있는 분석이나 가설을 기대하는 것은 내 욕심인가?

여성 지위를 중심으로 한 하킴식 분석으로는 미국·프랑스·일본의 차이가 어느 정도는 이해가 된다. 이혼율이 가장 높은 나라는 사실 고용평등제의 전통이 강한 미국과 스웨덴 같은 나라들이다. 프랑스나 독일은 그보다는 덜하니까, 함부로 이혼할 수가 없다. 대신 옛 귀족들 풍습을 따라서 결혼은 유지하며 바람을 피운다.

한국이나 일본에서는 여자들이 집안에 묶여서 못 나오니까 바람 피울 상대가 있어야지, 매춘녀밖에…… 그리고 여성의 남자에 대한 상대

임금이 세계에서 일본과 더불어 꼴찌를 다투니 공급도 많겠다, 이렇게 되는 것 아닌가?

인간 본성이니 그런 얘기 말고, 역사학자답게 사물과 현상을 역사적 컨텍스트에 갖다놓고 재미있는 얘기를 좀 들려주면 안되나? 가치를 앞세우지 말고……

코메스 | 스카이의 편견과 오만

스카이의 글을 읽어본 프런티어 회원은 조금 귀찮더라도 내 글을 다시 한번 훑어봐주기 바란다. 그리고 스카이의 비판이 정당한가, 아니면 편견과 오만으로 가득 찬 독선에 불과한가를 한번 판단해주길 바란다. 아마 오랜 시간을 쏟지 않아도 그 답은 쉽게 얻을 수 있을 것이다.

그렇지만 그의 비판 같지 않은 비판에도 불구하고 한가지 얘기할 수 있는 것은 '가족의 해체'는 이미 빠른 속도로 진행중이며, 21세기 국가나 정부에 대한 어떠한 얘기도 이에 대한 깊이있는 사고 없이는 탁상공론에 불과하다는 것이다. 사랑하는 부부와 애들을 담아내는 가정이라는 공간이 앞으로도 우리의 사적 생활의 기본단위가 될 것이고 이것이 가장 소중한 형태의 가족이라는 얘기는 아주 급속하게 물 건너간 얘기가 될 것이다. 이번 기회에 이에 대한 프런티어 회원들의 생각과 토론을 기대한다.

코메스는 적어도 '편견과 오만'이라는 제목을 붙였으면 거기에 대한 설명이라도 해야 한다. 그렇지 않으면 그냥 허공에 대고 하는 욕이 된다. 욕을 하더라도 성실하게 하기 바란다.

그 와중에도 코메스가 한가지 바로 짚은 것은 '가족이 급속히 해체되고 있다'는 상황인식이다. 그런데 갑자기 국가정책에서 가족정책이 매우 중요하다고 선언하는 데에 이르면 퍽 의구심이 든다. 국가는 하느님이나 아버지가 아니고, 우리의 세금을 걷어서 정부서비스를 제공하는 기관이라 친다면 국가정책에 뭘 넣어라 말라 하기 전에 생각해볼 게 있다.

자기가 중요하게 생각한다고 국가정책이 될 수는 없다. 국가정책은 크게 보면 두 가지. 하나는 법률로써 게임의 룰을 만드는 일이고, 다른 하나는 조세와 재정정책으로 돈을 걷고 쓰는 일이다. 그렇다면 가족이라는 사적인 문제에 국가가 왜 애써서 법률을 만들고 돈을 써야 하는가를 먼저 생각해봐야 된다고 생각한다.

더구나 도대체 왜 가족법이 있고, 우리나라는 헌법에까지(내가 고등학교 때 헌법에는 그런 조항이 있었는데) 혼인의 순결을 보장한다는 조항이 있는지 모르겠다. 도대체 혼인의 순결이란 말이 무엇인지……

역사학자라면 우선 이런 해괴한 일이 왜 생겼나를 먼저 살펴보아야 하는 게 아닌가 싶다. 21세기에는 가족문제가 중요한 국가정책이 되어야 한다는 선언은 공허하게 들린다. 엥겔스가 19세기에 『가족의 기원』을 쓴 이후에 그럴듯한 가족이론이 있는지 궁금하다. 혹시 한걸음도 나아가지 못한 상태가 아닌가?

스카이의 비판에 간단히 답하고자 한다. 스카이는 내가 "국가정책에서 가족정책이 매우 중요하다"고 선언했다고 하는데, 내 의도는 우리가 앞으로 정부나 정치를 얘기할 때, (해체되는) 가족이라는 문제(여성과 섹슈얼리티의 문제를 포함한)에 대해 심각하게 고려해야 한다는 것이었다. 단지 가족법이 있어야 하는가, 없애야 하는가의 문제를 얘기하려 한 것은 아니었다. 이 얘기는 좀 있다가 다시 하겠다.

스카이가 얘기한 공정한 게임의 룰을 만드는 것(아마 정치나 법률의 제정을 얘기하는 듯)과 조세정책(주로 행정을 얘기하는 듯)이 국가의 중요한 정책이라는 데는 이견이 있을 수 없다. 그러나 이는 너무 이상적인 얘기다. 정치와 행정은 우리의 법·관습·사고·여론·언어와 뒤엉켜서 문화 전반에 걸쳐 '사회적 통제'의 그물망을 만들어낸다. 여성에 대한, 전라도에 대한, 백인이 아닌 외국인에 대한, 헤테로섹슈얼이 아닌 섹슈얼리티를 가진 사람에 대한, 장애인에 대한 노골적인 차별은 이러한 그물망의 눈들이다.

한국에서 가족은 가치중립적인, 그저 사적인 얘기가 아니다. '정상적인' 가족이라는 규정에는 통제적 의미가 강하기 때문이다. 이혼녀나 이혼남 본인은 물론 그들이 키우는 자녀가 받는 과다한 주목과 스트레스, '결손가정'이라는 일반화된 담론, 모성이 중요하고 신성하다고까지 하면서 미혼모에 대한 차별과 편견 등은 상상을 초월하지 않는가. 동성동본 혼인을 허가하는 데 해방 후 무려 50년이 걸릴 정도였듯이 '정상적'이지 않은 결혼과 출산에 대한 편견은 이제 억압의 수준이다. '정상'의 범주에서 조금만 벗어나더라도 살기가 무척 어려운 사회다. (자기가 커

밍아웃하여 동성애 가정을 이루고 있다고 한번 상상해보라. 직장 계속 다닐 자신이 있는가.)

가족에 대한 문제가 정부정책이나 정치의 중요 이슈가 되어야 한다는 내 얘기는, 바로 이러한 통제와 억압을 완화하는 게 중요하고, 이 과정에 정치와 정책이 주요 변수로 작용한다는 것이다. 가족이나 결혼, 성(sex)은 사적인 영역이어야 한다는 얘기는 맞다. 그렇지만 이런 생각은 이상에 불과하다. 푸꼬의 『성의 역사』나 '몸'에 대한 최근의 연구들은 성애의 문제가 고대부터 권력과 밀접히 연관을 지녀왔으며, 성애-주체성-진리-권력이 나선형을 그리면서 발전해왔음을 보여준다.

푸꼬에 동의하건 하지 않건 간에, '정상적'인 가족이라는 범주 속에도 법률적인 개혁을 통해 풀어야 할 문제들이 많다. 배우자나 자식에 대한 구타(이에 대해 '가정폭력 범죄의 처벌 등에 관한 특례법'이 제정되어 1998년 7월 1일 부터 시행되기 시작했음)를 형법상의 범죄로 인정하는 것도 하나의 과제다. 내 새끼, 내 마누라 내가 패는데 네가 웬 참견이냐는 식의 얘기, 저년이 맞을 짓을 했으니 맞지라는 얘기는 이제 우리의 대중화된 담론에서 사라져야 한다. 계몽(한국의 미디어는 이 점에서 철저하게 남성의 이익을 대변하고 있다)이 아니라 법률적인 문제로 해결의 실마리를 찾아야 한다.

이혼에 대한 법령도 재정비되어야 할 것이 많다. 결혼과 마찬가지로 이혼의 자유도 더 확대되어야 하고, 여성의 가사노동의 경제적 효과에 대한 새로운 인식에 근거해서 재산분할에 대한 상속법, 국민연금법도 바뀌어야 한다. 간통죄, 혼인빙자간음죄 이런 게 아직 있는지 모르지만, 있다면 없애야 한다.

조금 더 과격하게 들어가 보자. 미혼모, 이혼을 하고 혼자 아이를 키우는 여성에 대한 국가와 사회의 지원이 다양한 형태로 강화되어야 한다. 저임금 가정, 맞벌이 부부를 위한 탁아소에 대한 지원도 강화되어야 하며, 남성의 출산휴가도 도입되고 원하는 사람에 의해 실행되어야 한다. 동성애자 가정도 다른 가정과 마찬가지로 사회적 대접과 혜택을 받아야 한다(예를 들어 아이를 입양하는 것과 같은 점에 있어서). 임신과 출산에 대한 '신성불가침'도 완화되어야 하고, 여성의 임신중절과 섹스 후 먹는 피임약에 대한 자유와 기회가 확대되어야 한다. 프로-라이프의 가치를 담고 있는 '낙태'라는 단어 역시 우리의 담론에서 사라져야 한다. 학교에선 순결교육이니 이런 것 말고, 피임에 대한 직접적이고 분명한 교육을 실시해야 한다. 중학교 아이들이 포르노비디오를 찍을 정도로 숙성한 때에, 웬 귀신 씨나락 까먹는 순결교육인가.

섹스, 결혼, 출산, 자녀양육, 임신중절, 청소년의 섹스, 외도, 이혼, 그리고 이 방에서 논쟁이 되었던 매춘…… 우리 시대 가정의 문제는 공공 영역의 문제이며, '몸'은 계급에 이어 또다른 전쟁터가 되고 있다.

스카이 | 성실한 답변에 감사

왜 사적인 문제에 국가가 개입해야 하는가에 대해 정말 명확하게 답변해주었다. 요는,

(1) 현 가족문제에 관계된 제반 법률이 현대인들의 생활패턴과 어울리지 않거나 차별적·억압적이어서 관습·문화 등에까지 영향을 미치니 법률을 바꾸어서 문화·관습에도 긍정적인 영향을 주도록 해야 한

다. (법률을 바꾸는 문제)

(2) 육아문제 특히 미혼모의 아이(미국·스웨덴은 1/4이 독신모에게서 태어남)에 대한 사회적 지원정책을 강화해야 한다. (돈 많이 드는 문제)

(3) 혹시 여력이 있으면 문화·관습에도 직접 영향을 미치도록, 코메스처럼 몸의 정치학(body politics)에 관심이 많은 학자들에게 연구 기금이라도 지원한다. (돈 조금 드는 문제)

이런 일들을 국가가 해야 한다는 것이다. 코메스의 답변에서 돋보이는 것은 그의 '문화적 차별'에 대한 날카로운 감각이다. 다른 말로 표현하면 사는 방식의 선택에 대한 개인 권리의 철저한 보장을 주장하고 있다는 점이다.

만나면 결혼 안했어요? 아이는 몇이죠? 이런 침략적인 질문부터 꺼내는 한국사회가 코메스가 느끼기에 편안하도록 되는 데에 얼마나 걸릴까? 재미있는 생각거리다.

여성의 거리 흡연에 대해

코메스 | '파적'의 거리 흡연 이벤트에 대한 내 입장

여성의 거리 흡연 이벤트에 대한 내 입장은 단순하다. 거리가 누구나 흡연을 할 수 없는 공공 영역이면, 남성도 여성도 담배를 피워서는 안 된다. 그렇지 않다면, 즉 아직 법적으로 거리에서 담배를 피워도 된다면, 여성도 당당히 담배를 피울 수 있다. 만약에 여성이 거리에서 담배를 피우는 것을 무엇인가(미풍양속, 사회적 편견, 국민정서 같은 것이) 막고 있다면, 그것은 가부장제의 상징적 억압에 다름아니다.

서양에서도 거리에서 여자들이 자유롭게 담배 피우게 된 것은 2세대 정도밖에 지나지 않았다. 다 싸워서, 여권이 신장하면서, 개인의 영역에 대한 보호가 확장되면서 쟁취한 것이다.

이런 의미에서 지난 3월 이를 깨기 위한 '파적'(독립영화단체)의 이벤트는 잘한 일이고(물론 카메라를 대도 떳떳하게 사진 찍으라고 했으면 더 좋았겠지만, 사실 이는 문제의 본질과는 무관한 아주 사소한 부분이다), 이를 희화화(戱畵化)해서 보도한 조선일보는 예의 그 보수적이고

가부장적인 성향을 보인 것에 다름아니다. 보수와 진보는 정치에만 있는 것이 아니다. 여성문제에, 지역문제에, 문화에, 우리의 일상에 정치 영역 못지않은 진보와 보수의 싸움이 상존하고 있다.

국민정서 운운하는데, 아들이 아버지 앞에서 담배 못 피우는 우리의 특수 상황이, 여자가 거리에서 담배 피우는 것과 무슨 관련이 있나. 남자는 아버지고, 여자는 아들뻘밖에는 안된단 말인가?

한국에서 여성이 거리에서 담배를 피우는 것은 중요한 상징적 의미가 있다. 그건 남자들이 '감히 여자가 거리에서 담배를 펴? 쟤 술집애 아냐? 가서 귀싸대기나 한대 올릴까?'라고 생각하고 수군거리고, 심지어 이를 행동으로까지 옮기는, 쓸데없는 '참견'을 꿈도 못 꾸게 하는 것이다. 담배는 여성 억압의 상징에 불과하지만, 어떤 때는 이 억압적인 상징을 타파함으로써 평등을 쟁취하는 중요한 계기를 만들 수 있다.(예를 들어, 아랍 여인들이 몸과 얼굴을 가리는 것은 그들이 처한 열악한 사회경제적 불평등의 상징이지만, 이 상징과 싸우는 것이 그들의 정치 사회적 해방을 앞당길 수 있다는 것이다.)

담배 피우는 게 나쁘다면, 다같이 안하는 쪽으로 해야 한다. 상관없다면 상관해선 안된다.

천광거사 | 여성억압의 상징이라고?

나는 중동 건설붐이 한창이던 80년대 초반에 사우디아라비아의 수도 리야드에서 건설회사 영업과장으로 1년간 근무한 적이 있다. 그때의 경험담.

출근 첫날, "필수용품을 준비해야 된다"며 친구가 날 화장품 가게로 데려갔다. 그 덕에 '엘리자베스 아덴'이라는 상표를 처음 알게 됐다. 사막의 공기가 얼마나 건조한지 가서 겪어보지 않은 사람은 상상하기가 힘들다. 제일 더운 라마단 기간에는 머리를 말리는 드라이어에서 나오는 바람과 같은 뜨거운 바람이 하루종일 분다고 상상하면 될 것이다.

현지인들은 건조한 뜨거운 공기를 막기 위해 얼굴과 몸에 천조각을 두른다. 머리에는 두건을 쓰고 긴 소매에 발목까지 내려오는 고유의상을 입는다. 눈만 빠끔히 내놓고 얼굴을 가리는 수건은 모래바람을 막는 역할까지 해준다. 반면 우리 같은 외국인들은 반소매 반바지 차림이다. 그래야 감각적으로 시원함을 느낀다.

뜨거운 햇빛과 건조한 공기. 그런 곳에서 몇달만 살면 피부가 상해 얼굴과 손에 주름이 쭈글쭈글 잡힌다. 중동에서 오래 근무한 고참은 얼굴만 봐도 알 수 있다. 나는 1년간 엘리자베스 아덴 크림을 아침저녁으로 열심히 처발라댄 덕에(?) 귀국 후 얼굴색이 금방 정상으로 돌아왔지만, 머리카락이 허옇게 세는 것은 어쩌지 못했다. 뜨거운 햇빛에 두피가 상하면 흰머리가 늘고 머리카락이 많이 빠지게 된다.

한 에이전트가 아들을 낳았다길래 '축하' 인사를 했다가 무안을 당한 기억이 있다. 사우디에서는 딸이 '재산'이다. 그곳에서 장가를 가려면 처갓집에 벤츠와 쏘니(옛날엔 낙타와 양)를 갖다 바쳐야 한다. 따라서 딸은 곧 벤츠와 쏘니고, 아들은 재산을 축내는 애물단지다.

그래서인지 사우디에서는 여성들이 특별대접을 받는다. 예를 들어 비행기나 버스를 탈 때는 반드시 여성과 어린이들이 먼저 타고 난 다음에 남자들이 탄다. 참고로 사우디 국내항공선은 좌석권이 없어 개찰하면 좋은 자리를 차지하려고 달음박질을 한다. 시내에서 차를 몰 때도 여자와 어린이들이 탄 차가 보이면 조심해야 한다. 행여 접촉사고라도 나면 원인 불문하고 무조건 여자와 어린이들이 탄 차가 우선이기 때문이다.

걸프전으로 사우디에 파견된 미군 여성과 차도르(아랍 여인들이 몸과 얼굴에 두르는 천)를 한 사우디 여인이 맞부딪치면 서로 어떤 생각을 할까? 미군 여성은 차도르를 '아랍여인이 처한 열악한 사회경제적 불평등의 상징'으로, 아랍여인은 미군 여성의 군복을 '미국여인이 처한 열악한 사회경제적 불평등의 상징'으로 볼 것이다.

상징과 싸우는 것이 그들의 정치사회적 해방을 앞당길 수 있다고? 그 말을 아랍 여인들이 들으면 아마 대부분 폭소를 터뜨릴 것이다. 차도르를 벗어던지고 뜨거운 햇빛과 건조한 공기에 피부가 쪼그라드는 게 정치사회적 해방이란 말인가?

노상흡연 못하는 것을 여성 억압의 상징으로 본다는 것도 마찬가지로 웃기는 소리고, 이 억압적인 상징을 타파함으로써 평등을 쟁취하자고 여성들이 길거리에서 담배를 피워무는 발상 자체가 웃기는 치기에 불과하다. 여성은 임신과 출산이라는 성스러운 의무를 갖고 있고, 미를 추구할 특권을 지니고 있다. 담배는 임산부와 태아의 건강에 해를 끼칠 뿐 아니라 피부미용에도 나쁜 영향을 미친다.

그래, 여성들이 길거리에서 자유롭게 흡연할 수 있는 남녀평등권을 쟁취해서 어쩌겠다는 말인가? 남녀평등이 그렇게 고귀한 지선의 과제인가?

'현대화·과학화'라는 미명하에 서양 것은 옳고 우리 것은 그르다는 식의 사고방식이 아직도 우리 사회를 풍미하고 있는 것이 아닌지? 후세인과 카다피는 나쁜 놈이고 클린턴은 좋은 놈이라는 식의 서양 일변도 감각이 우리를 눈멀게 한 것은 아닌지? 난 학교에 다닐 때 "아메리카 대륙을 처음 발견한 사람이 누구냐?"는 질문에 "콜럼버스"라고 대답했지만, 지금 누가 똑같은 질문을 한다면 빵점을 받더라도 "웃기네"라고 대답할 것이다.

코메스 | 천광거사님의 글을 읽고

천광거사님의 글을 읽고 간단히 몇자 적는다.

(1) 중동여인이 두건을 두르는 것이 억압적이라는 이유는, 그것이 선택이 아니기 때문이다. 미국여인의 군복은 선택의 결과이다. 미국여자는 자기가 군대 안 가고 싶으면 안 가도 된다. 중동여인에게도 자기가 얼굴을 감싸고 싶지 않으면 안해도 되는 자유가 있다면, 우리는 중동여인의 두건과 미국여인의 군복을 문화적 상대주의의 눈으로 볼 수 있다. 그런데 그게 아니다. 왜 사막과는 무관한, 추운 북미 내륙에 사는 중동여인이 헬스클럽에 와서까지 얼굴과 몸을 감싸고 있는가? 왜 깨어 있는 중동여인들 사이에선 이런 강제된 관습에 대한 거부가 존재하는가?

자기가 하고 싶어하는 것은 좋다. 한국여자들이 거리에서 담배 피우고 싶으면 피우고, 피우기 싫으면 안하면 된다. 거리에서 담배 피우는 것이 싫으면, 남녀 모두에게 피우지 말라고 해야 한다. 피워도 되는데 무언가 그것을 막고 있다면, 그래서 '선택'을 어렵게 한다면, 그것은 관습의 이름이건 미풍양속의 이름이건 잘못된 것이다. 중동여인의 두건도, 거리의 흡연도 선택할 수 있는 것은 좋은 것이다.

(2) 거리에서 담배 피우는 여인이, 아니 담배 피우는 여인이 다 임신

한 여자인가? 임신했을 때 담배가 안 좋다면 피우지 않는 것을 권장해야 한다. 임신 안한 여자들이 거리에서 담배를 피우겠다고 하는 것에 대해 임신을 얘기하면서 좋지 않게 볼 이유는 없다고 본다. 지금 문제는 임신한 여자에게 담배가 좋은가 나쁜가가 아니라, 왜 '거리'가 흡연과 관련해서 남성들만의 공간인가라는 것이다.

(3) 상징을 타파하는 것과 정치사회적 평등의 쟁취 사이에 대한 부분에서는 천광거사님이 나와는 의견을 달리하는 것 같고, 현재로서는 이를 좁히기는 힘들지도 모르겠다는 생각이다. 나는 언어를 비롯한 우리 주위의 상징이 우리의 사고를 상당 부분 규정하고, 우리 사고는 우리의 행동을 결정한다고 믿는다. 그래서 말, 관습, 막연하게 옳다고 믿어지는 것, 별 의심없이 우리가 받아들이는 언술들, 그냥 접하는 사회의 공간들, 이런 것들에 녹아 있는 정치성을 분석하고 이를 진보적인 방향으로 이끄는 것이 중요하다고 생각한다.

내게 흡연과 관련해서 거리는 정치적 공간이다. 이를 놓고 싸우는 것이 사소해 보일 수는 있어도 결코 여자들의 치기는 아니다. 한국 여자들이 "언제는 여자가 거리에서 담배를 맘놓고 못 피운 적 있었어" 하면서 웃으려면 아직도 오랜 시간과 그 시간 동안의 싸움이 필요하다. '파적'의 '거리 흡연 이벤트'는 이를 위한 작은 시작이다.

경쟁과 협동에 대해

코메스 | 대선(大選)과 우리 시대 진보의 모습

한 열흘쯤 전인가. 보스턴에서 전·현직 프런티어 멤버들이 다 모이는 자리를 가진 적이 있다. 그 자리에 몇해 전 학생운동의 양대 진영 NL과 PD를 모두 비판하면서 새로운 학생운동을 표방한 '21세기 진보연합'을 띄우느라고 애를 많이 쓴 89학번 후배 한명도 끼였다. 얘기가 무르익으면서 화제는 자연히 한국의 대선으로 넘어갔고, 한국사회의 제반 모순과 이를 해결하는 한가지 중요한 과정으로서의 대선의 의미에 대해 이런저런 얘기를 하던 중, 그 자리에 있던 선배 한명이 그 89학번 후배에게 느닷없이 다음과 같은 질문을 던졌다.

"그렇다면 너는 한국사회의 기본모순이 무엇이라 생각하니?"

그 후배는 주저없이 대답했다.

"그야 당연히 노–자간의 모순이죠."

노–자간의 모순! 언제 들어도 '징한' 말이다. 이 한마디 말을 가슴에 품고 앞만 보고 달리던 시절이 있었으니까. 그런데 그 순간, 조금 취한

탓이었는지 이 말이 갑자기 낯설게 다가왔다. 왜일까.

한 가지 답은 즉각 나왔다. 레닌과 중국공산당에 의해 현실화된 맑스주의 이론과 그 사회에 대한 나의 신뢰는 예전 같지 않다. 소련과 동독은 붕괴했고, 북한은 지구상에서 정치적으로나 경제적으로 가장 후진국 중 하나이고 국민의 먹고사는 문제조차 해결하지 못하고 있다. 그런데 아직도 노-자간의 기본모순이라니! 그래서 어쩌겠다는 건가. 왜 우리는 아직도 이 '기본' '모순'과 같은 범주를 부둥켜안고 있는 것인가.

두번째 이유는 조금 생각해야 했다. 모순은 눈에 보이거나 경험되지 않는다. 눈에 보이고 경험되는 것은 다양한 부류의 사람들이 매일매일 맺는 피곤하고 즐거운 인간관계, 그 속에서 교차되는 느낌들, 손에 쥐는 월급봉투, 피부로 느끼는 생활의 각박함 등이다. 부산에서 일하는 한 노동자는 아이들에겐 엄한 아버지로, 부인에겐 오랑우탄으로, 낙동강 오염에 대해선 무관심하거나 무기력하고, 파업 때엔 호남의 노동자와 뜨겁게 연대했다가 대선 때는 영남 자본가와 마음이 통해서 영남 후보를 찍을 수 있다. 그의 일상과 경험은 중층적이고 노-자간의 모순이라는 법칙으로 환원 불가능하다.

노동자의 삶은 언제나 이런 식이었는지 모른다. 사회는 이런 일상적인, 균일하지 않은 삶의 총체로 이루어진 어떤 것이다. 이렇게 카오스적인 사회에서 '모순'을 발견한 것은 맑스의 위대한 통찰 덕분이었다. 마치 행성이 서로 다른 주기로 제각기 타원운동을 한다는 케플러의 천체 현상의 기술로부터, 눈에 보이지도 않고 느낄 수도 없는 만유인력이라는 힘의 존재를 끄집어낸 뉴튼의 업적 비슷한 것이었다. 실제로 맑스는 과학혁명과 뉴튼 과학이 열어놓은 근대의 프로그램의 정점에 있었다. 뉴튼이 자연을 이해할 수 있고 인간을 위해 통제할 수 있는 것으로 만들었다면, 맑스는 사회를 과학적으로 이해할 수 있고 바꿀 수 있는 것으로 만들었다.

맑스는 공장제도의 발달에서 새로운 종류의 사회적 통제를 보고, 기계의 발달과 같은 생산력 발전에서 노동의 소외를 읽고, 노동자의 월급에서 잉여가치의 수탈을 발견했다. 뉴튼이 자연의 체계를 그 근본에서 읽어냈듯이, 맑스는 사회를 표면에서가 아니라 그 구조의 깊숙한 근저에서 새롭게 읽어냈다. 그의 독해는 '노동의 사회적 성격과 생산수단의 사적 소유' 사이의 모순, 즉 '노-자간의 모순'으로 압축되었다. 이 모순은 자본주의를 대체하는 새로운 사회주의 사회를 만듦으로써'만' 해결가능한 것이었다. 맑스와 엥겔스는 자신들의 사회·역사이론을 사회에 대한 '과학'이라고 주창했고, 레닌과 그 후계자들은 이를 더욱 정교화함으로써 '변증법적 유물론'을 '개별 과학 위에 있는 어떤 것'으로까지, 중세시대의 신학의 지위로까지 격상시켰다. '모순'은 과학이 발견한 우리 사회의 '진리'였다.

그렇지만 뉴튼 과학이 자연에서 인간의 냄새를 앗아갔듯이, 맑스의 사회이론은 사회로부터 인간 '경험'의 다양함을 거세했다. 절대적인 과학의 법칙 앞에 사람들의 삶과 경험의 다양성은 별로 의미가 없었다.

과학이 자연에 대한 '객관적' '보편적' 진리라는 주장은 지난 30년간 서서히 부서지기 시작했다. 지금은 많은 사람들이 과학을 '자연에 대한 시기의 가장 설득력있는, 그럴듯한 설명' 정도로 간주하고 있다. 그렇기 때문에 과학엔 진보가 있고 논쟁이 있다. 그렇기에 과학엔 합의가 있고 또 오래된 합의가 새로운 이론에 의해 하루아침에 무참히 부서지기도 한다. 모든 자연과학이 궁극적인 입자와 힘을 기술하는 수학화된 물리학으로 다시 씌어질 것이라는 믿음은, 지금은 물리학 내에서도 잘

통하지 않는다. 과학은 자연을 대상으로 하지만 동시에 사람이 만들어 낸 것이며, 그 과정엔 사회문화, 기술, 종교, 이데올로기 등이 다양한 방법으로 영향을 미친다.

자연과학에 대한 생각이 바뀌고 있는 지금, 우리는 우리가 '과학'적 진리라고 믿는, 예를 들어 '모순'과 같은 것에 대해 다시 한번 생각해봐야 하지 않을까? 21세기 진보는 우리가 사회를 '과학적'으로 이해하고 있으며, 이를 우리 생각대로 바꿀 수 있다는 확신에서 벗어나는 것으로부터 출발해야 하지 않을까? 그러기 위해선 우선 과학으로, 모순으로, 추상으로 환원될 수 없는 우리의 삶·경험·일상·순간의 복잡한 모습부터 다시 읽는 법을 배워야 하지 않을까? 그리고 이 바탕 위에 우리는 서로의 '차이'를 존중하되 이것이 '차별'로 나아가지 않게 하는 새로운 진보정치의 프로그램을 생각해봐야 하지 않을까? 12월 대선을 진보정당이나 노동자당의 전초전이 아니라, 이런 새로운 진보를 위한 하나의 징검다리를 놓는 것으로 파악해보는 것이 어떨까.

하킴 | 한국사회의 문제: 경쟁의 결핍

나는 진보의 모습은 한국사회의 '모순'을 찾는 데서가 아니라, 각자의 복잡한 삶에서 찾아야 한다는 코메스의 말이 위험하게 느껴진다. 그가 말하는 "21세기 진보는 우리가 사회를 '과학적'으로 이해하고 있으며, 이를 우리 생각대로 바꿀 수 있다는 확신에서 벗어나는 것으로부터 출발해야" 한다는 것이나, "그러기 위해선 우선 과학으로, 모순으로, 추상으로 환원될 수 없는 우리의 삶·경험·일상·순간의 복잡한 모습부터 다시 읽는 법을 배워야" 한다는 것이 한국사회를 관통하는 어떤 핵심적인 문제가 없다는 것으로 들리기 때문이다. 뿐만 아니라 핵심적인 문제가 없기 때문에 바꿀 수도 없다는 것으로 들린다.

나는 한국사회의 '모순'인지는 모르겠으나, 핵심적인 문제는 '경쟁의 결핍'이라고 생각한다. 대학입시라는 세계 최대의 입시경쟁이 있는 나라에서 무슨 경쟁의 결핍이냐구? 세계 최대의 입시경쟁은 한판의 경쟁이 인생의 성패를 가르기 때문에 생겨난다. 즉 한판의 경쟁이 아닌 여러 번의 경쟁이나 인생 내내의 경쟁이 허용된다면, 인생의 많은 경쟁 중의 하나인 대학입시에 그토록 목숨을 걸지는 않는다. 한번의 경쟁은 학벌에 의한 차별과 긴밀한 관계가 있다. 서울의 일류대학이 아니면 취직원서조차 받지 않는 직장이 있기에 대학입시에 목숨을 거는 것이지, 극성 엄마 때문에 대학입시문이 지옥문이 되는 것은 아니다.

그래도 대학 졸업장으로 결판이 나는 것은 한번이라도 경쟁을 할 수 있다는 점에서 낫다. 여자로 태어나면 그나마 그 경쟁에 끼여보지도 못한다. 전라도에서 태어난 것도 그 경쟁에 끼지 못하는 이유가 된다.

그러니까 우리나라는 좀 과장되게 말하면, 전라도나 여자를 제외한 남자들끼리만 한번 경쟁해서 인생의 성패를 가르는 나라이다. 개인들에게는 경상도에서 태어나 서울대에 입학하기만 하면 더이상 노력할 동기가 없어지는 사회이다. 세계에서 제일 열심히 공부하던 고등학생들이 일단 대학에 들어가면 당연히 공부를 열심히 해야 할 동기가 없어진다. 서울대 'C'학점이 다른 지방 대학의 'all A'보다 낫다는데야 어쩌겠는가? 이런 경쟁의 결핍은 능력있는 인력을 양성할 수 없게 만들며, 경쟁이 없기에 서비스, 기술 수준이 잘 발전하지도 못한다. 이것이 우리나라의 핵심적인 문제이다.

　나는 노-자간의 모순이 한국사회의 기본모순이라고 생각지 않는다. '모순'이라기보다 가장 핵심적인 '문제'는 한국사회가 경쟁결핍의 사회라는 것이다. 노동자도 재교육을 통해서 다시 경쟁하고 경영자가 될 수 있는 사회가 되면 되는 거 아닌가? 누구나 교육을 받을 기회를 가질 수 있고 '능력'이 있으면 경영자가 될 수 있는 거 아닌가?

　나이가 많다고 고용하지 않는 것도 경쟁의 결핍이다. 나이 어린 사람들끼리만 경쟁하겠다는 것이다. 사법고시에서 몇백명만 뽑는 것도 경쟁의 결핍이다. 한번만 고시에 붙으면 그 다음부터는 경쟁할 필요가 없게 된다. 경쟁이 필요없는 전문가 집단에서는 발전이 있을 수 없다. 한국의 대학교수의 수준이 낮은 이유도 여기에 있다.

　사람들로 하여금 한판승부가 아닌 여러 번의 승부를 겨루게 하는 것, 내내 경쟁하도록 만드는 것이 한국사회가 나아가야 할 방향이다.

코메스 | 하킴의 여러 판의 경쟁: 한 가지 비판

　나는 하킴이 내 얘기를 왜 "위험하다"고 간주했는지 아직도 잘 이해가 안되지만, "사회를 이해하거나 통제할 수 있다는 확신을 버리자"는 내 얘기가 "어떤 형태로도 사회를 바꿀 수 없고 또 그러려고 해서도 안된다"는 식으로 이해될 수 있을지도 모른다는 생각은 든다. 내가 얘기하려 한 것은, "사회를 바꾸려 하는 대신에 생각하는 방식을 바꾸자"는 식의 사치스런 주장도, 한국사회가 아무런 문제가 없다는 얘기도 아니다. 사회운동과 정치가 필요없고 선(禪)과 텍스트의 세계로 함몰하자는 얘기가 아니라, 단지 우리가 사회문제나 모순을 '과학적으로' 이해한다고 얘기할 때, 그것을 이해한다고 생각하는 우리 자신의 근거에 대해, 그것을 가능케 하는 우리의 사고와 경험의 밑바닥에 대해 조금 더 '반성적'이 되어보자는 것이다.

한가지 예를 들어, 모순이라는 거대한 과학적 범주 앞에서 피부로 느끼는 차별을 부차적이고 순간적이라고 생각지 말고 그것의 실재성에 주목하자는 것이다. 각자가 서로 다른 정도와 서로 다른 방식으로, 서로 다른 순간에 느끼는 남녀 차별을 노-자간의 기본모순이라는 '과학'의 하위개념으로 놓지 말고 이 경험과 느낌을 정치 프로그램으로 '번역'하는 방법을 찾아보자는 것이다. (도대체 선거철만 되면 전라도 자본가와 노동자는 김대중, 경상도 자본가와 노동자는 김영삼을 찍었던 상황에서 노-자간의 기본모순이 얼마나 중요한 의미를 지니는가?)

나는 한국사회의 중요한 문제 중 하나가 사람들 사이의 자연적인 다양한 '차이'를 '차별'로 고착해온 것이라고 생각했고, 우리 시대 진보의 한 모습은 이 반대방향, 즉 '차별'을 '차이'로 바꾸는 정치 프로그램이라 본 것이다. 나는 이 점에서 하킴과 큰 차이가 있다고는 생각지 않는다.

나와 하킴의 다른 점은 그 방법에 있다. 하킴은 차별을 없애는 방향으로 '여러 판의 경쟁'을 제시하고 있다. 나는 이 여러 판의(어쩌면 무한의) 경쟁이 한국사회의 개혁에 무척 중요한 화두라고 생각한다. 한국사회에 룰이 공정한 경쟁이 없고 그것이 많은 문제를 야기한다는 데도 물론 동의한다. 그렇지만 경쟁이 전부가 될 수는 없다고 생각한다. 경쟁의 확보는 한가지 방법이지 만병통치약은 아니다. 다음은 그 이유이다.

먼저, 조금은 추상적인 얘기지만 경쟁이 우선인 사회에서도 '차이'가

'차별'로 바뀔 가능성이 존재한다. 예를 들어 경쟁을 좋아하는 사람과 선천적으로 그렇지 못한 사람의 차이이다. 나 같은 사람은 경쟁을 좋아한 적도, 잘한 적도 별로 없는 사람이다. 사람의 기질이 제각각이라면 세상에는 이기기 좋아하는 사람도, 이기는 데 별로 관심없는 사람도 있다. 이기려고 애쓰는 사람을 보면, '아 나도 저렇게 돼야지' 생각하는 사람도 있고, '저렇게 해서 뭐하나' 생각하는 사람도 있다. 남을 이기고 젖히는 재미에 연구를 하는 사람도 있고, 다른 사람과 협동하고 그냥 좋은 결과를 내고 싶어서 연구를 하는 사람도 있다. 결혼과 사랑을 서로의 이익을 극대화하려는 경쟁과 이를 위한 계약으로 보는 사람도 있고 조금씩의 희생을 바탕으로 한 공생으로 보는 사람도 있다.

무한정의 경쟁은 결국 이 사회에서 한 부류의 사람들——경쟁을 좋아하고 즐기는 사람들——과 그렇지 못한 사람들의 차이를 차별로 고착시킬 수도 있다. 시험을 백번 본다고 꼴찌하다가 수석이 되는 기회를 잡는 사람이 몇이나 될까?

두번째로, 조금 더 실제적인 문제로 경쟁이 잘 통하지 않거나 경쟁으로 해결하기 어려운 차별도 있다. 예를 들어, 장애인, 동성애자, 정신적으로 조금 미성숙한 사람들에 대한 차별이다. 아마 한국에서 동성애자로 태어났거나 어떤 과정을 거쳐 게이가 되었다면, 이 한가지 이유만으로 그(녀)가 겪는 차별은 여자나 전라도 사람이 겪는 차별보다 더하면 더했지 덜하지 않을 것이다. 장애인이나 정신적으로 조금 미성숙한 사람들이 겪는 차별도 마찬가지다. 한국을 경상도 남자만의 한판승부의 세계라고 했는데, 게이나 장애자나 정신적으로 미성숙한 사람들도 여기서 제외된다. 기업에서는 대략 50세 이상의 남자, 학교에선 65세 이상의 남자도 여기서 제외된다. 나는 이런 문제가 경쟁을 강화하고 그

216

횟수를 늘린다고 해서 해결되는 것은 아니라고 본다.

물론 나의 이러한 비판이 실제적이라기보다는 조금 추상적인 얘기라는 것을 알고 있다. 한국사회는 취직을 하고 싶어도 원서조차 얻을 기회가 없어서 좌절하는 대학생들과, 그 힘든 취직문을 열고 들어가도 대놓고 차별을 받는 여자들이 아직은 다수인 사회이다. 경쟁의 룰을 세우고, 이 경쟁의 횟수를 늘리고, 이를 강화해야 한다는 데는 이의가 없다. 그렇지만 하킴과 같이 한국 프러페셔널, 지식노동자의 사회이념을 주도하는 사람들은 경쟁만이 만연한 사회가 우리가 진정 원하는 사회인가를 처음부터 한번 신중하게 고려해보아야 할 것이다. 몇년 전 하킴, 스카이와 함께 논쟁할 때, "경쟁이 의미가 있기 위해서는 승자와 패자의 차이가 너무 커서는 안된다"고 한 얘기가 생각난다. 경쟁에서 낙오하거나 이에 미숙한 사람들은 패자가 아니라 승자와 마찬가지로 우리 시민사회의 중요한 구성원이기 때문이다.

하킴 | 코메스의 비판에 대한 재비판

코메스는 "경쟁의 확보는 한가지 방법이지 만병통치약은 아니다"라고 했는데 나는 경쟁의 확보가 만병통치약이라고 한 적은 없다. 한국사회의 '핵심적' 문제의 처방이라는 말이다.

예를 들어 경쟁을 좋아하는 사람과 선천적으로 그렇지 못한 사람의 차이이다. 나 같은 사람은 경쟁을 좋아한 적도, 잘한 적도 별로 없는 사람이다.

코메스는 여기서 암묵적인 가정을 하고 있는데, 그것은 '선천적'으로 경쟁을 좋아하고 잘하는 사람들이 있고 이런 사람들이 경쟁에서 이긴다는 것이다. 코메스가 자신을 예로 들어 경쟁을 좋아한 적도 잘한 적도 별로 없는 사람이라고 했지만 몇번의 경쟁에서 이기고 지금 그 자리에 서 있는 것이 아닌가? 만일 캐나다가 경쟁시스템이 아니었다면, 코메스는 조교수가 절대로 되지 못했을 것이다.

사람의 기질이 제각각이라면 세상에는 이기기 좋아하는 사람도, 이기는 데 별로 관심없는 사람도 있다. 이기려고 애쓰는 사람을 보면, '아 나도 저렇게 돼야지' 생각하는 사람도 있고, '저렇게 해서 뭐하나' 생각하는 사람도 있다.

경쟁의 룰은 서비스와 상품을 사는 고객이 얼마나 그 서비스에 만족하느냐에 있어야 한다. 이 룰이 잘 확립되어 있다고 할 때, 좋은 상품과 서비스를 만들어 팔 수 있는 사람만이 경쟁에서 이기는 것이다. '저렇게 해서 뭐하나' 즉, '저렇게까지 고객의 요구에 신경써서 뭐하나' 하는 사람들은 고객의 돈을 받아서 살기는 어려운 것이다. 그것은 경쟁에서 지는 것이다. 본인이 '자신'의 가치관과 '자신'의 뜻에 따라 살려면 사는 거다. 다만 그 값을 고객이 지불해서는 안된다. 코메스가 말하는 '경쟁을 좋아하지 않는 사람들'이 고객의 만족에 무관심하다면, 고객으로부터 차별받는 것은 당연하지 않은가? 고객의 만족에 무관심한 사람들과 고객의 만족에 늘 신경쓰는 사람들이 아무 차별이 없다면, 어떻게 발전이 가능하겠는가?

시험을 백번 본다고 꼴찌하다가 수석이 되는 기회를 잡는 사람이 몇이
나 될까?

만일 매번 보는 시험이 전 과정과는 항상 다르다면 백번 시험에서 꼴
찌하다가 수석이 되는 기회를 잡는 것은 어렵지 않다. 왜냐하면 백번
중에 자신이 관심있는 분야, 소질있는 분야를 공부해서 1등을 할 수 있
기 때문이다. 문제는 지난번 성적이 좋은 사람에게만 시험공부할 더 좋
은 환경을 줄 때이다. 시험성적이 좋다는 것 때문에 무언가 상을 주어
야 하는데, 그 상으로 시험공부하기 더 좋은 환경을 만들어준다면, 1등
을 한번 할수록 또 1등 할 확률은 더 커진다. 즉 백번의 기회가 모든 사
람에게 똑같이 가지 않게 된다. (이건 어려운 문제이다.) 그러나 백번
하면 이런 문제가 있다고 해도 경쟁을 한번 하는 것보다는 시험보는 사
람들의 평균 수준은 올라가고 한번쯤 1등 한 사람들의 수도 늘어날 것
이다. 더구나 시험이 여러 과목이라면 누구나 한번쯤은 1등 할 수도 있
는 것이다.

두번째로, 조금 더 실제적인 문제로 경쟁이 잘 통하지 않거나 경쟁으
로 해결하기 어려운 차별도 있다. 예를 들어 장애인, 동성애자, 정신적으
로 조금 미성숙한 사람들에 대한 차별이다. … 기업에서는 대략 50세 이
상의 남자, 학교에선 65세 이상의 남자도 여기서 제외된다. 나는 이런 문
제가 경쟁을 강화하고 그 횟수를 늘린다고 해서 해결되는 것은 아니라고
본다.

나는 이 대목을 읽었을 때 차이와 차별에 대한 코메스의 정의가 무엇

인지 의문이 들었다. 우선 정신적으로 미성숙한 사람들은 당연히 차별
을 받아야 한다. 그들은 보통사람들이 할 수 있는 일을 같은 효율성으
로 할 수가 없다. 어떤 사람들은 특별한 시설에서 길러져야 할 것이다.
이들이 편안하게 살 수 있는 것은 잉여생산을 할 수 있는 다른 사람들
의 세금 때문일 것이다. 부양을 받아야 되는 사람들이다. 부양을 해야
하는 사람들이 잉여생산을 얼마나 많이 잘 만드느냐에 달린 사람들이
다. 당연히 차별받아야 하는 것 아닌가?

　장애인의 경우는 어느 직업이냐에 따라, 장애부위가 어디냐에 따라
경쟁력이 있을 수도 없을 수도 있다. 육상선수로 소아마비인 사람을 뽑
을 수는 없는 일이니까. 호킹은 말은 못해도 세계적인 과학자이고. 나
는 이것이 왜 경쟁으로 해결이 안되는 문제인지 모르겠다. 경쟁의 룰은
'고객의 만족'이다. 고객이 만족할 만한 상품과 서비스를 만들 수 있는
사람이면 나이가 많든 적든 장애자이든 아니든 기회가 '공평히' 주어
져야 하고 '고객의 만족도'는 계속해서 점검되어야 한다. 즉 경쟁이 계
속되어야 한다는 것이다.

　　그렇지만 하킴과 같이 한국 프러페셔널, 지식노동자의 사회 이념을 주
　도하는 사람들은 경쟁만이 만연한 사회가 우리가 진정 원하는 사회인가
　를 처음부터 한번 신중하게 고려해보아야 할 것이다.

　　경쟁이 없는 사회를 우리는 지금까지 경험해왔다. 경쟁'만'이 만연한
사회가 우리가 진정 원하는 사회가 아니라고 주장하는 사람들이 '신중
하게' 고려한 처방이 무엇인지 나는 궁금하다. "잘해야 한다"인가?

코메스 | 하킴의 경쟁과 잘난 사람들의 사회

하킴은 "나는 경쟁의 확보가 만병통치약이라고 한 적은 없다. 한국사회의 '핵심적' 문제의 처방이라는 말이다"라고 했지만, 그녀의 이전 글에서는, "노동자도 재교육을 통해서 다시 경쟁하고 경영자가 될 수 있는 사회가 되면 되는 거 아닌가? 누구나 교육을 받을 기회를 가질 수 있고 '능력'이 있으면 경영자가 될 수 있는 거 아닌가?"라고 했다. 노동자도 '경쟁'을 통해서 (누구와의 경쟁인가, 노동자들 사이의? 아니면 노동자와 경영자 사이의?) 경영자가 될 수 있다는 생각은 경쟁이 만병통치약이라는 것과 무엇이 얼마나 다른가?

코메스는 여기서 암묵적인 가정을 하고 있는데, 그것은 '선천적'으로 경쟁을 좋아하고 잘하는 사람들이 있고 이런 사람들이 경쟁에서 이긴다는 것이다. 코메스가 자신을 예로 들어 경쟁을 좋아한 적도 잘한 적도 별로 없는 사람이라고 했지만 몇번의 경쟁에서 이기고 지금 그 자리에 서 있는 것이 아닌가? 만일 캐나다가 경쟁시스템이 아니었다면, 코메스는 조교수가 절대로 되지 못했을 것이다.

사회가 경쟁으로 몰고 가는 식이 되면, 경쟁을 좋아하는 사람들이 이기기 쉽다는 것은 상식 아닌가? 주먹이 좀 세도 다른 사람을 때리는 것을 별로 좋아하지 않는 사람은 싸움에서 터지기 십상 아닌가? 이런 사람은 권투선수로는 출세하지 못하는 것 아닌가? 하킴이야말로 경쟁을 좋아하고 잘했던 경험이 있고, 이를 통해 '출세'하지 않았는가? 그리고 바로 이러한 이유에서 하킴이야말로 자신의 암묵적인 가정을 투영하는

것이 아닌가? 무슨 근거로 내가 조교수가 된 것이 경쟁시스템 때문이
라고 단언할 수 있나?

'저렇게 해서 뭐하나' 즉, '저렇게까지 고객의 요구에 신경써서 뭐하
나' 하는 사람들은 고객의 돈을 받아서 살기는 어려운 것이다. 그것은 경
쟁에 지는 것이다. 본인이 '자신'의 가치관과 '자신'의 뜻에 따라 살려면
사는 거다. 다만 그 값을 고객이 지불해서는 안된다.

우리 사회는 백화점이 아니며, 우리 사회의 인간관계는 백화점의 고
객과 매장 주인의 관계보다 훨씬 더 다양하다. 고객-주인의 관계만이
아닌, 가족관계, 친구관계, 직장의 동료·상사·후배와의 관계…… 이
런 다양한 관계가 사회의 중요한 부분임은 부인할 수 없다. 사회는 시
장과 공동체의 복합체이다. 수요공급의 원칙은 경제 영역 내에서조차
인간의 활동을 충분히 설명하지 못한다.

코메스가 말하는 '경쟁을 좋아하지 않는 사람들'이 고객의 만족에 무
관심하다면, 고객으로부터 차별받는 것은 당연하지 않은가?

나는, "내 돈 내고 내가 사고 싶은 것 사고, 하고 싶은 것 하는데 네가
왠 참견이냐"는 식의 얘기를 당연하다고 생각하지 않는다.

시험성적이 좋다는 것 때문에 무언가 상을 주어야 하는데, 그 상으로
시험공부하기 더 좋은 환경을 만들어준다면, 1등을 한번 할수록 또 1등
할 확률은 더 커진다. 즉 백번의 기회가 모든 사람에게 똑같이 가지 않게

된다. (이건 어려운 문제이다.) 그러나 백번 하면 이런 문제가 있다고 해도 경쟁을 한번 하는 것보다는 시험보는 사람들의 평균 수준은 올라가고 한번쯤 1등 한 사람들의 수도 늘어날 것이다. 더구나 시험이 여러 과목이라면 누구나 한번쯤은 1등 할 수도 있는 것이다.

여기에 두 가지 문제가 있다. 하나는 '시험'이 사람의 어떤 분야의 재질을 잘 보여준다는 것이고, 두번째는 '시험'과 '경쟁'만을 통해 모든 사람이 공정하게 자질을 발휘할 수 있는 시스템을 만들 수 있다는 가정이다. 초등학교 때부터 고등학교 졸업할 때까지, 아니 고등학교 3년 동안 대학입시를 위해 대체 몇번의 시험을 치렀는가를 생각해보라. 왜 초등학교의 성적표에 등수가 없어졌는지도 생각해보라. 나는 각각의 사람이 서로 다른 분야에서 재능이나 소질을 가지고 있다고 생각하지만, 이것이 수많은 시험과 경쟁'만'을 통해서 발견되고 개발된다고는 생각하지 않는다.

우선 정신적으로 미성숙한 사람들은 당연히 차별을 받아야 한다. 그들은 보통사람들이 할 수 있는 일을 같은 효율성으로 할 수가 없다. 어떤 사람들은 특별한 시설에서 길러져야 할 것이다. 이들이 편안하게 살 수 있는 것은 잉여생산을 할 수 있는 다른 사람들의 세금 때문일 것이다.

나는 여기서 내 친구 하킴이 '잘난' 사람들의 '우생학(優生學)'의 함정에 빠진 것이 아닌가 걱정이 된다. 무제한의 경쟁을 조정하는 것은 20세기 복지국가의 기본정신이다. 정신적으로 미성숙한 사람들에게 들어가는 의료비를 계산해서 국민 한 사람이 얼마만큼의 세금을 더 내야 하는지를 계산하는 문제는, 히틀러의 독일 제3제국이 초등학교 수학문제로 즐겨 사용한 문제다.

호킹은 말은 못해도 세계적인 과학자이고. 나는 이것이 왜 경쟁으로 해결이 안되는 문제인지 모르겠다. … 경쟁'만'이 만연한 사회가 우리가 진정 원하는 사회가 아니라고 주장하는 사람들이 '신중하게' 고려한 처방이 무엇인지 나는 궁금하다.

나는 호킹이 예외이자 좋은 예라고 생각한다. 호킹의 성공에는 그의 옆에서 격려하고 돌본 사람들의 희생이 있었음을 잊어서는 안될 것이다. 젊고 건강했을 때의 호킹은 아마 하킴 이상으로 경쟁을 즐기고 잘하는 사람이었을 것이다. 그가 불치의 병이 들고 '타의'에 의해 이 무서운 경쟁시스템에서 한발짝 물러서면서, 과학의 근원에 대해 다시 생각해보고 그의 독특한 우주론의 기초를 만든 것으로 알고 있다.

사실 하킴의 논리의 가장 중요한 문제는 경쟁의 결과에만 주목하지 그 과정을 무시한다는 것이다. 나의 경우 토론토에서 내 논문을 지도하면서 내 거지 같은 영어에 괘념치 않고 내 글의 아이디어를 높이 사준 지도교수의 도움이 있었다. (지금 내가 그때 쓴 글을 읽으면 나도 읽기 어려울 정도다.) 만일 내 지도교수가, 다른 수많은 미국 교수가 한국학생에게 하듯이, "너는 영어공부나 더 하고 와라"고 나를 '경쟁'으로 내몰았으면 지금의 나는 없을지 모른다.

우리는 우리 삶의 중요한 순간순간에 이러한 도움을 받고, 또 주는 경험을 한다. 이는 알게 모르게 우리의 삶과 사회의 중요한 부분을 형성한다. 이런 도움이 제도화되고 구조화된다면, 경쟁은 조금 더 인간적이고 즐거운 것이 될 수 있다. 이런 도움 중에 어떤 것은 자유경쟁을 어떤 식으로든 조금 제한하는 것으로 나올 수도 있다. 경쟁을 하지 말자는 얘기가 아니라, 경쟁과 동시에 서로 돕는 시스템을 만들자는 것이다. 경쟁만을 강조하는 미국과, 협동과 공동체만을 강조한 구 공산주의 국가가 모두 많은 사회문제를 안고 있음을 생각해보자. 이 둘이 현명하게 공존하는 방법을 생각해보자는 얘기다.

스카이 │ 하킴과 코메스: 경쟁과 협동과 정치

대학시스템을 가지고 티격태격하던 걸출한 젊은 역사학자와 과학자가 이제 경쟁과 협동이라는 화두를 들고 대판 붙었다. 마구 싸움을 하는 것 같아도 자세히 들여다보면 중요한 얘기들은 다 들어 있다. 현재의 미국과 한국 얘기들만 많이 하는 것 같아서, 한 백년 전쯤 얘기도, 한 오백만년 전쯤 얘기도 덧붙이고 싶어서 끼여든다.

왼쪽 끝에 100% 협동이 오른쪽 끝에 100% 경쟁이 있다 하고 코메스와 하킴이 어디쯤 있을까를 알아보는 것은 쉽지 않다. 하킴이 클린턴보다 오른쪽인가를 알아보는 것은 쉽지 않고, 코메스가 토니 블레어보다 왼쪽인가를 알아보는 것도 쉽지 않다. 하지만 둘이 말하는 양을 보면 확실히 하킴이 코메스의 오른쪽에 코메스가 하킴의 왼쪽에 있는 것 같다. 두 사람의 절대 좌표는 정하기 어렵지만 상대 좌표는 쉽다.

현대사회를 보면 기기묘묘한 경쟁촉진 장치와 경쟁제한 조치가 아주 복잡하고도 절묘하게 짜여져 있다. 제도라는 것의 알맹이에는 바로 이 경쟁의 촉진과 제한의 룰이 있다는 걸 알 수가 있다. 하다 못해 권투시 합의 룰을 봐도 심판이 슬슬 피하는 선수에겐 주의를 주어 열심히 싸우라고 독려하다가(경쟁촉진), 입으로 물어뜯는다든지 발로 찬다든지 하면 경고를 주거나 실격시키거나 한다(경쟁제한). 결혼제도를 보면 미혼자들에게는 미팅을 주선한다든지 중매를 선다든지 해서 여러 사람을 만나게 하다가(경쟁촉진), 결혼하면 다른 사람은 안 쳐다보겠다는 맹세를 하게 하고 혹시라도 딴데로 눈을 돌리든지 하면 불륜이니 어쩌니 난리를 피우거나 간통죄로 처벌할 수 있게 된다(경쟁제한).

특히 영국과 미국사회에 절묘하게 짜여진 이런 경쟁촉진과 경쟁제한 제도에 주목하여 노벨경제학상을 받은 더글러스 노스는 결국 이러한 경쟁시스템의 우열이 경제력의 우열을 낳는다고 보고 있다. 사실 더글러스 노스는 자본주의체제, 특히 영국의 시장＝경쟁촉진 제도가 어떻게 영국을 다른 나라보다 머리 하나는 더 큰 경제 거인으로 키울 수 있었는가를 설득력있게 보여준다.

내가 보기에 하킴과 비슷한 주장의 지적 흐름을 들라면 밀튼 프리드만, 게리 베커, 더글러스 노스 등의 시카고대학 경제학과의 노벨상 수상자 마피아들일 듯싶다. 이들은 자본주의가 어떻게 중세의 경쟁제한 조치들을 박살내고 탄생·발전했는가에 감탄하고, 동구의 공산주의, 서구의 사회민주주의, 미국의 뉴딜식 리버럴국가가 또다시 수행하는 경쟁제한 조치들에 대해 아주 적대적이다. 이들이 보기에 중세의 귀족이나 성직자와 근대 복지국가의 관료는 하나도 다를 게 없다.

이들의 공격의 칼끝에는 경쟁을 제한하는 모든 법률적·행정적·관습적·윤리적 제도들이 있다. 이들의 글들에선 마치 150년 전 맑스의 글과 같은 분노와 혁명적 열정의 냄새를 맡을 수 있다. 프리드만은 예를 들어 의사·변호사 등의 자격제한 조치를 없애버려야 한다고 주장한다. 의사의 자격을 정하는 것은 의료 서비스의 소비자들이지 자기들 스스로가 자격을 정한다고 되는 것이 아니라는 것이다. 18세기의 경쟁론자 애덤 스미스가 자본가들은 모이기만 하면 공중을 헤쳐서라도 제 뱃속을 채우려는 자들이라고 했듯이, 20세기의 경쟁론자들은 전문지식인들도 모이기만 하면 공중을 헤쳐서라도 제 뱃속을 채우려는 자들이라고 보는 것이다. 이런 경쟁제한 조치가 의료·법률 서비스의 가격을 높이고 질을 떨어뜨린다는 것이다.

하킴의 글에는 스미스, 맑스, 프리드만이 느낀 불합리한 현실에 대한 분노와 혁명적 열정이 그대로 묻어 있다. 한국사회의 경쟁제한 조치들과 그것이 몰고 오는 차별·불합리·비효율에 대한 적대적 분노가 번득인다. 그녀는 남녀차별을 여성의 참여제한을 통한 경쟁제한으로, 세습재벌 체계를 재벌가 이외의 사람들을 배제하는 경쟁제한으로, 학력차별도 경쟁제한으로, 교수들의 무능과 무사안일도 경쟁제한 체계의 해악으로, 지역차별도 경쟁제한 제도로, 아마 심지어는 결혼제도도 경쟁제한 제도로 여기고 공격할 것이다. 이렇게 보면 하킴은 어쩌면 스미스, 하이에크, 프리드만, 그리고 베커를 잇는 지적 흐름, 99%의 경쟁옹호의 입장에 있는지도 모르겠다. 주장이 선명하고 구체적 사회개혁 프로그램이 있다.

반면에 코메스의 주장은 20세기에 전성기를 맞은 복지국가 모델, 영국의 페이비어니즘, 서구 사회민주주의, 동구의 공산주의 등과 같은 지적 흐름과 궤를 함께하고 있다. 사실은 20세기에 훨씬 잘 받아들여지고 제도화된 모델이다. 미국과 일본의 국가부문은 국내총생산(GDP)의 30%, 서구는 50%, 동구와 중국은 80~100%를 담당하고 있고 담당한 바 있다. 맑스 시대의 부르즈와 국가는 5%도 담당하지 못했다. 20세기는 국가가 시장에 개입해 경쟁을 제한하고 '승자와 패자의 차이를 강제로 줄인(코메스)' '사회에 의한 구제(피터 드러커)' 시스템이 주류를 이룬다.

코메스의 생각대로라면 미국이나 일본은 국가가 너무 작고 경쟁이 너무 치열해서 문제고, 동구와 소련은 국가가 너무 크고 경쟁이 너무 없어서 문제이고, 아마 스웨덴 정도가 '승자와 패자의 차이가 적은' 적당한 경쟁체제가 유지되는 좋은 나라가 될 것 같다.

동구의 붕괴, 신보수주의의 20년 득세, 클린턴에 의한 미국 민주당의 우선회, 토니 블레어에 의한 영국 노동당의 우선회는 이러한 복지국가 모델이 무언가 심각한 문제가 있음을 웅변해준다. 하지만 레이건과 뉴트 깅그리치의 다음에도 아직도 민주당의 클린턴이 정권을 잡고, 20년 동안 숨죽여 지내던 유럽 좌파의 부활은 프리드만과 베커의 프로그램만으로는 뭔가 문제가 있다는 것을, 또 그 프로그램대로 세계가 재편되지는 않을 것임을 보여준다.

그런데 우리나라에는 도대체 누가 필요한가? 밀튼 프리드만이나 뉴트 깅그리치 같은 우파 혁명가가 필요한가? 아니면 유럽의 사회민주주의, 혹은 토니 블레어 같은 인간의 얼굴을 한 자본주의의 건설자가 필요한가? 이도 저도 필요없는가, 아니면 둘 다 필요한가?

마지막 글

잡종, 그 창조적 존재학

　나는 온갖 잡종(雜種, hybrid)을 좋아한다. 그 이유 중 하나는 아마도 지금까지의 내 삶이 잡(雜)스러웠다는 것일 게다. 돌이켜보면 대학때는 자연과학·인문학·사회과학의 겉을 핥으면서 결국 어느 하나도 제대로 하지 못한 채 졸업을 했고, 대학원에서 과학사를 전공하기 시작한 80년대 후반에는 나름대로 학문과 사회운동을 결합한다고 애를 썼지만 그 결과는 스스로 꾸며도 어디 내놓을 정도가 못 되었던 것 같다. 이후에도 내 잡스러운 삶은 계속되었는데, 한국의 박사과정에 적을 두고 외국에서 외국 교수의 지도하에 되지도 않는 영어로 논문을 썼고, 한국 대학의 졸업장을 가지고 외국 대학의 교수 공채에 응모를 했으며, 그 결과 현재 100가지도 넘는 인종과 150가지 언어가 쓰인다는 토론토에서 상당히 다양한 인종·전공의 학생들을(말하자면 잡종 같은 학생들을) 가르치고 있다. 내가 전공하는 과학사는 좋은 말로 하면 20세기에 성공한 대표적인 '간(間)학문'(interdisciplinary field)이요, 막말로 하면 자연과학과 인문학 사이에서 제자리를 찾으려 버둥대는 잡종 같은 존재이다.

이러다보니 내 학문적인 관심도 점차 잡종이 아니고서는 생각하기 어려운 분야로 옮아갔다. 한국에서부터 내 관심은 과학과 기술의 상호작용에 있었고, 논문의 연구주제도 19세기말~20세기초 전기공학의 성립을 중심으로 물리학과 기술의 관계를 조명하는 것으로 설정했다. 따라서 논문을 위해서도 나는 과학사만이 아니라 기술사의 최근 연구 방법과 성과까지 공부할 필요가 있었는데, 아뿔싸 이것이 이후 화근이 될 줄은 당시에는 전혀 몰랐다. 논문을 마치고 한국 대학의 명예를 걸고 북미에서 직장을 잡겠다고 버둥대던 시절, 한번 미국의 어느 대학에서 기술사 하는 사람을 뽑는 경쟁에 최종 후보까지 간 적이 있는데, 결국엔 기술사를 한다기보단 과학사학자라는 이유 때문에 나를 뽑지 않았다는 참담한 얘기를 듣는 경험을 하게 되었다. 몇달 후 다른 경우엔 정반대의 상황이 벌어졌는데, 그때는 나를 기술사학자라고 의심하는 심사위원들 앞에 내가 기술사학자가 아니라 과학사학자라는 사실을 입증하기 위해 땀깨나 흘려야만 했다. 처음 과학사와 기술사에 한다리씩 걸칠 때에는, 나중에 과학사나 기술사를 원하는 경우에 모두 응모할 수 있도록 내 자신의 시장성을 높인다는 계산이 있었지만, 북미의 과학사와 기술사 사이에 존재하는 높은 제도적 장벽은 나의 시장성을 높이기보다는, 나를 마치 양쪽 세계에서 다 배척당하는 박쥐 같은 존재로 만들었던 것이다.

이러한 일들을 겪으면서, 잡종에 대한 나의 시각은 넓어졌고, 또 잡종에 대한 애정도 깊어졌다. 예를 들어, 외국에 있는 한국교포 1.5세, 2세들이 나와는 다른 형태지만 그들 나름대로의 잡종적인 존재조건들을 가지고 있음을 보게 됨으로써, 그들의 삶과 고민이 내게 더욱 따뜻하게 다가올 수 있었다. 시간이 지나면서 이러한 관심은 점차 나의 학문적인 관심에 포용되었다. 나는 과학의 역사를 통해 수많은 잡종 과학자들, 잡종 학문분야들이 존재했음을 볼 수 있었으며, 과학의 발전에 대한 이들의 기여가 무척 중요한 것임을 알게 되었다. 또 나는 이러한 잡종적인 존재들이 순종들이 할 수 없는 방식으로 창조적이라는 것을 알게 되었다. 더 나아가서 나의 관심은 잡종학문의 출현과, 어떤 경우에 이것이 기존의 학문체계 사이에서 성공적으로 자리잡는가로 이동했다. 최근에 나는 잡종을 이해하고 창조적인 잡종을 만드는 문제가 과학사에만 국한된 것이 아니라, 20세기 후반부를 살고 있는 우리 모두가 직면한 가장 어려운 문제라는, 아니 아마도 우리의 삶의 양식의 중요한 일부라는 결론을 얻었다. 이 글은 나의 잡종철학(?)을 간략히 소개하려는 목적에서 씌어졌다.

박쥐, '짬뽕', 회색분자, 그리고 주변인

잡종이란 말이 주는 어감에서 느낄 수 있듯이 사람들은 잡종을 천한 것으로, 되어서는 안될 것으로 여겨왔다. 길짐승과 날짐승의 세계를 넘나들다가 결국 양쪽 모두에서 배척받은 박쥐의 이야기가 잡종의 부도덕성과 그로 인한 몰락을 잘 암시하고 있다. 우리가 사용하는 말에서도, 이것저것 섞는다는 의미의 '짬뽕'이나, 우리가 어릴 때 얼굴색이 조금 검은 애들이나 머리가 꼬불꼬불한 애들에게 늘 붙여졌던 별명인 '튀기' 같은 말들이 잡종을 좋게 안 보는 우리의 심성을 잘 드러내고 있다. 인간 사회에서 잡종의 존재조건을 단적으로 드러내는 집단은 혼혈아들인데, 미국 사회학자들은 한때 미국의 혼혈아들이 흑, 백 어느 인종에도 소속감을 갖지 못함을 지적하면서 이들을 사회를 불안하게 할 소지가 있는 '주변인들'(marginalized social group)로 규정한 적이 있다. 원래 짬뽕과 같은 미국사회에서 잡종에 대한 인식이 이러했으니, 단일민족과 단일문화를 자랑하는 우리의 역사적 전통에 비추어볼 때 잡종에 대한 우리의 편견은 차라리 이해할 만하다고 하겠다.

박쥐의 예를 다시 들어보자. 생물학적인 의미에서 박쥐는 물론 잡종이 아니다. 박쥐는 알이 아닌 새끼를 낳고, 젖을 먹이는 포유류이다. 이 박쥐가 길짐승의 집단에 속하지 못한 이유는 단지 새처럼 날아다녔기 때문이다. 원래 이야기에선 박쥐가 길짐승과 날짐승의 세계를 이간질하는 것으로 묘사되지만, 이야기를 조금 바꿔서 길짐승들과 날짐승들이 서로 말이 안 통하는 어떤 상황에 직면했고, 이런 상태에서 일촉즉발의 전쟁상황까지 이르렀으며, 누군가가 싸움을 막기 위해서 두 집단을 중재해야 한다고 가정해보자. 이런 상황에서 최적의 중재자는 두 집단의 언어와 문화를 다 이해할 수 있는 존재, 두 집단의 성향을 반반씩 섞어서 가지고 있는 존재, 즉 바로 박쥐 같은 존재가 될 것이다.

우리 주변에서 수많은 집단이 다른 집단과 '의사소통의 어려움'을 겪고 있으며, 이로 인해 많은 크고작은 갈등과 싸움이 유발되고 있다. 50년이 넘게 서로 자신의 이념과 체제가 더 바람직하다고 하는 남한과 북한을 비롯, 서구 문화와 비서구 문화, 제국과 식민지, 제1세계와 제3세계, 중심과 주변, 자본가와 노동자, 남성과 여성, 기성세대와 신세대, 맑스주의자와 자유주의자, 이성연애자와 동성연애자, 낙태 찬성론자와 반대론자, 구조주의자와 해체주의자, IQ가 유전된다고 믿는 과학자와 이에 반대하는 과학자, 역사에 법칙이 있다고 믿는 사학자와 그렇지 않다고 생각하는 사학자, 사회과학이 자연과학화(수학화)되어야 한다고

생각하는 사회과학자와 이에 반대하는 사람…… 이러한 의사소통의
어려움에서 기인한 갈등을 해결하는 방법엔 크게 두 가지가 있을 수 있
다. 하나는 한 사회나 집단의 이론과 문화가 다른 대상에 비해 더 우월
하다는 합의를 만들어내고 이를 바탕으로 둘 사이의 위계를 세우는 방
법이요, 두번째는 이 대립하는 공간들의 경계선에 서로의 얘기가 뚫고
들어갈 구멍을 내거나 둘을 매개하는 새로운 잡종 공간을 만들어 이들
의 경계를 모호하게 함으로써 대립을 완화하는 방법이다. 첫번째 방법
은 두 집단 사이의 지배와 피지배, 그리고 그것의 헤겔식의 역전으로
대별되는 변증법적 다이너믹스를 낳고, 두번째 방법은 두 집단의 잡종
을 매개로 한 두 집단의 공생과 점진적 공동진화(co-evolution)를 낳는
다. 단순화의 위험을 무릅쓰고 얘기하자면, 첫째 방법은 전쟁·혁명·
투쟁을 필연으로 하는 근대적인 방법이고, 두번째 방법은 대화·번역
(translation)·공생을 가정으로 하는 탈근대의 기본이다.

　따라서 잡종의 문제가 지니는 함의는 근대적 세계와 탈근대적 세계
에서 엄청나게 달라진다. 최인훈의 『광장』의 주인공 명준은 그의 경험
과 삶의 궤적 때문에 자본주의 남한사회에도, 사회주의 북한사회에도
뿌리박고 살 수 없는 잡종 같은 지식인이었다. 결국 그는 제3국을 택하
지만, 그 속에서도 자신의 잡종적 존재조건이 더 심화되면 되었지 완화
될 수 없다는 상황에 회의를 품고 스스로 죽음의 길을 택한다. 그는 이
질적인 남북을 섞는 방법이 혁명전쟁(북의 시각으로)이나 멸공통일(남
의 시각으로)밖에 없는 사회에서 살았고, 이런 사회에서는 제도적·사
회적으로 확립된 경계를 흐리는 '회색분자'이자 '이방인'은 환영받을
수 없었다. 헤겔 철학에서도 주인과 노예가 뒤바뀌는 역전은 있을 수
있지만 이를 중재하는 중간적 존재, 또는 주인과 노예를 반반씩 섞어놓

은 존재는 없으며, 맑스의 사회철학에서도 중간계층은 마치 박쥐 같은 쁘띠부르즈와로서 자본가와 노동자 사이의 거대한 투쟁의 수레바퀴 속에서 동요하면서 역사의 발전에 어떤 중요한 역할도 담당하지 못하는 존재였다.

잡종의 역동성과 양분된 세계

우리 시대에 잡종적 존재들이 소멸하는가, 아니면 점점 더 번성하고 있는가? 한가지 분명한 사실은 세계에 대한 이해가 넓어짐에 따라, 역사와 사회의 발전을 기술하면서 수많은 잡종적 범주, 또는 잡종적인 개념들이 필요함을 인식하게 되었다는 것이다. 우리는 사회계급이 자본가와 노동자로 양극화된다는 명제가 얼마나 많은 단순화를 바탕으로만 성립하는 것인지를 알았고, 중세 봉건제에서 근대 자본제로의 이행에서 이 두 체제가 오랫동안 공존했던 잡종적인 시기가 있음을 보았다. 우리는 화해할 수 없을 것 같은 자본주의와 사회주의가 '현명하게' 공존하는 경우 안정적인 복지사회가 가능함을 북유럽의 여러 나라에서 보고 있다. 생산직 육체 노동자도, 관리 자본가도 아닌 사무직 노동자, 지식 노동자, 과학기술 노동자와 같은 잡종적 사회계층이 노동운동과 사회운동의 중요한 세력으로 부상한 것도 요즘의 일이다. 한국과 같은 신흥공업개발국들(NICs)의 지속적인 발전이 중심과 주변, 제1세계와 제3세계 사이의 잡종 공간을 형성하면서, 종속이론가들과 서구사회 예찬론자들 모두에게 골치아픈 숙제를 던진 것도 최근의 일인 것이다.

이러한 잡종 범주, 잡종 개념들의 필요를 인식하게 된 과정은, 18~19세기 생물학에서 잡종들의 발견이 고정된 종의 분류체계(fixed taxonomical system of species)에 끊임없이 수정을 요구했던 역사적 과정과 흡사하다. 잡종을 '신이 창조한' 고정된 종의 분류체계에 끼워넣어서 이해하려 했던 생물학자들의 노력은 결국 실패했고, 보잘것없던 잡종은 결국 종 자체가 고정된 것이 아니라 생존경쟁을 통해 진화한다는 인류 과학사상 가장 혁명적인 인식의 전환을 통해서만 제대로 이해될 수 있었다. 이처럼 진화론을 잉태한 잡종은 더이상 천덕꾸러기가 아닌, 종에서 다른 종으로 진화를 매개하는 전이적 존재로 탈바꿈했다. 동시에 순종은 진화의 법칙에 따라 언제든지 잡종으로 변할 수 있다는, 그 순간성이 부각되었다. 결국 순종과 잡종의 차이마저도 진화의 다이너믹스 속에선 그 경계가 불투명해져버린 것이다. 이렇게 잡종은 잡종과 순종의 경계마저도 희석시키는 잠재성을 가지고 있다. 이러한 잠재성은 최근 과학사회학자이자 철학자인 브루노 라투어(Bruno Latour)가 근대과학이 걸어온 '잡종화'의 인식을 통해 제시한 "우리가 근대였던 적은 없었다"(We have never been modern!—이는 라투어 책의 제목이기도 하다)는 결론과 그 맥이 닿아 있다.

우리에게 친숙한 두 범주·존재 사이에 잡종 범주, 잡종 존재를 상정하기 어려운 이유 중 하나는 잡종을 배척하는 세계관의 많은 부분이 이분법적 사고에 근거하고 있기 때문이다. 물론 이분법적 사고나 이것이 발전한 철학적 체계로서의 이원론은 동서고금을 막론하고 체계적·분석적 사유의 기초가 되었다. 중국 철학의 음(陰)/양(陽)이나, 서양 철학의 형식/물질, 존재/생성, 정신/육체, 연역/귀납, 분석/종합, 서양 과학의 생물/무생물, 음전기/양전기, 북극/남극, 학문 방법론의 자연과학적/해석학적(hermenutics) 방법 등이 흔히 볼 수 있는 이분법적 사고범주들이다. 이러한 범주들의 기원은, 음/양이나 고대 그리스 철학의 더

움(hot)/차가움(cold), 마름(dry)/축축함(wet)의 범주처럼 우리의 일상
경험에 있었거나, 또는 남성/여성의 범주처럼 자연에 존재하는 보편적
인 분류체계에 있었으며, 동시에 대조를 통해 세계를 이해하고자 하는
인간 이성의 기본적 메커니즘과 관련이 있었다. 자연철학에서 자연의
극성(polarity)을 강조하는 경향은 18세기 후반 독일의 자연철학자들에
의해 부활되었는데, 이들은 17세기 과학혁명의 뉴튼 과학의 기계적 세
계관에 반대해서 자연계의 조화와 다양한 자연현상의 통일성을 강조했
고, 극성을 이러한 자연의 통일을 가능케 하는 하나의 성질로 인식했
다. 자연현상이 대립적인 두 극성의 발현을 통해 나타난다는 생각은 사
회와 역사가 상반된 두 계급의 투쟁을 통해 발전한다는 맑스주의 사회
사상의 발전과 역사적으로 복잡하게 얽혀 있었으며, 이는 이후 엥겔스
의『자연변증법』의 중요 개념이 되기도 했다.

  이분법은 때로는 믿을 수 없을 만큼 강력한 사고의 틀을 제공한다.
둘을 또 둘로 쪼개면 넷, 넷 각각을 둘로 쪼개서 8진법, 넷을 셋으로 쪼
개서 12진법이 만들어졌다. 세계는 보이고 만져져야 하기 때문에 불과
흙이 있어야 하고, 이 두 원소의 산술 평균을 둘 잡아서 이를 공기와 물
이라 한 것이 플라톤의 기하학적 4원소 이론이었다. 이 4원소를 천상계
와 지상계의 두 세계에 배열하고, 4원소와 더움/참, 마름/축축함의 4형
질의 결합으로 세계와 인간을 설명한 사람이 아리스토텔레스였다. 세
계는 운동과 물질로 구성되어 있으며, 운동과 물질은 물질세계를 구성
하지만 이 물질세계와는 또다른 정신세계가 존재한다는 이원론으로 중
첩된 세계관을 체계화시킨 철학자이자 과학자는 아리스토텔레스를 가
장 신랄하게 비판한 데까르뜨였다. 1800년 허셀(F. W. Herschel)이 빛
의 붉은색 스펙트럼 밖에서 눈에 보이지 않는 적외선 스펙트럼을 발견

한 후 독일의 빌헬름 리터(Wilhelm Ritter)는 자연에는 반드시 +와 −의 두 극성이 존재하기 때문에 붉은색 밖에 적외선이 있다면 보라색 밖에도 눈에 보이지 않는 스펙트럼이 존재한다고 믿었고, 결국 많은 실험을 통해 자외선의 존재를 확인했다. 모든 정보를 0과 1만의 2진법의 조합(binary combination)으로 표현할 수 있다는 20세기 정보이론의 철학적 기반도 이러한 이분법적 사고의 결실이었다.

그렇지만 우리가 일상생활에서 자주 쓰는 '흑백논리의 폐해'라는 말에서도 드러나듯 이분법적 사고는 많은 문제를 안고 있다. 남성성과 여성성의 확연한 구분은 동성연애자는 물론이고, 여성 같은 남자나 남성 같은 여자들을 되어서는 안될 인간형으로 몰아왔다. 이분법이 서구 철학의 억압적인, 또는 백인남성 우월주의의 성격을 내포하고 있다는 해체주의자들의 주장에 동의하진 않더라도, 나는 이분법적인 분류체계와 이에 근거한 사유가 실제 우리 주위에서 일어나는 중요한 현상이나 사건을 설명하는 데 한계가 있다고 생각한다. 그 이유 중 하나는 20세기 말 우리가 부딪치는 많은 문제가 '순종문제'라기보단 '잡종문제'이기 때문이다.

우리 주변의 잡종문제들

몇가지 예를 생각해보자. 사람이 실험실에서 만든 박테리아나 특수한 생명체에 특허를 신청할 수 있는가? 유전공학으로 만든 생명체는 과학자가 자연에는 존재하지 않는 방식으로 유전자를 조작해서 만든 것이라는 점에서 인공물의 범주에 들어가지만, 생명체에는 특허를 줄 수 없다는 특허의 대원칙에 위배된다. 그리고 컴퓨터 쏘프트웨어는 텍스트(text)인가 기술(technology)인가? 쏘프트웨어는 프로그래머가 '써서' 만드는 것이고 복사가 가능하다는 점에서 텍스트의 성격을 가지고 있지만, 또 이것이 컴퓨터 기술의 일부이고 컴퓨터를 통해서 생산·사무와 같은 유용한 기능을 수행한다는 의미에서 기술이다. 이는 쏘프트웨어를 텍스트라 하면 판권(copyright)이 적용되고 기술이라 하면 특허(patent)가 적용된다는 점에서 실제적인 문제인데, 서구 사회에서 지난 수백년 동안 별 문제 없이 사용하던 지적소유권(intellectual property)의 두 중요 범주인 특허와 판권의 경계를 흐리게 만들었다는 점에서 전형적인 잡종문제 중 하나이다. 또 싸이버스페이스는 출판매체인가 방송매체인가? 이것은 최근 싸이버스페이스를 방송처럼 규제하길 원하는 정부와 싸이버스페이스를 개개인이 무엇이든 자유롭게 출판할 수 있는 출판공간으로 발전시키기를 원하는 사람들 사이에 첨예한 논쟁을 불러일으킨 문제이다.

잡종문제는 첨단 과학기술의 영역에만 있는 것이 아니다. 서울시의 교통문제는 또다른 잡종문제이다. 교통문제를 해결하기 위해 도로를 늘려서 교통이 조금이라도 원활해지면 이는 더 많은 사람들이 자기 차를 갖길 원하는 동기를 제공한다. 출퇴근 시간에 이웃과 차를 공유하길 권하고 있지만, 이는 많은 사람들이 차를 사는 이유가 차라는 공간이 주는 개인적인 프라이버시의 영역을 즐기기 위함이라는 사실과 모순된다. 차는 단순히 출퇴근 수단만이 아니라, 우리 사회가 집단주의 사회에서 개인주의 사회로 이전함을 드러내는 상징적 표상이다. 교통문제를 해결하기 위해서는 도시교통공학·심리학·사회학·경제학·철학의 잡종을 필요로 하고 있다. 환경문제는 더 말할 나위가 없다. 환경문제를 해결하기 위해서는, 아니 이에 접근하기 위해서는 과학기술과 사회과학의 잡종을, 학문과 사회운동과 정책의 잡종을, 도시와 시골의 잡종을, 인간이 건설한 문명과 자연의 잡종을, 그리고 시화호와 브라질의 원시림을 섞은 잡종을, 이런 잡종 범주로 사고하고 분석할 수 있는 잡종 인간들을 필요로 한다.

이러한 잡종문제들은 새롭게 생겨난 것도 있고, 그전부터 있어왔던 문제들의 잡종적인 성격이 20세기 후반에 이르러 부각된 것도 있다. 나는 이러한 잡종문제들이 양산된 이유로 두 가지를 생각하고 있는데, 하나는 (이미 조금 언급했듯이) 인식론적으로 20세기 후반부에 많은 분야에서 이분법적 사고에 근거한 이론들이 설자리를 점차 잃었고, 이에 따라 전 같으면 무시했거나 하나의 범주에 강제로 귀속시켰을 것들이 잡종 범주로 인정되면서 새로운 관심을 끌기 시작했다는 것이다. 예를 들어 환경문제는 처음엔 단순히 환경기술을 발전시키고 이의 장착을 의무화함으로써 해결되리라고, 즉 기술적·법적 문제라고 믿어졌다. 이것이 기술문제만이 아니라 사회계급의 문제, 개발/저개발의 문제, 의사결정의 문제, 국지적/전지구적 문제의 복합체임이 드러난 것은 최근의 일이다. 두번째는 존재론적으로 20세기 후반에 실제로 수많은 새로운 잡종들이 만들어졌다는 것이다.

새로운 잡종들

20세기 후반에 등장한 가장 놀랄 만한 잡종은 인간과 기계의 잡종이다. 인간이 안경이나 의수와 같은 기계를 몸의 일부로 사용하고, 기계가 인간의 노동을 돕는 것은 오래됐지만, 20세기 후반에 등장한 싸이버네틱스는 유기체를 이해하듯 복잡한 기술시스템을 이해하고, 기계의 정보전달, 통제 시스템에 적용되는 방법을 사용하여 인간과 인간의 사회를 이해하기 시작했다. 싸이버네틱스에서 생명체는 스스로 복제가능한 부(負)엔트로피(negative entropy)의 시스템으로 새롭게 정의되었으며, 19세기 열역학의 산물인 엔트로피라는 개념은 생명체의 정의뿐만 아니라, 20세기 중엽 커뮤니케이션 시스템의 정보(information)를 정의하는 데도 원용되었다. 정보의 전달과 메시지를 통한 통제는 생명체와 유기체의 사회, 그리고 컴퓨터나 통신체계 같은 기술시스템을 관통하는 개념이 되었다. 우리 사회에서도 많은 논쟁을 불러일으킨 러블럭(Lovelock)의 지구 유기체, 즉 가이아(Gaia) 같은 개념은 유기체와 기술시스템에 대한 이러한 새로운 이해를 배경으로 하고 있었다. 도저히 넘을 수 없을 것만 같던 유기체와 무기물, 인간과 기계 사이의 장벽은 이렇게 허물어졌다.

이러한 일군의 흐름은 생물학자들로 하여금 생명의 진수가 세포 내의 정보 전달에 있고, 생명과학의 역할은 암호화된(encoded) 정보의 전달을 독해(decode)하는 것이라고 생각케 했다. 이 문제에 대한 해답을 가장 단순한 이 콜라이(E. coli) 박테리아의 DNA를 조작·분석함으로써 알 수 있다고 믿었던 일군의 학자들(주로 물리학에서 생물학으로 전향한 사람들)의 노력은 DNA에 담겨진 정보가 RNA를 매개로 아미노산을 만들어내는 메커니즘을 이해하는 20세기 생명과학의 최대 성과로 이어졌다. 이러한 새로운 이해와 유전자 재조합 같은 실험 기술의 발달은 1970년대에 실험실의 과학자들이 DNA조작을 통한 새로운 생명체를 만들어내는 데까지 이르렀다. 분자생물학자들은 기름을 분해하는 박테리아 같은 원시적인 생명체를 시작으로, 하버드 쥐(Harvard Mouse) 같은 새로운 동물들을 DNA조작을 통해 만들었고, 이를 '인간이 만든 인공물'로 인정받았다. 도저히 가능할 것 같지 않았던 체세포 복제를 통한 고등동물의 복제도 현실화되었다. 몇년 전부터 인간의 DNA의 순서를 전부 해독하려는 인간게놈계획(Human Genome Project)이 전세계적으로 진행중이고, 다른 한편에선 인간의 DNA를 동물에 이식한 뒤에 그 동물의 장기를 인간에게 이식함으로써, 다른 사람이나 동물의 장기를 바로 이식할 때 생기는 치명적인 부작용을 최소화하려는 노력이 진행중이다. 다윈의 진화론 이후 인간과 동물의 생물학적 경계가 거의 무너졌는데, 장기이식 연구는 인간의 장기를 지닌 동물들, 동물의 장기를 지닌 인간들과 같은 새로운 잡종을 만들어내기 일보직전의 상황에 와 있으며, 이런 얘기는 더이상 공상과학의 환상만이 아닌 것이다. 혹자는 이런 경향에 대해 인간이 신(神)인 양하며 이것이 계속될 때에는 대가를 치를 것이라고도 하나, 나는 정말로 심각하고 중요한 문제는 수많은 잡종들이 만들어지는 속도에 비해 우리가 잡종과 살아가는 법을 배우는, 아니 우리 스스로가 잡종임을 인식하는 속도가 너무나 느리다는 것이라고 생각한다.

20세기 후반부에 나타난 대표적인 잡종, 즉 인간과 기계의 잡종, 생물과 무생물의 잡종, 자연과 인공의 잡종, 인간과 동물의 잡종에 대해서 이야기했는데, 이것들 외에도 수많은 새로운 잡종들이 있다. 근대과학도 17세기에 만들어진 일종의 잡종이다. 과학혁명 이후 과학자들은 기구를 사용해서 실험실에서 자연을 해부·조작·'고문'하기 시작했고, 근대 '자연'과학의 눈부신 성과는 실험실에서 기구를 통한 자연의 인공적인 전환·확장에 근거한 것이었다(1997년은 톰슨의 전자 발견 100주년인데 우리가 '자연' 어디에서 전자를 볼 수 있는지, 아니 경험할 수 있는지 생각해보면 흥미로울 것이다). '과학기술'도 최근에야 생긴 잡종이다. 고대부터 별 관련 없이 독자적으로 발전하던 과학과 기술은 지난 3,4백년간 밀접하게 상호작용하기 시작했고, 이제는 과학 따로 기술 따로라기보다 과학기술이라는 하나의 새로운 종을 형성했다. 공학 또는 엔지니어링은 이런 과학과 기술의 상호작용이 빚어낸 잡종학문이며, 때문에 아직도 엔지니어들 사이엔 과학적 이론을 중시해야 하는가, 아니면 기술의 장인적·실질적 전통을 중시해야 하는가를 놓고 논쟁과 갈등이 있다. 대학에서 공학이 그렇듯이, 기업의 연구소 역시 최근에야 뿌리를 내린 잡종 공간이다. 개별학문 분야로 내려가면, 생화학은 생물학과 화학의, 분자생물학은 물리학과 생물학의, 물리화학(또는 화학물리)은 물리와 화학의, 해양과학은 해양생물학·해양물리학·해양지질학·해양기술의 잡종학문으로 이 모든 예들은 기존의 학문체계에서 훌륭하게 자리잡은 것들이다. 인공지능 연구는 컴퓨터공학·수학·사회학·심리학의 잡종으로 시작했고, 싸이버네틱스는 통신공학·생리학·심리학·정신분석학·인류학·사회학의 '짬뽕'이었다. 요즘 인구에 널리 회자되는 인터넷은 심리학과 컴퓨터공학을 함께 공부한 릭라이더(J. R. C. Licklider)가 쓴 논문 「인간과 컴퓨터의 공생」(1960)에 자극받아 컴퓨터를 슈퍼계산기가 아닌 인간에게 친숙한 통신 기기로 사용하려는 엔지니어들의 노력에서 시작되었다. 파지 분자생물학과 모델만들기에 관심이 있었던 왓슨(J. Watson)과 X선 결정학을 전공한 크릭(F. Crick)의 만남은 DNA 구조의 규명이라는 개가를 올렸다. 20세기 미국과학이 급속하게 발전한 이유 중 하나가 두 과학분야의 경계에 존재하는 간(間)과학(interdisciplinary science)분야의 지원과 발전에 있었다는 사실은 과학사학자들 사이에서는 이제 상식이 되었다.

개별 잡종학문만큼, 아니 어쩌면 그보다 더 중요한 잡종의 하나는 학

문의 방법에 대한 잡종(메타잡종)이다. 지난 몇백년간 사람들은 자연
과학과 기타 다른 학문의 방법론 사이에 엄청난 차이가 존재한다고 믿
었다. 과학은 사실에 기초하고 실험과 수학을 사용하며 가설연역적이
고 법칙예측적임에 반해, 다른 학문은 그렇지 않기에 주관과 편견이 들
어갈 소지가 많다는 것이 그 주요 골자였다. 다른 학문들, 특히 사회과
학과 인문학을 자연과학을 모델로 하여 다시 세워야 한다는 노력은 뉴
튼 과학의 영향력하에 있던 계몽사조부터 시작되었다. 꽁뜨의 사회학
은 뉴튼의 물리학 같은 경험과학을 모델로 세워졌고, 18세기 말엽부터
확률론과 통계이론이 사회현상을 설명하는 데 적용되었으며, 비슷한
시기에 경제학이 수학화되기 시작했다. 20세기에 들어 몇몇 철학자들
은 이런 자연과학지상주의가 인문학·사회과학의 비판적 기능을 앗아
갔다고 역설하면서, 역으로 인문학에 자연과학과는 다른, 고유한, 오히
려 어떤 의미에서 더 객관적이고 근본적인 방법론이 있음을 강조했다.
간단히 말해서 인문학의 방법론은 텍스트를 읽고 그 의미를 이해하는
데서 출발하는데, 이는 자연과학의 방법에 비해 더 보편적이고 비판적
이며 반성적(reflexive)이라는 것이었다. 이러한 대립은 극히 최근에 들
어서 양 방향에서 깨지기 시작했다. 토마스 쿤(Thomas Kuhn)의 과학
사에 바탕한 철학적 연구를 시발로 사람들은 자연과학이 문화의 일부
분임을, 과학이 이상적으로 객관적·보편적인 것만도 아님을, 과학에
도 사회적·문화적 요소가 녹아들어 있음을, 과학자들의 실천에는 인
문학적인(literary) 전통도 있음을 알게 되었다. 마찬가지로 인문학의
방법도 단순히 텍스트를 해석하는 것이 아니라, 텍스트를 해석하는 과
정에서 마치 자연과학자들이 하듯이 끊임없이 가설을 세우고 이를 검
증하는 과정이, 문제를 던지고 이를 해결하는 과정이 텍스트와 해석자

사이에 존재함을 알게 되었다. 이는 잡종성의 인식이 양극화된 세계의
싸움을 싱겁게 만들 수 있는 하나의 예가 될 수 있다.

잡종의 비극적 · 창조적 존재론을 위하여

　양극화된 세계는 단순히 대립하는 두 범주만이 존재하는 것이 아니
라 그 두 범주 사이에 철저한 위계가 존재한다. 백/흑, 남성/여성, 제국
/식민지, 제1세계/제3세계, 과학/기술, 자연과학적/인문학적 방법, 영
혼/육체, 이데아/현실세계…… 이 범주들에서 전자는 후자에 비해 더
좋고 고상하며, 따라서 후자를 규정 · 지배한다. 후자는 전자가 되길 원
하나 결코 될 수 없다. 이런 존재적 조건은 전자의 후자에 대한 지배를,
그리고 후자의 전자에 대한 투쟁을 정당화한다. 이런 이분법적 범주들
어디에도 속하지 못하는 잡종은 존재한다는 이유만으로도 기존의 양분
화된 체계에 위험스런 존재이고, 따라서 배척의 대상이 된다. 우리는
육체나 심성이 여자 같은 남자나, 거꾸로 남자 같은 여자가 거의 모든
사회에서 사회적인 터부의 대상으로 (심지어는 화형의 대상으로까지)
여겨졌다는 것을 알고 있다. 조금 다른 예이지만, 우리는 제국/식민지,
1세계/3세계, 개발/저개발, 중심/주변과 같은 범주들이 한국이라는 잡
종의 경험을 설명하는 데 얼마나 규정적이었는지를, 한국이 국가독점
자본주의인가 또는 신식민지 종속자본주의 사회인가에 대한 사회구성
체 논쟁에서 보았다. 다른 시각에서 보면, 이런 공고한 이분법적 범주
가 한국사회의 설명에 잘 들어맞지 않는만큼 한국사회 그 자체가 이러
한 범주들을 불완전한 것으로, 불안정한 것으로, 그리고 인위적인 것으
로 만들었다고 볼 수 있다. 북미나 유럽에 살고 있는 우리의 교포 2세

들은 그들이 서구사회에 존재한다는 사실 자체로 서구인들의 서구/비서구, 백인/유색인의 뿌리깊은 인종주의에 도전장을 내고 있다. 몸은 남에 있지만 가족은 북에 있는 (또는 그 반대인) 이산가족들은 그 존재만으로도 남북한을 칼로 두부 자르듯이 자를 수 없게 만든 장본인들이다. 잡종은 양극화된 범주에 이론이 아닌 몸으로 저항한다.

　잡종을 강조한다고 해서 나는 우리 사회에, 예를 들어 자본가와 노동자들의 대립구조가, 보수와 진보의 갈등이, 남과 북의 긴장이, '식민지 조선'과 제국주의 미국의 지배와 피지배가 존재하지 않는다고 주장하는 것은 결코 아니며, 이런 갈등에 대해 눈을 감자고 말하려는 것은 더더욱 아니다. 이러한 긴장과 갈등, 싸움은 실재하며, 현실적이고 또한 무척 심각함을 모르고 하는 얘기도 아니다. 잡종은 아직도 괴물(monster)에 불과하다. 진보와 보수는 물과 기름이며, 한총련과 공권력은 서로가 서로를 끝장내야 싸움이 끝난다고 생각하고 있다. 벌써 눈치 챘을지 모르지만, 나는 지금까지 잡종(잡종인간, 잡종학문, 잡종개념)이 만들어지는 과정이 대립하는 개체가 공존하고 화해하는 과정과 밀접히 관련이 있음을, 다시 말해서 갈등의 해소가 혁명·투쟁·전쟁·해방을 통해서만 가능한 것이 아님을 말하고자 했다. 대신 나는 두 대립적인 집단 사이에 존재하는 대화의 어려움의 인식, 잡종을 매개로 한 대화, 다른 언어와 문화에 대한 번역, 그리고 매개공간을 만들거나 경계에 구멍을 냄으로써 대립물의 경계를 흐리는 것을 통한 갈등의 완화의 가능성들을 생각해보고자 했던 것이다. 이 얘기는 갈등의 깨끗한, 근본적인 해소나 소멸을 전제로 하기보다는 갈등의 완화, 그것을 덜 파괴적으로 만드는 것, 그리고 그동안 갈등에 익숙해지고 함께 살기를 배우는 것을 전제로 하고 있다. 잡종의 또다른 다이너믹스는 잡종이 다른 잡종들을 낳는다는 데 있다. 작은 잡종공간은 잡종인간들을 낳고, 이 잡종인간들은 잡종문화와 언어를 낳고, 이는 다시 새로운 잡종문제들을 잉태해내면서 기존의 오래된 갈등을 의미없는 것으로 만들듯이.

이 글은 다양한 독자에게 읽힐 수 있겠지만, 나는 잡종 같은 사람들(잠재적 잡종을 포함해서)을 염두에 두고 이 글을 썼다. 이과와 문과 어느 하나로 자신의 적성을 맞출 수 없는 고등학생, 남과 북 모두에 애정을 가진 젊은이들, 서구적인 것과 한국적인 것을 모두 좋아하는 사람들, 이성보다 동성에게 애정을 느끼는 사람들, 철학과 도시공학을 함께 전공하고픈 대학생, 노동문제에 관심을 갖고 노동자 편에 서는 경영자, 사회적 평등과 경제적 성장을 함께 이루고자 고민하는 경제학자들…… 나는 한국사회의 다양한 잡종들이 자신들을 어느 한 범주에 쉽게 귀속시키기보다는, 잡종의 중요성과 창조성을 스스로 인식, 자신들의 잡종성을 더 강화하고, 그럼으로써 양극화된 집단에선 만들어내기 힘든 새로운 언어와 세계관을 만들어내야 한다고 얘기하고 싶다. 이러한 잡종적 세계관은 두 대립적인 공간 사이에서 완충기·번역기의 기능을 할 것이며, 궁극적으론 우리 사회의 다양한 잡종문제를 완화하고 우리에게 이런 문제들을 끌어안고 살아가는 한가지 방법을 가르칠 것이다. 잡종은 잡종일 때에 창조적이다. 잡종이 순종인 척할 땐, 그 결과는 별볼일없는 괴물이기 때문이다.

〔창작과비평 1997년 가을〕

부드럽고 중요한 목소리

양신규 skyang

MIT 경영학 박사과정

코메니우스 홍성욱은 작은 목소리가 큰 차이를 만들어낸다고 믿는다. 작은 문제가 큰 문제 해결의 열쇠가 되고, 오늘의 잡종이 내일의 주역이 된다고 생각한다. 그는 그냥 그렇게 믿고 생각할 뿐만 아니라 삶에서 그 믿음을 실천한다.

홍성욱은 과학기술사 분야의 '잘 나가는' 젊은 학자다. 국제 학문계에서는 '부도난 어음보다도 못한' 서울대의 박사학위를 가지고 캐나다 토론토 대학의 교수자리에 도전해서, 학계의 보증수표를 뽐내는 아이비리그 출신들과 경쟁에서 이기고 이를 따냈다. 박세리의 세계 제패만큼은 안되더라도, 박찬호의 업적만큼은 되는 인생 승리다.

그는 자신의 학문적 여정을 통해 이룬 작은 업적들과 80년대의 남한에서의 경험을 연관시키는 것을 주저하지 않는다. 서양과학기술의 역사를 이해하는 일과 도대체 어떻게 전두환의 폭력, '짭새'와 최루탄, 그리고 침묵과 영합을 기도하는 지식인들 틈에서 지낸 80년대의 경험이 연관된다는 건지 나는 도저히 짐작할 수 없다. 아마 나 같은 실증주의자는 도저히 연관시킬 수 없는 것들을 연관짓는 그런 상상력이 역사학 분야에서의 좋은 업적과 무슨 관계가 있나보다.

아직도 버리지 못한 홍성욱의 꿈은 좋은 영화를 한번 만들어보는 것이다. 그의 제법 심각한 취미활동은 영화감상과 영화평을 친구들에게 늘어놓는 것이다. 내가 사업해서 돈을 벌려고 한다니깐, 돈 벌면 자기 영화 제작에 돈을 대라고 부탁하기도 했다. 그가 얼마 전부터 빠져든 또 하나의 취미는 통신상에 글을 쓰고 싸이버에서 친구를 사귀고 하는 것이다.

그가 통신상에 쓴 글을 모아서 책을 낸단다. 그러고 보니 그가 '사단법인 21세기 프런티어'라는 통신상의 공론운동 단체를 표방하는 모임에 가입한 지 벌써 2년째 되어간다.

십년 가까이 영어로만 글을 쓰느라 답답했던지 짧은 기간 동안에 퍽도 많은 글을 써냈다. 나 같은 실증주의자도, 하킴(hkim) 같은 여성운동의 투사도, 그리고 수많은 싸이버의 팬들도 그의 글을 읽고 심심치 않게 고개를 끄덕인다. 그는 부드럽게 말하지만 우리 사회를 위해 대단히 중요한 얘기들을 한다. 그의 글은 따뜻하게 다가오지만, 조금만 생각하면 매우 예리한 분석과 혁명적 주장들을 담아내고 있음을 눈치챌 수가 있다.

나는 그에게 '북미를 떠도는 남한의 포스트모더니스트'라는 딱지를 붙인다. 그는 역사의 진보, 정치적 변혁, 생산력 발달, 계급투쟁 이런 문제들은 나 같은 모더니스트들의 몫이라고 생각하고, 본인은 큰 관심을 두지 않는다. 아마, 그런 것들을 직접 물고 늘어지는 것은 '거대 담론'에서 별 나올 게 없다고 믿기 때문일 것이다. 그보다 그는 작아 보이는 문제들에 집착한다.

그는 때로는 밤늦게까지 통신공간에서 벌어지는 격론에 참여하고, 통신공간에서 만난 사람들과 대화의 경험을 아주 소중하게 생각한다. 그는 그런 자신의 경험을 되돌아보고 재구성해내면서 글로벌 통신 네트워크(global communication network)란 새로운 현상이 우리의 삶에 어떤 새로운 변화와 의미를 주는가에 대해 깊이 생각중이다.

나는 그의 방법론을 존중한다. 나와는 너무나 다르지만, 때로 내 방법보다 훨씬 효과적이고 설득력있게 다가오는 그의 글에 고개를 끄덕인다. 오늘도 통신에 접속하면서, 혹시 홍성욱이 또 무슨 글을 쓰지 않았을까 하는 설렘을 가진다. 요즘은 가족문제에 관심을 두고 생각중인 거 같던데? 혹시? 그의 글에서 따뜻한 미소와 '아하!' 라는 공감을 느끼고 싶어서이다. 좀더 많은 독자들이 그런 경험을 할 수 있도록, 책을 출판한다니 그에게도 그의 독자들에게도 홍성욱 스타일대로 '부드럽고 따뜻한' 축하를 보낸다.